新古文觀止的故事

（古今對照版）

高詩佳——著

作者序

乘著經典的羽翼，解開古文觀止之謎

相信很多朋友不會忘記，過去在學習文言文的篇章時，總會遇到語言晦澀、難以理解的問題。這時，如果有人能幫我們把這些難懂的部分，通通轉化成現代易懂的文字語言，再搭配精彩有趣的詮釋，那麼這些古老篇章的學習，想必就不會這麼的困難。

確實，古典文學的學習首先必須克服的就是語言的障礙。如果這一關無法通過，就算文字的描述再怎樣美妙，傳達的微言大義多麼深刻有用，我們就是無法從中找到可以穿越的入口。例如《古文觀止》的文章，主要出自《左傳》、《國語》、《戰國策》、《史記》等史書，也有許多文學家所寫的史論。史官記敘史實的筆法，著重於呈現歷史事實的發展而非結論，因此留下了許多空間讓讀者思索。至於文學家們，往往身兼政治人物，寫作有時必須有所保留，自然也留下不少值得我們玩味之處。

本書在寫作時，除了顧及史實與原作的考量外，更希望能跳脫框架，讓閱讀成為培養獨立思考能力的利器。比方說，在陶淵明的〈桃花源記〉裡，一般人僅讀到他所勾勒的美好世界，卻沒注意到文中的名士「劉子驥」，其實反映了陶淵明心中的失落與美好世界之不可得。同樣的，歐陽修在修《新五代史》時寫下〈新五代史伶官傳序〉，談到後唐莊宗李存勖的崛起與失敗，一般理解的是國君耽溺於聲律、信任伶人導致亡國。本書則指出李存勖甘受伶人的巴掌，不只是盲目寵信，更由於他自小所受的藝術薰陶，使其將在台上受巴掌當成是戲的一部分，而非昏庸的鐵證。如此，人性的多面與完整性，在這樣的理解中就可以獲得保全。

諸如此等，筆者在細心閱讀原文尋找問題的過程中，試圖解開這些經典名篇裡的重重謎題。過程遭受不少障礙，卻也發掘出不少有趣的想法。為了能夠跟大家分享這些想法，於是決定在各篇文章之後，將自己對古文原作的理解、考察、思索與史觀，透過獨特的想像力，將古文轉化成好看的短篇故事，用現代小說的筆法取代直白的翻譯，將生硬的古文「再創作」，讓埋藏其中的人生哲理和謀略一一解密。

本書從《古文觀止》與歷代經典名篇中，選出最精彩好看的古文共五十篇，各單元如下：

【經典原文】從《古文觀止》與歷代的筆記小說、傳奇、古典小說中，精選出最經典的古文，配合作者介紹、題解與詳細的注釋。選文時兼顧故事性與趣味性，有助於提昇文言文閱讀能力。

【評析】詳細解讀原文故事的歷史背景與意義，深入評析原文的寫作技巧，可從閱讀經典學習寫作，加強思考力。

【經典故事】以小說筆法將古文改寫成故事，力求貼近現代人的閱讀需求，將深奧的文章內涵和寓意，深入淺出地融入故事，有助於對內容的理解與記憶。

【《新古文觀止文選》閱讀素養100題】本書五十篇經典文章搭配一百題閱讀測驗，以期透徹理解文章內容與題旨，有效地增強理解力。

筆者期待這樣的引導安排，使整個閱讀的過程充滿趣味，也期望讀者與我一同乘著經典的羽翼，在迷人的故事與文字中，開啓生命的格局與智慧。

目錄

春秋

第一課

燭之武退秦師

《左傳》

經典原文

九月甲午，晉侯、秦伯①圍鄭，以其無禮於晉②，且貳於楚③也。晉軍函陵④，秦軍氾南⑤。佚之狐⑥言於鄭伯曰：「國危矣，若使⑦燭之武見秦君，師必退。」公從之。辭⑧曰：「臣之壯也⑨，猶⑩不如人；今老矣，無能爲也已⑪。」公曰：「吾不能早用⑫子，今急而求子，是寡人之過也⑬。然⑭鄭亡，子亦有不利焉！」許之⑮。

夜，縋⑯而出。見秦伯曰：「秦、晉圍鄭，鄭既⑰知亡矣。若亡鄭而有益於君，敢以煩執事⑱。越國以鄙遠⑲，君知其難也，焉用亡鄭以陪鄰⑳？鄰之厚，君之薄也。若舍鄭以爲東道主，行李㉑之往來，共㉒其乏困，君亦無所害。且君嘗爲晉君賜矣㉓，許君焦、瑕，朝濟而夕設版焉㉔，君之所知也。夫晉，何厭㉕之有？既東封鄭㉖，又欲肆其西封㉗。不闕㉘秦，將焉取之？闕秦以利晉，惟君圖之。」

秦伯說，與鄭人盟，使杞子、逢孫、楊孫戍之，乃還。

子犯請擊之。公曰：「不可。微夫人之力不及此。因人之力而敝之，不仁㉙；失其所與，不知㉚；以亂易整，不武㉛。吾其還也㉜。」亦去之㉝。

作者

《左傳》舊傳是春秋末年左丘明所撰，清代今文學家認爲是西漢劉歆改編，近人認爲是戰國初年人據古各國史料編成，多用事實解釋《春秋》。《左傳》起自西元前七二二年（魯隱公元年），終於西元前四七九年（魯哀公十六年），書中保存了大量的古代史料，文字優美，記事詳明，是中國古代的史學和文學名著。

題解

〈燭之武退秦師〉載於《左傳．僖公三十年》。西元前六三二年（僖公二十八年）發生城濮（今河南陳留縣）之戰，晉文公戰勝楚國，建立了霸業。西元前六三〇年（僖公三十年），晉和秦合兵圍鄭。圍鄭對秦國沒有什麼好處，鄭大夫燭之武看到這點，所以向秦穆公說明利害關係，勸穆公退兵，秦穆公因此退兵，晉文公只好撤退，化解了一場戰爭。

注釋

① 晉侯、秦伯：指晉文公和秦穆公。春秋時期有公、侯、伯、子、男五等爵位，公為最高之爵位。

② 以其無禮於晉：「於晉無禮」的倒裝句，指晉文公即位前流亡國外，經過鄭國時沒有受到應有的禮遇。以，因為。

③ 且貳於楚：並且在聽命於晉的同時，又親近楚。且，並且。貳，從屬二主。於，對。

④ 晉軍函陵：晉軍駐紮於函陵。軍，名詞作動詞用，駐軍之意。函陵，鄭國地名，在今河南新鄭北。

⑤ 秦軍氾南：秦軍駐紮於氾南。氾，音ㄈㄢˋ。氾南，古代東氾水的南面，在今河南中牟南。

⑥佚之狐：鄭國大夫。佚，音ㄧˋ。之，語助詞，此名和「燭之武」、「介之推」同，古人的姓名中常加有虛字。

⑦使：派。

⑧辭：推辭。

⑨臣之壯也：我壯年的時候。「臣」在此為燭之武本人之自稱。

⑩猶：尚且。

⑪無能為也已：不能做什麼了。為，做。已，同「矣」。

⑫用：任用。

⑬是寡人之過也：這是我的過錯。寡人，古代國君自謙之詞。

⑭然：然而。

⑮許之：答應、承諾這件事。之，指鄭伯。

⑯縋：縋，ㄓㄨㄟˋ。用繩子拴著從城牆上往下吊。

⑰既：已經。

⑱敢以煩執事：冒昧地拿這件事麻煩您。執事，負責事務的人，是對對方的敬稱，此指秦伯。

⑲越國以鄙遠：越過別國而把遠地當作邊邑。越，越過。鄙，邊遠地區，此處當動詞用。

⑳焉用亡鄭以陪鄰：怎麼會用滅掉鄭國，來幫鄰國增加土地呢？焉，怎麼。以，來。陪，增加。

㉑行李：也作「行吏」，外交使節。

㉒共，通「供」，供給。

㉓嘗為晉君賜矣：曾經給予晉君恩惠。嘗，曾經。為，給予。賜，恩惠。晉君，實指晉惠公。

㉔朝濟而夕設版焉：早上渡過黃河，晚上就築城防禦，背叛之意。濟，渡河。版，築土牆所用的夾板。設版，為築牆之意。

㉕厭：通「饜」，滿足。

㉖東封鄭：在東邊讓鄭國成為晉國的邊境。封，疆界，作動詞用。

㉗肆其西封：擴展西邊的疆界。指晉國滅鄭後，必將圖謀秦國。肆，延伸、擴張。

㉘闕：ㄑㄩㄝ，使減損。
㉙因人之力而敝之，不仁：依靠別人的力量，又返回來損害他，這是不仁義的。因，依靠。敝，毀壞。
㉚失其所與，不知：失掉自己的盟國，不明智。與，結交、親附。知，音ㄓˋ，通「智」。
㉛以亂易整，不武：用混亂相攻取代聯合一致，不符合武德。亂，自相衝突。易，代替。不武，不合武德。
㉜吾其還也：我們還是回去吧。其，表商量或希望的語氣，還是。
㉝去之：離開。

評析

善於說服他人的人，往往能洞察人心，還要為對方設想，才能打動對方。燭之武對秦穆公的說辭，其實是利用秦、晉兩國的矛盾，達到分化兩國合作關係的目的。燭之武判斷眼前的局勢：秦、晉合作聯合攻打鄭國，兩國暗地裡又存在競爭的敵人關係，正是見縫插針的良機。他首先指出晉國曾經對秦穆公失信，有過不良紀錄，挑撥離間；其次問秦穆公聯軍攻打鄭國所為何來？恐怕只是晉文公為了報私仇與併吞鄭國，所以慫恿秦軍協助吧！況且晉距離鄭近而離秦遠，秦耗費兵馬攻鄭，只能為他人作嫁衣裳，自己得不到半分利益。聽了這番分析，秦穆公果然退兵了。

經典故事

外頭來報：「晉公子重耳一行人，正向國都走來。」

鄭文公擺擺手：「我知道，退下吧！」卻沒有交代任何話。

大夫叔瞻上前勸告：「聽說晉公子賢明，他的隨從都是國家的棟梁，又與大王同姓姬，有同宗的情誼，應該以禮節迎接。」

鄭文公搖了搖頭說：「從自己的國家逃出來，又經過我國的公子實在太多了，怎可能都按禮儀接待呢！」

叔瞻建議：「您如果不打算以禮相待，和重耳交個朋友，不如殺掉他，免得將來遭到報復！」

鄭文公大笑，根本不相信重耳有那麼大的能耐，因此也沒有禮遇重耳。後來重耳終於回到晉國，即位爲晉文公。

過了幾年，晉國、秦國聯合起來圍攻鄭。晉軍駐紮函陵，秦軍駐紮氾南，隨時可以發動攻擊。晉文公對大夫子犯說道：「我逃難時，鄭伯不以禮相待而態度冷淡，這就算了，還和楚國親近，顯然對我有二心。今日，我就要一舉滅了鄭國！」

鄭文公坐在大殿上，得知晉、秦聯手攻來，焦急得不得了。

大夫佚之狐思索了片刻，就建議：「國家正在危急存亡之際，如果派燭之武去見秦伯，秦軍一定撤走，晉軍就無法獨自進攻了。」鄭文公便下令召見。

不料，燭之武見了文公卻推辭道：「臣壯年時還遠不如人，現在老了更不中用。」鄭文公放低姿態道：「唉，我不能及早任用你，現在國家危急了才來求你，是我的錯。但鄭國滅亡，對你也不是好事啊！」燭之武只好答應了。

到了晚上，燭之武在腰間綁了根繩子，吊下城去求見秦穆公。他見了秦穆公就說：「秦、晉圍攻鄭，鄭已經知道要亡。如果滅掉鄭國對您有利，那就沒話說。但是越過別國，以別人的土地當作自己的國境，那是很難的！您這麼做，等於滅掉鄭來增加晉國的土地，晉擴大，您就被削弱了啊！」

秦穆公面色一變，心想自己從未考慮過這點。

燭之武察言觀色，接著說：「如果您不攻打鄭，而以鄭作爲東方的盟友，只要貴國有使者來，鄭可以供應所缺，對您沒有害處啊！而且您曾對晉君有恩，晉君承諾給您焦、瑕二地作爲報答，但他早上才渡過黃河回國，晚上就修築防禦工事防備秦軍，這是您知道的。晉哪裡會滿足呢？既在東邊的鄭國開拓疆域，又想在西邊擴展領土，未來如果不侵犯秦國，那要到哪裡取得土地呢？這次的戰事，恐怕是晉君有意削弱秦國，請您多加考慮。」燭之武故意將晉惠公失信，移花接木到文公身上，秦穆公面色果然爲之一變。

秦穆公聽了燭之武的話，深覺有理，於是和鄭國締結盟約，又派遣杞子、逢孫、楊孫等人戍守鄭國，協助防衛。秦穆公就帶兵返國了。

晉軍見狀，都大感驚異。大夫子犯連忙請求晉文公截擊秦軍。晉文公阻止說：「不行！如果不是秦伯，就沒有今天的我。受人幫助而回頭來害他，是不仁；失去秦國友邦，是不智；以混亂相攻取代團結合作，則是不武。我們回去吧。」於是晉軍撤退。

燭之武的一席話，就解除了鄭國的危機。

第二課　退避三舍

《左傳》

經典原文

重耳及①楚，楚子饗之②，曰：「公子若反晉國，則何以報不穀③？」對曰：「子、女、玉、帛④，則君有之；羽、毛、齒、革⑤，則君地生焉。其波及⑥晉國者，君之餘也；其何以報君？」曰：「雖然，何以報我？」對曰：「若以君之靈⑦，得反晉國，晉、楚治兵，遇于中原，其辟君三舍⑧。若不獲命⑨，其左執鞭、弭⑩，右屬櫜、鞬⑪，以與君周旋⑫。」

子玉請殺之。楚子曰：「晉公子廣而儉，文而有禮。其從者肅而寬，忠而能力。晉侯無親，外內惡之。吾聞姬姓唐叔之後，其後衰者也，其將由晉公子乎！天將興之，誰能廢之？違天必有大咎。」乃送諸秦。

作者

《左傳》。

題解

選自《左傳．僖公二十三年》。晉公子重耳逃亡在楚國時，楚成王收納了他。楚成王問重耳將來怎樣報答自己？重耳回答，如果將來晉、楚交兵，他將會「退避三舍」。後來晉、楚在城濮交戰，晉文公果然遵守諾言，將軍隊撤到九十里外。

注釋

①及：到達。
②楚子饗之：楚王設宴招待他。楚子，楚成王，因楚國國王受封子爵故稱楚子。「饗」，通「享」，招待。
③何以報不穀：如何答謝我。不穀：楚王自稱不善的謙詞。
④子女：男女僕人。玉帛：玉器及絲綢。
⑤羽毛齒革：羽，鳥羽。毛，獸毛。齒，象牙。革，獸皮。
⑥波及：遍及、散及。
⑦以君之靈：即託您的福。
⑧舍：古者師行一宿為一舍，而師行每日三十里，故三十里即為一舍。
⑨獲命：得到楚國諒解而退兵。
⑩左執鞭弭：左邊拿著鞭子和弓。鞭，鞭子。弭，弓。
⑪右屬櫜鞬：右邊帶著裝箭與弓的袋子。屬，用手摸著也。櫜，音ㄍㄠ，盛箭矢之囊袋。鞬，音ㄐㄧㄢ，盛弓之物。
⑫周旋：應付。此指交戰。

評析

怎樣才是一個君主應具有的才能和風範？楚成王的遠見與晉文公的雄才大略，在這個故事中給了我們典範。退避三舍的事件，表面上是晉文公講究誠信，回報楚成王當年收留他的恩情；之後兩國交戰，晉文公守信，對昔日恩人手下留情，因此博得了美名。但是就戰略的觀點來看，「以退爲進」正是戰術的運用，指的是佯裝退卻，其實卻準備進攻的一種策略，這種作法的好處，在於讓對手卸下過高的防備心，方法就是「假裝示弱」，晉軍假裝示弱，退避三舍，讓楚軍卸下心防，最後終於掉入了陷阱。

經典故事

西元前六三二年，晉國友邦宋國的都城商丘，被楚軍團團包圍，幾乎淪陷。晉國爲了救宋，又想趁機會實現霸業，不得不與楚國兵戎相見。

晉文公重耳坐在中軍帳內，看著參謀與將士們各個精神飽滿、自信十足的神氣，也感到意氣風發，不禁想起那些年顛沛流離的生活……

「父親聽信驪姬的讒言，想改立奚齊爲太子，還將太子申生殺了，聽說又要派人捉拿你我二人，」公子重耳對弟弟夷吾說：「我們各自奔逃吧！遲了就來不及了！」兄弟就此分道揚鑣，若干年後，夷吾先回到晉國，是爲晉惠公。

重耳逃出晉國後，到過翟地、齊國、曹國、宋國、鄭國，或是受到冷落、或是接受禮遇。接著就來到了楚國，楚成王認爲重耳日後必定大有作爲，就以接待貴賓的禮儀迎接他，還招待他住在楚國。

這一日，楚成王設宴招待重耳。宴會裡歌舞喧天，美女如雲，楚王與重耳飲酒談天，觥籌交錯之間，氣氛融洽。待楚成王喝到酒酣耳熱時，忽然半開玩笑的問重耳：「如果有一天，公子回晉國即位，該怎麼報答我呢？」

重耳舉起酒杯喝了口酒，思索一下便說：「妖嬈的美女、忠心的待從、珍貴的寶物與絲綢，大王都有了；世間難見的珍禽羽毛、象牙獸皮，更是貴國的特產。那些會流散到晉國的物事，都是您不要的，晉國哪有什麼珍奇物品可獻給大王呢？」重耳將楚成王褒揚了一番。

楚成王仰頭大笑：「公子太謙虛了！話雖這麼說，可總該對我有所表示吧？」他揮揮手，命令樂工暫時將音樂停下來，氣氛就變得有點凝重。

重耳微笑說：「要是託您的福，真的回國當政的話，我願意與貴國友好。但如果晉、楚之間發生戰爭，雙方的軍隊即將交鋒，我一定命令軍隊先退後九十里，禮讓您的軍隊；如果還不能得到您的原諒，堅持交戰，我只好左手拿著馬鞭和弓梢，右邊掛著箭袋和弓套，與您較量一番了。」

楚成王聽了，感到很驚異，左右大臣對重耳的言論則是反感至極。然而楚成王僅是哈哈大笑，揮手命樂工繼續演奏，若無其事的再度舉起酒杯與重耳吃喝談笑。當晚賓主盡歡。

曲終人散[1]後，楚國大夫子玉急忙去見楚成王，勸道：「大王，重耳狂妄，如

1 曲終人散：比喻場面熱鬧後趨於冷清。

果留下他，恐怕會像養一頭老虎，將來會作亂的！不如趁機除掉他。」

楚成王神態自如地說：「晉公子志向遠大而生活儉樸，言辭文雅而合乎禮儀，他的隨從態度恭敬而待人寬厚，忠心而盡力。現在的晉惠公夷吾，身邊沒有親信，國內外的人都憎恨他。看來姬姓這族，要靠重耳來振興了。老天要他崛起，誰又能剷除他呢？逆天而行必會遭到大禍，此事不必再提！」

子玉行禮告退而去，心中對大王的識人之明與氣度佩服不已。後來，楚成王就派人將重耳送去秦國。秦穆公熱烈地接待重耳，四年後，就將重耳護送回晉國。此時晉國由夷吾之子晉懷公執政，受到人民反對，懷公被迫出奔。

重耳終於回到晉國，即位爲晉文公。他在諸侯當中威信很高，晉國日益強大，並與楚、秦等曾經幫助他的國家，維持良好的往來……

晉文公坐在中軍帳內，低頭沉思：「但這是不夠的，我想要像齊桓公那樣，做中原的霸主！」他想到楚成王待自己的恩義及當時的諾言，於是發布了一道命令：「我軍後退九十里，駐紮在城濮。」

楚軍見晉軍拔營後退，以爲對方害怕了，馬上追擊。晉軍卻利用楚軍驕傲輕敵的弱點，聯合秦晉兵力大破楚軍，取得了城濮之戰的勝利。

第三課 鄭伯克段于鄢

《左傳》

經典原文

初①，鄭武公②娶于申③，曰武姜④，生莊公及共叔段⑤。莊公寤生⑥，驚姜氏，故名曰寤生，遂惡之⑦。愛共叔段，欲立之。亟請於武公⑧，公弗許⑨。及莊公即位⑩，爲之請制⑪。公曰：「制，巖邑⑫也。虢叔死焉⑬，佗邑唯命⑭。」請京⑮，使居之，謂之「京城大叔」。

祭仲⑯曰：「都、城過百雉⑰，國之害也。先王之制，大都，不過參國之一⑱；中，五之一；小，九之一。今京不度⑲，非制也⑳，君將不堪㉑。」公曰：「姜氏欲之，焉辟害㉒？」對曰：「姜氏何厭之有㉓？不如早爲之所，無使滋蔓㉔！蔓，難圖也。蔓草猶不可除，況君之寵弟乎？」公曰：「多行不義，必自斃，子姑待之。」

既而大叔命西鄙、北鄙貳於己㉕。公子呂㉖曰：「國不堪貳，君將若之何？欲與大叔，臣請事之；若弗與，則請除之，無生民心。」公曰：「無庸，將自及。」

大叔又收貳以爲己邑，至於廩延㉗。子封曰：「可矣，厚將得眾㉘。」公曰：

「不義，不暱㉙。厚將崩。」

大叔完、聚㉚，繕甲、兵㉛，具卒、乘，將襲鄭㉜，夫人將啓之㉝。公聞其期，曰：「可矣。」命子封帥車二百乘以伐京。京叛大叔段。段入於鄢。公伐諸鄢。五月辛丑㉞，大叔出奔共。

《書》曰㉟：「鄭伯克段於鄢。」段不弟，故不言弟；如二君，故曰克；稱鄭伯，譏失教也；謂之鄭志㊱；不言出奔，難㊲之也。

作者

《左傳》。

題解

選自《左傳．隱公元年》。鄭伯，鄭莊公。鄭，春秋時國名，姬姓，在現在河南省新鄭縣一帶。段，鄭莊公之弟共叔段。鄢，鄭地名，在現在河南省鄢陵縣境內。《左傳》認為共叔段超越了弟弟的本分，故稱段而不是弟。鄭莊公沒有完成教導弟弟的責任，故意放任共叔段，故稱為鄭伯而不是兄。而共叔段後來的行為匹敵國君，故用打贏敵國採用的「克」字。

注釋

① 初：當初。《左傳》追述以前的事情常用，指鄭伯克段于鄢以前。

② 鄭武公：名掘突，鄭桓公的兒子，鄭國第二代君主。

③ 娶于申：從申國娶妻。申，春秋時國名，伯夷之後，姜姓，地處現在河南省南陽市北，後為楚所滅。于，同

「於」。

④武姜：武姜，鄭武公之妻，「武」是丈夫武公的諡號，「姜」是娘家的姓。

⑤共叔段：鄭莊公的弟弟，名段，在兄弟中年歲小，稱「叔段」。失敗後出奔共，又稱「共叔段」。共，春秋時國名，音ㄍㄨㄥ，在現在河南省輝縣。叔，排行最後的兄弟。

⑥莊公寤生：莊公出生時難產。寤，音ㄨˋ，通「牾」，逆、倒著。寤生，胎兒的腳先生出來。

⑦遂惡之：因此厭惡他。

⑧亟請於武公：屢次向武公請求。亟，音ㄑㄧˋ，屢次。於，向。

⑨公弗許：武公不答應。弗，不。

⑩及莊公即位：到了莊公做國君的時候。及，到。

⑪為之請制：姜氏請求把制邑作為共叔段的封地。制，地名，在現在河南省汜水縣境內。

⑫巖邑：險要的城池。巖，險要。邑，城市。

⑬虢叔死焉：東虢國的國君死在那裡。虢，音ㄍㄨㄛˊ，指東虢，古國名，被鄭國所滅。焉，「於是」、「於此」。

⑭佗邑唯命：選別的都邑，就聽從您的吩咐。佗，音ㄊㄚ，他。唯命，只聽從您的命令。

⑮請京：討封京邑。京，地名，在現在河南省滎陽縣東南。

⑯祭仲：鄭國大夫，字足，其先人為祭地封人。祭，音ㄓㄞˋ，姓。

⑰都、城過百雉：一般的城市、城牆超過三百丈。都，音ㄉㄨ，都邑。城，城垣。雉，音ㄓˋ，古建築量法，長一丈、高一丈（一方丈）曰堵，三堵曰雉。百雉，三百方丈。

⑱大都，不過參國之一：大城市的規模不得超過國都的三分之一，即不能超過百雉。國：國都。

⑲今京不度：現在京邑的城池規模不合乎規定。不度，不合制度。

⑳非制也：不符合先王所定下的制度。

㉑君將不堪：恐怕對你不利。君，指莊公。

㉒姜氏欲之，焉辟害：姜氏要這麼做，我有什麼辦法避免這樣的害處呢？焉，何也。辟，同「避」。

㉓姜氏何厭之有：姜氏怎麼有滿足的時候？厭，同「饜」，滿足。

㉔ 滋蔓：草滋長蔓延難以芟除，比喻人的權勢漸大除之漸難。

㉕ 大叔命西鄙、北鄙貳於己：太叔命令西部、北部邊境違背莊公聽從自己。大叔，即太叔，尊稱天子的叔父。鄙，邊境。貳，指背叛國君。

㉖ 公子呂：鄭大夫，字子封。

㉗ 廩延：在今河南延津縣北。

㉘ 可矣，厚將得衆：現在可以剿滅太叔了，否則他不斷擴展勢力將得到土地及民心。可矣，可治段罪。厚，勢力雄厚，下「厚」字義同。

㉙ 不義不暱：對君主不義，對兄長不親。暱，ㄋㄧˋ，親近。

㉚ 完、聚：修築完城牆而聚集人民。完，修繕。

㉛ 繕甲、兵：修整皮甲武器。繕，修補。

㉜ 將襲鄭：將要偷襲鄭國。

㉝ 夫人將啓之：姜氏準備開城門接應。啓，開門作內應。

㉞ 五月辛丑：隱公元年五月二十三日。

㉟ 書曰：《春秋》上記載。書，指《春秋》。

㊱ 鄭志：鄭伯的意願。指鄭莊公意在殺弟。

㊲ 難：難於下筆。

評析

毫無疑問，鄭莊公的確是個深謀遠慮、有才幹的政治人物，卻也是個虛僞的統治者。莊公明知母親武姜和弟弟共叔段的謀反計畫，卻不加以勸阻，反而故意放縱他們，任由共叔段僭越體制，最後掉入陷阱，再藉機消滅。一般人養虎貽患會害到自己，莊公卻是爲了殺掉這隻老虎而養大老虎，可謂深謀遠慮。因爲兄弟相殺不祥，莊公不願背負弒殺兄弟的惡名，唯有養大了老虎才能師出有名。歷史上說，莊公母子最後握手言和了，在潁考叔的撮合下，挖了地道和武姜見面，其實莊公思念母親，只不過是蒙蔽國人罷了，而武姜爲了生存，也只能裝做寬容的慈母，二人心照不宣地「和好」了。

經典故事

身爲父母親的如果偏心，很可能會帶給子女帶來莫大的災害。

周朝末年，鄭武公娶了申國的女子武姜，生下莊公和共叔段，但因爲武姜偏愛小兒子，而造成兄弟相殘的悲劇。

莊公出生時胎位不正，造成難產，使得母親武姜的心中留下陰影，所以討厭起這個大兒子，還給莊公取名爲「寤生」，意思就是「腳先出生」。武姜討厭長子，卻很偏愛小兒子共叔段，當莊公和共叔段長大後，她便希望立共叔段爲太子，可是每次向武公請求都遭到拒絕。

等到武公過世，莊公即位了，武姜就請求大兒子，希望能讓共叔段封在「制」這個地方。

莊公委婉的回應母親：「制是形勢險峻的地方，從前虢叔就是死在那裡，很不吉利，要是別的地方我一定從命。」其實莊公是爲了防範共叔段造反，所以不能將這麼好的地方送他。

武姜又請求封共叔段在京地，莊公就答應了，還稱共叔段爲「京城太叔」，意思是莊公的第一個弟弟，這稱號讓母親和弟弟極有面子。

然而這麼做實在不符合君臣的禮節，大夫祭仲便憂慮地勸莊公說：「都城的城牆長度太高，就容易抗命，將會給國家帶來禍害。所以大城的城牆，不會超過國都的三分之一；中等的，不超過五分之一；小的，也不超過九分之一。現在京地已經不合乎規矩了，您將會有困擾的啊！」

莊公揚了揚眉，說道：「這是姜氏要求的，我哪有辦法呢？」背著莊姜，莊公連「母親」的稱呼都省了，直呼「姜氏」。

祭仲想要試探莊公的心意，就勸道：「姜氏貪婪，不如早一點處置，不要讓太叔繼續擴張土地，萬一蔓延就難處理了。野草尚難鏟除，何況是君王的弟弟呢？」

沒想到莊公哈哈笑道：「做了太多不義的事，必定自取滅亡。你等著看吧！」祭仲哪裡知道莊公故意不處理，其實正是爲了藉此除掉共叔段。

果然過不久，共叔段就命令西鄙、北鄙兩地聽他管轄，逐漸僭越體制。

大夫公子呂看不下去，就對莊公說：「國家不容許有兩個君王，您打算怎麼辦呢？如果您想把國家交給太叔，那麼臣就去侍奉他；如果不是，就請把他除掉，不要讓民心背離。」莊公擺一擺手說：「不必，他將會自尋死路的。」

後來共叔段更把西鄙、北鄙據爲己有，還將領土更擴大了。

公子呂急了，又對莊公勸道：「可以討伐了！再讓太叔擴張勢力，追隨他的民眾會越來越多的。」

然而莊公卻一點都不擔心：「他對國君不義，對兄長不親，想造反也沒有正當性，勢力雖大，仍然不能團結眾人。」

接著，共叔段便開始修城郭、聚糧食、修補武器，準備戰士、戰車，想偷襲鄭國的都城，據說國母武姜準備開城門作內應。

當莊公得知共叔段進兵的日期時，就點點頭說：「時機到了。」於是命令子封率領兩百輛戰車討伐京地。結果連京地的人民都反對共叔段，不肯聽段之命造反，共叔段只好落荒而逃。

人倘若仗著自己的權勢，而不顧應有的道德，久而久之就會因爲做了太多不義的事，遭遇自取滅亡的下場。

第四課

趙盾弒其君

《左傳》

經典原文

晉靈公不君①。厚斂以彫牆②；從臺上彈人，而觀其辟丸③也；宰夫④胹⑤熊蹯⑥不熟，殺之，寘諸畚⑦，使婦人載以過朝⑧。趙盾、士季見其手⑨，問其故，而患⑩之。將諫，士季曰：「諫而不入⑪，則莫之繼也。會⑫請先，不入，則子繼之。」三進，及溜⑬，而後視之，曰：「吾知所過矣，將改之。」稽首⑭而對曰：「人誰無過，過而能改，善莫大焉。《詩》曰：『靡不有初，鮮克有終。』⑮夫如是，則能補過者鮮矣。君能有終，則社稷之固也，豈惟群臣賴之。又曰：『袞職有闕，惟仲山甫補之。』⑯能補過也。君能補過，袞不廢矣。」

猶不改。宣子驟⑰諫，公患⑱之，使鉏麑賊⑲之。晨往，寢門闢矣，盛服將朝。尚早，坐而假寐。麑退，歎而言曰：「不忘恭敬，民之主也。賊民之主，不忠；棄君之命，不信。有一於此，不如死也。」觸槐而死。

秋九月，晉侯飲趙盾酒，伏甲，將攻之。其右提彌明知之，趨登⑳，曰：「臣侍君宴，過三爵，非禮也。」遂扶以下。公嗾㉑夫獒焉，明搏而殺之。盾曰：「棄人用犬，雖猛何爲！」鬬且出。提彌明死之。

初，宣子田于首山[22]，舍[23]于翳桑，見靈輒餓，問其病。曰：「不食三日矣。」食之，舍其半[24]。問之。曰：「宦三年矣，未知母之存否，今近焉，請以遺之。」使盡之，而為之簞[25]食與肉，寘[26]諸橐[27]以與之。既而與為公介[28]，倒戟[29]以禦公徒[30]而免之。問何故，對曰：「翳桑之餓人也。」問其名居，不告而退，遂自亡也。

乙丑，趙穿殺靈公於桃園。宣子未出山而復。大史書曰：「趙盾弒其君。」以示於朝。宣子曰：「不然。」對曰：「子為正卿，亡不越竟[31]，反不討賊，非子而誰？」宣子曰：「嗚呼！《詩曰》：『我之懷矣，自詒伊慼[32]。』其我之謂矣！」

孔子曰：「董狐，古之良史也，書法不隱[33]。趙宣子，古之良大夫也，為法受惡。惜也，越竟乃免。」

作者

《左傳》。

題解

選自《左傳．宣公二年》。晉靈公，名夷皋，晉襄公之子，文公之孫，晉國第二十六君，在位十四年，是中國歷史上有名的暴君。趙盾，晉國的正卿，諡號宣子。本文是敘述晉靈公不君，被趙穿所殺的事蹟，董狐記載「趙盾弒其君」，因而後世對晉靈公是否為趙盾所謀殺，有一番論辯。

注釋

①不君：在君位而不合為君之道，指晉靈公是暴君。
②厚斂以彫牆：收取沉重的賦稅用來建築城牆。厚斂，厚賦。彫墻，以畫為飾的墻。
③辟丸：閃避以土作成的彈丸。辟，同「避」。
④宰夫：廚師。
⑤胹：音ㄦˊ，煮。
⑥熊蹯：熊掌。蹯，音ㄈㄢˊ。
⑦寘諸畚：用草編織的畚盛裝屍體。寘，音ㄓˋ，放置。諸：之於。畚，音ㄅㄣˇ，畚箕。
⑧使婦人載以過朝：讓宮女抬著屍體經過朝會所在。
⑨見其手：看到屍體的手露出於外。
⑩患：憂慮。
⑪入：音ㄋㄚˋ。納。
⑫會：士季，一稱隨會。會，士季自稱也。
⑬溜：音ㄌㄧㄡˋ，即屋簷下。三進：分別是進門庭、中庭、升階。
⑭稽首：頓首，俯首至地的最敬禮。
⑮靡不有初，鮮克有終：《詩經．大雅．盪》句，指人很少是有始而無終。
⑯衮職有闕，惟仲山甫補之：《詩經．大雅．烝民》句。周王有所過失，仲山甫能匡就君過。衮，音ㄍㄨㄣˇ，天子以及上公之禮服，借代為天子。仲山甫，周宣王時的賢臣樊侯，亦稱樊仲甫，輔佐宣王而中興。
⑰驟：屢次。
⑱患：惡。
⑲賊：刺殺。
⑳趨登：趨行而登上堂。

㉑嗾：音ㄙㄡˇ，以口作聲對狗發出命令。
㉒首山：首陽山，今山西省永濟縣東南。
㉓舍：音ㄕㄜˋ，居住。
㉔舍其半：指靈輒將一半的食物先存放起來。舍，安置。
㉕簞：音ㄉㄢ，古代盛飯的圓形筐。
㉖寘：音ㄓˋ，安置。
㉗橐：音ㄊㄨㄛˊ，袋子。
㉘既而與為公介：不久後，就成為趙盾的甲士。與，音ㄩˋ，參與。介，甲士。
㉙倒戟：倒戈。戟，音ㄐㄧˇ。
㉚公徒：伏甲、武士。
㉛越竟：返國。竟，同「境」。
㉜我之懷矣，自詒伊慼：我多所懷戀，自遺此憂。詒，音ㄧˊ，遺也。慼，音ㄑㄧ，憂也。《詩經．邶風．雄雉》云：「我之懷矣，自詒伊阻」，與引詩一句之差，應是其所本。
㉝書法不隱：寫作史書不隱匿趙盾之罪。書法，史家記事的體例方法。

評析

晉靈公派人追殺趙盾，是想除掉不聽話的大臣；而趙盾還沒逃離國家，就傳出靈公被堂弟趙穿刺殺身亡的消息，於是連忙趕回來，繼續當大官。史官董狐記載此事時寫道：「趙盾弒其君。」趙盾抗議，說人不是他殺的，而是趙穿殺的。於是董狐冷冷地回應：「既然要逃亡，為何不逃出國境？返回以後，又為何不聲討弒君的趙穿？所以人是你殺的！」許多人讀這段歷史，以為董狐不分青紅皂白亂寫，事實上，趙盾非但沒有聲討趙穿，還不顧爭議地重用他，加上兩人是兄弟，自然難以避兒瓜田李下之嫌。

經典故事

晉國大臣趙盾和平常一樣，與其他大夫在議政殿等待早朝。

這時天還沒亮，昏暗中，趙盾彷彿看見幾個宮女偷偷摸摸地推著車，從殿前經過。忽然，他瞥見車上的畚箕垂下了一隻人手，連忙叫住宮女盤問，才知道昨晚的熊掌沒燉爛，晉靈公大怒，竟命人將廚師宰了，然後將屍體載去扔掉。

趙盾驚駭不已，心想：「大王荒淫無道，做出許多殘忍的事，不但向百姓徵收重稅裝潢宮牆，還幼稚地在高臺上用彈弓射人，現在更濫殺無辜。如何是好？」

大臣士季先去勸靈公，靈公見了他，立刻說：「我知錯了，將會改正。」士季高興的行禮道：「人人都會犯錯，您知錯能改，眞是太好的事啊！」但靈公只是嘴上說說罷了，依然我行我素。

趙盾很心急，認爲委婉的勸說無效，就用強硬的話勸諫。這使靈公非常反感，私下派出刺客鉏麑刺殺趙盾。

鉏麑趁著昏暗的清晨，到趙盾家執行任務。此刻趙家人還在沉睡，唯獨趙盾的房門開著，微微透出光亮來。鉏麑向屋裡張望，只見趙盾已經穿戴整齊準備上朝，可是時辰還沒到，就先坐在椅子上打盹。

鉏麑嘆著氣，心道：「此人不忘恭敬，又能勤政，是百姓的福氣。殺了他是不忠，不服從國君的命令是沒有信用。不論哪一樣，我都沒有臉活在世上了。」於是一頭撞死在趙家的槐樹下。

靈公仍不死心，處心積慮的安排筵席，賜趙盾酒喝，暗地裡卻派人刺殺他。趙盾的武士提彌明察覺了，立即上前扶著趙盾離開。

靈公又叫獒犬出來攻擊他們，但提彌明非常神勇，徒手就把獒犬打死，只不過雙拳難敵眾多的惡犬，最後還是殉難了。

就在趙盾失去保護，獨自奮力搏鬥之際，突然追兵中有位身手矯健的士兵，反過來替趙盾抵擋攻擊，助他脫身。趙盾問士兵為什麼倒戈相助？士兵神色激動的說：「您記得嗎？我就是那個餓倒在桑樹底下被您搭救的人。」

這話喚起遙遠的記憶，趙盾記起某天出外打獵時，在桑樹下過夜，遇到一個飢餓倒地的人，名叫靈輒。趙盾送食物給他，他卻只吃一半，原來是為了省下來給母親吃。趙盾便要他吃完，另外準備整筐的飯和肉給他帶走。這份恩情，靈輒一直銘記在心。

趙盾很感謝靈輒的相助，趕緊詢問他的名字和住處，可是靈輒一句話也不說就走了。之後趙盾開始逃亡。沒多久，宮內傳來趙盾的堂弟趙穿刺殺靈公的消息，當時趙盾還沒逃出國境，聽說靈公已死，就馬上回來主持朝政。

史官董狐於是寫道：「趙盾弒殺了他的國君。」並拿到朝廷上公布。

趙盾知道後極力辯解。董狐卻冷冷的說：「您是國家大臣，明知將受到嚴厲的處置，逃亡時竟然不逃出國境；返回時也不聲討弒君的趙穿，豈不可疑？若不是您殺害國君，又會是誰呢？」後來趙盾果然不顧爭議重用趙穿。

董狐冷眼旁觀這一切，繼續對著燭火書寫歷史，誠實地將人們的是非功過記載下來，留待後人評說。

第五課

周鄭交質

《左傳》

經典原文

鄭武公、莊公爲平王卿士[1]。王貳于虢[2]，鄭伯怨王。王曰：「無之。」故周、鄭交質[3]。王子狐[4]爲質於鄭，鄭公子忽[5]爲質於周。王崩[6]，周人將畀[7]虢公政。四月，鄭祭足[8]帥師取溫[9]之麥。秋，又取成周[10]之禾。周、鄭交惡。

君子曰：「信不由中，質無益也。明恕[11]而行，要[12]之以禮，雖無有質，誰能間[13]之？苟有明信[14]，澗、谿、沼、沚之毛[15]，蘋、蘩、蘊、藻之菜[16]，筐、筥、錡、釜[17]之器，潢、汙、行潦之水[18]，可薦[19]於鬼神，可羞[20]於王公，而況君子結二國之信，行之以禮，又焉用質？〈風〉有〈采蘩〉、〈采蘋〉[21]，〈雅〉有〈行葦〉、〈泂酌〉[22]，昭[23]忠信也。」

作者

《左傳》。

題解

選自《左傳．隱公三年》。周王室自從平王東遷後，勢力衰微，失去對其他諸侯國的控制，以致發生鄭莊公與周平王交換人質的事件。周、鄭靠人質維持恐怖平衡的關係。失去了「信」，上下之間的「禮」也混亂了，作者把周、鄭稱爲「二國」，就蘊含譏諷之意。周平王的虛辭掩飾與鄭莊公的強橫，反映那時諸侯間互相提防戒備和弱肉強食的政治狀況。

注釋

①卿士：周朝官職名，執政的王卿。
②貳於虢：二心，偏重。指平王想把政權一半讓給虢公。虢，西虢公，周王室卿士。
③交質：交換人質。質，音ㄓˋ。
④王子狐：周王平的兒子。
⑤公子忽：鄭莊公太子，即位為昭公。
⑥崩：古稱天子之死。
⑦畀：音ㄅㄧˋ，給予。
⑧祭足：祭仲，鄭大夫。祭，音ㄓㄞˋ。
⑨溫，周朝小國，在今河南溫縣南。
⑩成周：周地，今在河南洛陽市東。
⑪明恕：互相了解和原諒。
⑫要：約束、約定。音ㄧㄠ。
⑬間：離間。音ㄐㄧㄢˋ。
⑭明信：彼此瞭解，坦誠相待。

⑮澗谿沼沚之毛：山溝與池塘中的草。澗、谿，都是山溝之水。沼沚，小池塘。沚，音ㄓˇ。毛，草。
⑯蘋蘩蘊藻之菜：蘋：浮萍、白蒿、水藻等等野菜。蘋，水生植物，浮萍。蘩，白蒿。蘊藻，一種聚生的藻類。
⑰筐筥錡釜：盛裝水草的竹器與烹飪用的鐵器。筐莒，竹製容器，方為筐，圓為莒。錡釜，烹飪之器，有角為錡，無角為釜。筥，音ㄐㄩˇ。錡，音ㄑㄧˊ。釜，音ㄈㄨˇ。
⑱潢汙行潦之水：水池中與流動於路面的積水。潢、汙皆為積水之義，大為潢，小為汙。行潦，大雨水積於道路。潢，音ㄏㄨㄤˊ。潦，音ㄌㄠˇ。
⑲薦：進獻。
⑳羞：進奉。
㉑采蘩、采蘋：為《詩經．召南》篇名，寫婦女採集野菜以供祭祀。
㉒行葦、泂酌：為《詩經．大雅》篇名，前者寫周祖先燕享先人仁德，歌頌忠厚、進獻的詩。後者寫汲取行潦之水供宴享。泂，音ㄐㄩㄥˇ。
㉓昭：彰顯，表明。

評析

《左傳》把周、鄭稱爲「二國」，就暗含譏諷之意。周是天子，鄭是諸侯，天子和諸侯有高下之分，並稱周、鄭於禮不合，反映了當時的政治現實。周天子自從東遷後，軍權、政權已經大不如前，如果遇到外敵，就需要靠鄭國出兵保護；依賴久了，天子對鄭莊公懷有戒心，想將鄭的權力分散，就用謊言敷衍，還自降身分與鄭交換人質，表示互信。然而這麼做不但失去了天子的尊嚴，交換人質的作法，也顯示兩國根本就無法互信。周平王身爲天子而沒有實力，不能服人，底下的諸侯就會作亂，天下因而大亂。

很多年以前，有位智者將這段歷史寫了下來，告訴我們信任的眞諦：

在一個寂寞的黃昏、無邊無涯的旅途中，周平王的王子「狐」只帶著幾個隨從，就匆匆忙忙的上路，往鄭國的方向前進。

一路上，狐的心情是複雜的，他忍住不平與埋怨，無奈地想：「今天這一去，恐怕再也沒有回國的機會了。」

狐怎麼也想不到，父親是以什麼心態命親骨肉到鄭國作人質？

在古代，人質政治時常用在兩國結盟，因爲口頭約定往往沒有什麼用處，於是就有了「人質」的產生。國家命運和皇家骨肉的命運連在一起，最直接的辦法是將皇子送到盟國當人質，作爲許諾的保證。王子狐就是這種國家政權鬥爭的抵押品。

時光回到了隱公三年，鄭武公、莊公父子相繼擔任周平王的執政大臣，相當於宰相的位置，位高權重，顯赫無比。這讓周平王非常不安，深怕鄭君父子坐大，因此想了一個讓權力分散的法子。

周平王命令虢公參與執政，偶爾也將政權分給虢公。這麼一來，鄭莊公自然坐臥不安，氣得跳腳了，他父子倆獨享大權多年，怎麼能平白地讓虢公分享？因此十分怨恨。

周平王當然對鄭莊公的埋怨略有耳聞，心裡也著實忌憚莊公，爲了安撫他，便來跟莊公交心，說：「沒這回事！我哪有重用虢公？那純粹是別有用心的人製造謠言。這樣吧！我把我的兒子狐與你的兒子忽交換，當作抵押品，以表達我對你的信任和倚重，不就沒事了嗎？」鄭莊公就答應了。

於是周、鄭兩國交換人質，周王室的王子狐到鄭國做人質，而鄭國的公子忽到周王室做人質。

沒想到世事多變化，周平王不久就逝世了，王室打算將執政大權託付給虢公。鄭莊公聽說了，非常不滿，就派遣大夫祭足帶兵到周的國土，割取了溫地的麥子；到了秋天，又去收割成周一帶的穀子，簡直是明目張膽的侵犯周天子的領土。此後，周王室和鄭國就結下了仇恨。

寫到這裡，智者長嘆一聲放下了筆，說道：「如果不能發自內心誠意的交往，就算交換人質也無濟於事啊！如果雙方能互相諒解的行事，再用禮儀彼此約束，雖然沒有人質，又有誰能離間他們？有誠信的君子締結兩國之間，按照禮儀行事，又何需人質呢？唉，這些人實在不懂信任的眞諦啊！」

第六課

宮之奇諫假道

《左傳》

經典原文

晉侯復假道於虞以伐虢。[1]宮之奇諫曰：「虢，虞之表也[2]；虢亡，虞必從之。晉不可啓[3]，寇不可翫[4]。一之謂甚，其[5]可再乎？諺所謂『輔車[6]相依，唇亡齒寒』者，其虞、虢之謂也。」

公曰：「晉，吾宗[7]也，豈害我哉？」

對曰：「大伯、虞仲，大王之昭也[8]。大伯不從，是以不嗣[9]。虢仲、虢叔[10]，王季之穆也，爲文王卿士[11]，勳在王室，藏於盟府[12]。將虢是滅，何愛於虞？且虞能親於桓、莊乎？其愛之也[13]，桓、莊之族何罪？而以爲戮，不唯偪[14]乎？親以寵偪[15]，猶尚害之，況以國乎？」

公曰：「吾享祀豐絜，神必據我[16]。」

對曰：「臣聞之，鬼神非人實[17]親，惟德是依。故《周書》曰：『皇天[18]無親，惟德是輔。』又曰：『黍稷[19]非馨，明德惟馨。』又曰：『民不易物[20]，惟德繄物。』如是，則非德，民不和，神不享矣。神所馮依[21]，將在德矣。若晉取虞，而明德[22]以薦馨香，神其吐[23]之乎？」

弗聽，許晉使。

宮之奇以其族行㉔，曰：「虞不臘㉕矣。在此行也，晉不更舉㉖矣。」

作者

《左傳》。

題解

選自《左傳．僖公五年》。魯僖公二年，晉侯初次向虞國借道攻打虢，滅虢於夏陽。僖公五年，晉侯再一次向虞借道伐虢。虞大夫宮之奇。識破了晉侯的陰謀，力勸虞公不要借道。他先從小國應團結，開始陳述虞、虢脣亡齒寒的關係，揭露晉侯企圖併吞的本質，最後提醒虞公：國家存亡在於君主的德行，而不在於虛無的神靈。但虞公不聽勸告，最終滅國。

注釋

①晉侯：晉獻公。復假道：又借路。僖公二年，晉曾向虞借道伐虢，僖公五年，又借道。虞：國名，姬姓。周文王封古公亶父（ㄉㄢˇ　ㄈㄨˋ）之子虞仲後代的侯國，在今山西省平陸縣東北。虢：國名，姬姓。周文王封其弟仲於今陝西寶雞東，號西虢，後為秦所滅。本文所說的是北虢。

②表：屏障、藩籬。指虞、虢猶如表、裡，關係密切。

③啓：啓發，指引起晉的貪心。

④翫：音ㄨㄢˋ。即「玩」，這裡是輕視、玩忽的意思。

⑤其：反詰語氣詞，難道。

⑥輔：面頰。車：牙床骨。

⑦宗：同姓，同一宗族。晉、虞、虢都是姬姓的諸侯國，同一祖先。

⑧大伯、虞仲，大王之昭也：大伯、虞仲都是大王之昭。大伯、虞仲為周始祖太王（古公亶父）的長子和次子。昭，古代宗廟制度，始祖的神位居中，其下則左昭、右穆。昭位之子在穆位，穆位之子在昭位。昭、穆相承，所以又說昭生穆，穆生昭。

⑨大伯不從，是以不嗣：大伯因為離去了，所以無法繼承王位。不從，不依從父命。嗣，繼承王位。

⑩虢仲、虢叔：虢的開國祖先，是王季的次子和三子，文王的弟弟。王季於周為昭，昭生穆，故虢仲、虢叔為王季之穆。

⑪卿士：執掌國政的大臣。

⑫盟府：主持盟誓、典策的宮府。

⑬桓莊：桓叔與莊伯，指桓莊之族。莊伯是桓叔之子，桓叔是獻公的曾祖，莊伯是獻公的祖父。晉獻公曾盡殺桓叔、莊伯的後代。其：豈能，哪裡能。之：指虞。

⑭偪：威脅的意思。同「逼」。唯，僅僅因為。

⑮親以寵偪：桓、莊之族因其親近且曾受寵，故能施壓於獻公。親，指獻公與桓莊之族的血統關係。寵，在尊位，指桓、莊之族的高位。

⑯享祀豐絜，神必據我：我一向準備豐盛、整潔的祭品祭祀，神明一定會保佑於我。享祀，祭祀。絜，同「潔」。據我，依從我，保佑我。

⑰實：同「是」。

⑱皇天：上天。

⑲黍稷：音ㄕㄨˇ ㄐㄧˋ，泛指五穀。黍，黃黏米。稷，不黏的黍子。

⑳易物：改變祭品。

㉑馮：音ㄆㄧㄥˊ，同「憑」。

㉒明德：使德明。

㉓吐：指不食所祭之物。
㉔以其族行：率領全族離開虞。以，介詞，表率領。
㉕不臘：不能過臘祭。臘：歲終祭祀。
㉖舉：舉兵。

評析

在面對危機的時候，認知錯誤將會造成嚴重的誤判。晉國大軍來襲，虞公卻有恃無恐。宮之奇指出虞公至少犯了三個錯誤：第一，以為自己和晉侯同姓「姬」，祖先有血緣關係，就認為彼此應該以誠相待。但宮之奇指出晉侯連更親的同祖兄弟「虢」都能誅殺，何況是遠親的虞？第二，認為自己虔誠，神明一定會保佑。但如果君王無所作為又引狼入室，鬼神該從何保佑起呢？第三，相鄰的小國應該團結起來抵禦外侮，但虞公反而助晉滅虢，使自己孤立。因此虞國滅亡不是沒有原因的。

經典故事

虞國與虢國相鄰，所以晉國打算借虞的路進兵滅掉虢。

虞大夫宮之奇看出晉國其實是要順路滅虞，好將虞、虢一舉併吞，就向虞公苦諫，想讓君王注意這件事。

宮之奇憂心的說：「虢國是鄰國，又是我們的屏障，一旦虢國滅亡，我們必定跟著滅亡。晉向我們借路攻打虢，是不懷好意啊！我們不能引起晉的野心，對侵略者的行為更不能忽視。上次借路已經過分了，怎能再借第二次呢？俗語說：『輔車相依，唇亡齒寒。』虞和虢的關係也是如此啊！」

虞公搖頭不信，反駁道：「晉國的國君是我的同姓兄弟，難道會害我嗎？」

宮之奇說：「國際之間只有利害，沒有情義。虢的祖先虢仲、虢叔在宗族關係上，比虞更接近晉國，可是晉國的歷代君王都是六親不認的，現在他們準備滅掉虢國了，對宗族關係較遠的我們，又怎麼會愛惜呢？只要對晉侯造成威脅，就算是親族也要殺害，何況是爲了擴張領土的利益呢！」宮之奇一語道破虞公的迂腐和不切實際。

面對宮之奇的苦口婆心，虞公仍舊頑固而有自信的說：「我用來祭祀的物品豐盛潔淨，神明必定保佑我的！」

宮之奇聽虞公如此昏庸，不禁有氣，卻還是竭力勸道：「如果晉國滅掉虞，是不會有什麼後患的。聽說鬼神不親近每個人，只親近有德行的人，所以《周書》說道：『上天對人不分親疏遠近，只有德行完美的人才能得到老天的幫助。』又說：『祭品都差不多，只有品德高的人提供的祭品，才是眞正的祭品。』如果沒有德行，人民就不會和睦，神明也不會享用祭品。所以，神明在意和保佑的只是德行。」

虞公沉默不語。

宮之奇接著說：「如果晉國吞併了我們，然後開始弘揚美德，進獻芳香的祭品給神明，神明難道還會把祭品吐出來嗎？自然是笑納接受了。所以就算晉國滅掉我國，神明仍然會保佑他們的。」這番話說得句句是理，可惜頑固的虞公不聽勸諫，還是答應晉國借道路攻打虢國了。

於是宮之奇連忙帶著家人倉皇地逃離虞國，他預言道：「虞國不但過不了年終的臘月，也沒有機會祭拜神明了！這次虞國必定會被晉國消滅，晉國連再次調集軍隊攻打我國，都不必費事了。」

果然那年的冬天，晉國成功地滅了虢國，在班師回晉的路途中，借住虞國，又趁機侵占虞，同時也捉住了虞公。

第七課

子魚論戰

《左傳》

經典原文

楚人伐宋以救鄭。宋公將戰，大司馬①固諫曰：「天之棄商②久矣，君將興之，弗可赦也③已。」弗聽。

冬十一月己巳朔，宋公及楚人戰于泓④。宋人既成列⑤，楚人未既濟⑥。司馬⑦曰：「彼眾我寡，及其未既濟也，請擊之。」公曰：「不可。」既濟而未成列，又以告⑧。公曰：「未可。」既陳⑨而後擊之，宋師敗績⑩。公傷股⑪，門官⑫殲焉。

國人皆咎⑬公。公曰：「君子不重傷⑭，不禽⑮二毛⑯。古之爲軍也，不以阻隘⑰也。寡人雖亡國之餘⑱，不鼓⑲不成列。」子魚曰：「君未知戰。勍敵⑳之人，隘㉑而不列，天贊㉒我也；阻而鼓之，不亦可乎？猶有懼焉。且今之勍者，皆吾敵也。雖及胡耇㉓，獲則取之，何有於二毛？明恥、教戰㉔，求殺敵也。傷未及死，如何勿重？若愛重傷㉕，則如勿傷；愛其二毛，則如服㉖焉。三軍㉗以利用㉘也，金鼓以聲氣㉙也。利而用之，阻隘可也；聲盛㉚致志，鼓儳㉛可也。」

作者

《左傳》。

題解

選自《左傳・僖公二十二年》。本文以對話呈現兩種對立的軍事思想。西元前六三八年，宋、楚兩國爲爭奪中原霸權在泓水邊戰爭，當時鄭國親近楚國，宋襄公爲了削弱楚國，出兵攻打鄭。楚出兵攻宋救鄭，爆發了這次戰爭。當時楚強宋弱，一開始形勢對宋軍有利，但宋襄公堅持君子不乘人之危，拒絕接受子魚的意見，以致貽誤先機，慘遭失敗。

注釋

①大司馬：掌管軍政、軍賦的官職，此即子魚，是宋襄公的庶兄。
②天之棄商：上天不肯降福給商。宋國為商微子的後代。
③弗可赦也：赦，宥，指獲罪於天，不可赦宥。
④泓：泓水，在今河南省柘城縣西。
⑤成列：排成戰鬥行列。
⑥既濟：完全過河。既：盡，完全。濟：渡河。
⑦司馬：一說指公孫固，一說指目夷，字子魚。子魚為宜。固，是堅決的意思。
⑧以告：報告。
⑨陳：通「陣」，這裡作動詞，擺好陣勢。
⑩敗績：大敗。
⑪股：大腿。

⑫門官：國君的衛士。
⑬咎：怪罪，歸罪，指責。音ㄐㄧㄡˋ。
⑭重傷：殺傷已經受傷的人。
⑮禽：通「擒」，俘虜。
⑯二毛：頭髮斑白的人，指代老人。
⑰阻隘：不迫人於險，趁人之危。阻，迫也。隘，險也。
⑱亡國之餘：亡國者的後代。宋襄公是商朝的後代，商亡於周。
⑲鼓：擊鼓進軍，名詞做動詞。
⑳勍敵：強敵，勁敵。勍：音ㄑㄧㄥˊ，強而有力。
㉑隘：這裡作動詞，處在險隘之地。
㉒贊：助。
㉓胡耇：年紀很大的人。胡，年老。耇，音ㄍㄡˇ，背彎曲、面有壽斑的老人。
㉔明恥教戰：先有不受國恥之心，後教之以戰術。明恥，認識什麼是恥辱。教戰，教授作戰的技能。
㉕愛重傷：憐憫受傷的敵人。愛，憐。
㉖服：對敵人屈服。
㉗三軍：春秋時，諸侯大國有三軍，即上軍，中軍，下軍。這裡泛指軍隊。
㉘利用：施用，這裡指作戰。
㉙金鼓：古時作戰，擊鼓進兵，鳴金收兵。金：金屬響器。聲氣：振作士氣。
㉚聲盛：謂金鼓之聲大作。
㉛儳：音ㄔㄢˋ，不整齊。指不成陣勢的軍隊。

評析

「對敵人仁慈，就是對自己殘忍」，這是子魚想告訴宋襄公的。作戰時，最重要的就是洞燭先機，當戰爭開始，形勢對宋軍有利，可是宋襄公死抱著「君子不乘人之危」的迂腐觀念不放，危急之際竟然對敵人大講仁義，拒絕接受子魚的意見，以致錯失時機，慘遭失敗。子魚對戰爭的觀點和宋襄公的迂腐，形成了強烈的對比：子魚主張抓住先機，攻其不備，先發制人，企圖徹底地消滅敵人，這樣才能讓戰爭中弱勢的一方奪取勝利；反之，宋襄公雖有成就霸業的野心，卻固守迂腐的行事，必然會遭到失敗。

經典故事

西元前六三八年，宋、楚兩國爲了爭奪中原的霸權，在泓水邊發生戰爭。當時鄭國與楚國互爲盟友，宋襄公爲了削弱楚國的力量，出兵攻打鄭國。楚國也立刻出兵援救，於是爆發了這場戰爭……

雖然楚強宋弱，但宋襄公準備應戰了。

宋國的大司馬子魚竭力地勸諫：「上天拋棄商朝已經很久了，您想要振興商朝，那是不可能的事，還是放過他們罷！」可是宋襄公是個野心勃勃的君主，聽不進子魚的話。

宋和楚在泓水交戰，宋軍已經先到了一步，並且排好陣勢，人人手執兵器鎮定的等待敵軍；楚軍卻隊伍凌亂，還沒有全部渡過泓水。

司馬子魚看見這情形，便高興的建議宋襄公：「兩軍相比，楚軍人多，我軍人少，在敵強我弱的狀況下，應趁他們還沒有全部渡過泓水，下令攻擊！」然而宋襄公伸手阻止：「不可以這樣做，這是趁人之危。」

楚軍的兵馬一個個登陸了，搖旗吶喊，氣勢漸大，直到全部渡過泓水，但還沒擺好陣勢。子魚急得滿頭大汗，苦勸襄公：「趁著楚軍的氣勢還沒凝聚，該下令攻擊了！」宋襄公卻搖頭說：「還不可以。」子魚心裡非常焦急。

就在說話間，楚軍終於擺好陣勢，宋襄公才下令擊鼓進攻，楚軍如排山倒海般殺來，宋軍幾乎被酷烈的殺伐之聲淹沒，大敗而逃。襄公就在混戰中被毒箭射中，大腿受傷，連左右的護衛都陣亡了。

眾人護送襄公向西北退去，拼命逃跑，好不容易才得以逃脫，直到離戰場遠了，才讓隨軍太醫爲襄公拔出箭來，把傷藥敷上。

泓水之戰楚國大勝，宋國全國上下都怪罪宋襄公。

宋襄公臥在床上，雙頰深陷，毒氣已經深入骨髓，卻說：「君子不會殺害受傷的敵人，不會俘虜白髮蒼蒼的老人。古人用兵時，也不會藉著險隘的地形阻擋敵人。我不願意對還沒排好陣勢的敵人攻擊，那是小人的行爲。」

子魚嘆著氣說：「唉，仁慈的您不瞭解戰爭啊！強大的敵人在險地來不及佈陣，那是天助我們，這時候襲擊他們，有什麼不可以？何況還不見得能獲勝。姑且不論跟我們作戰的是敵人，即使七八十歲頭髮全白的老頭子，我們也要抓起來殺掉，何況只是頭髮斑白的人呢？」襄公默然不語。

子魚又道：「我們鼓勵士氣的目的，就是要消滅敵人！爲什麼不能殺死受傷、但還沒死的敵人呢？若是不忍心殺害受傷的敵人，那乾脆不要傷他；若是不忍心俘虜頭髮斑白的敵人，那不如投降。軍隊是爲了打勝仗而發動的，鳴金擊鼓是用來振奮士氣的，既然如此，那麼利用險隘的地方與敵人對抗，攻擊尚未擺好陣勢的敵人，當然可以啊！」

宋襄公緩緩地睜開眼來，對著子魚和滿屋子的大臣、嬪妃瞧了瞧，痛悔的說：「我本來以紂王爲戒，對人講仁義，想要做出一番大事業，可惜我沒能做到。」他嘆了口氣，眼角滾出淚來。次年，宋襄公便因爲重傷不治逝世，由兒子宋成公繼位。

第八課

曹劌論戰

《左傳》

經典原文

十年①春，齊師②伐我③。公④將戰，曹劌⑤請見。其鄉人曰：「肉食者謀⑥之，又何間⑦焉？」劌曰：「肉食者鄙⑧，未能遠謀。」乃入見，問何以戰⑨。公曰：「衣食所安，弗敢專也⑩，必以分人⑪。」對曰：「小惠未徧⑫，民弗從也。」公曰：「犧牲、玉帛⑬，弗敢加⑭也。必以信。」對曰：「小信未孚⑮，神弗福⑯也。」公曰：「小大之獄⑰，雖不能察⑱，必以情⑲。」對曰：「忠之屬也⑳，可以一戰㉑。戰，則請從㉒。」

公與之乘㉓，戰于長勺㉔。公將鼓之。劌曰：「未可。」齊人三鼓。劌曰：「可矣。」齊師敗績㉕。公將馳㉖之。劌曰：「未可。」下，視其轍㉗，登軾㉘而望之，曰：「可矣。」遂逐齊師。

既克㉙，公問其故。對曰：「夫戰，勇氣也㉚。一鼓作氣㉛，再而衰，三而竭。彼竭我盈㉜，故克之。夫大國，難測㉝也，懼有伏㉞焉。吾視其轍亂，望其旗靡㉟，故逐之。」

作者

《左傳》。

題解

選自《左傳・莊公十年》。記敘曹劌在長勺之戰中對此次戰爭的評論，並描述在戰時活用「一鼓作氣，再而衰，三而竭」的原則，必能擊退實力強大的齊軍，是歷史上以弱勝強的著名戰例之一。

注釋

①十年：魯莊公十年（西元前六八四年）。

②齊師：齊國的軍隊。齊，今山東省中部。師，軍隊。

③我：指魯國。魯，今山東省西南部。《左傳》傳為魯國史官而作，故稱魯國為「我」。

④公：諸侯的通稱，指魯莊公。

⑤曹劌：春秋時魯國大夫。著名的軍事理論家。劌，音ㄍㄨㄟˋ。

⑥肉食者：指居高位、享厚祿的人。謀：謀劃。

⑦間：參與。音ㄐㄧㄢˋ。

⑧鄙：鄙陋，指目光短淺。

⑨何以戰：即「以何戰」，憑藉什麼作戰？

⑩衣食所安，弗敢專也：衣食這類養生的物品，不敢獨自享用。安：「養」的意思。弗：不。專：獨自專有，個人專有。

⑪必以分人：省略句，省略「之」。完整句子是「必以之分人」，一定把它分給別人。以，把。人：指魯莊公身邊的近臣或貴族。

⑫徧：通「遍」。遍及，普遍。
⑬犧牲、玉帛：古代祭祀用的祭品。犧牲，祭祀用的豬、牛、羊等。玉，玉器。帛，絲織品。
⑭加：虛報。
⑮小信未孚：這只是小信用，未能讓神靈信服。孚，音ㄈㄨˊ，使人信服。
⑯福：名詞作動詞，降福。
⑰獄：案件。
⑱察：明察。
⑲情：情理。
⑳忠之屬也：這是盡了職分的事情。忠，盡力做好分內的事。
㉑可以一戰：可以憑藉這個條件打一仗。可，可以。以，憑藉。
㉒戰則請從：如果作戰，請允許我跟從。從，隨行，跟從。
㉓公與之乘：魯莊公和他共乘一輛戰車。之，指曹劌。
㉔長勺：魯國地名，今山東萊蕪東北。
㉕敗績：潰敗。
㉖馳：驅車追趕。
㉗轍：音ㄔㄜˋ，車輪在地上碾過的痕跡。
㉘軾：音ㄕˋ，古代車子前用的橫木。
㉙既克：已經戰勝。既，已經。
㉚夫戰，勇氣也：作戰靠的是勇氣。夫放句首，表示將發議論。
㉛一鼓作氣：第一次擊鼓能振作士氣。
㉜彼竭我盈：他們的勇氣已盡，我們的勇氣正盛。彼，代詞，指齊軍。盈，充沛，飽滿，指士氣旺盛。
㉝難測：難以推測。測，推測，估計。
㉞伏：埋伏。

㉟靡：音ㄇㄧˇ，倒下。

評析

曹劌論戰的故事，重點不是在描述戰爭的情況，而是強調曹劌的「戰術」運用，因此詳細地描述曹劌與魯莊公的對話。透過曹劌對戰爭的一番分析，以及弱國戰勝強國的史實，表現曹劌卓越的政治和軍事才能，也說明了在戰爭時，只有獲得人民支持以及運用正確的戰術，才能取得勝利。在故事的敘述技巧上，將曹劌和魯莊公對比，以突顯曹劌的遠見和莊公的短淺，而莊公能夠向曹劌虛心求教，頗爲難能可貴。

經典故事

魯莊公十年的春天，一點也不平靜，齊國派出強大的兵馬攻打魯國，魯莊公準備迎戰。這場戰爭，使得溫暖的春天充滿了肅殺之氣。

魯國的軍事家曹劌聽到消息，就請求進見莊公，希望能貢獻自己的才能。親友們疑惑的問他：「打仗的事，自然有那些大夫以上的人謀劃，你又何必淌這種渾水呢？」

曹劌哈哈一笑，說：「那些人很淺薄，不能深謀遠慮的。」於是進宮去了。

魯莊公聽說曹劌來了，親切的接見他。一見面，曹劌劈頭便問：「敢問您憑什麼要百姓支持這場戰爭？」莊公毫不猶豫的說：「有舒適的衣服，我不敢獨享，一定會分給百姓，將財富與民共享。」曹劌卻皺眉道：「這種小恩惠無法分給所有人，老百姓不會跟從您的。」

莊公又說：「我也不敢擅自虛報祭祀用的牛羊和玉帛，一定會誠實地獻給神明。」曹劌搖搖頭，道：「這種小誠實無法取得神明的信任，神不會降福的。」莊公略思索了一下，又說：「所有的官司案件，雖然不能全部明察，但一定會按照情理去處置。」曹劌這才高興的說：「這的確是爲百姓盡心盡力啊！我軍可以一戰了。出戰時，請讓我跟隨您吧！」莊公答應了。

到了齊、魯兩軍準備交戰的時刻，魯莊公和曹劌共乘一輛車，在長勺這個地方和齊軍對峙。莊公準備擊鼓進軍了，曹劌卻伸手阻擋說：「還不行。」莊公感到奇怪，但還是聽從曹劌的話止住不發。

等齊軍擊了三次鼓之後，曹劌才點頭說：「可以開戰了。」於是莊公下令擊鼓發動攻擊。

兩軍交戰，魯軍氣勢如虹，齊軍果然戰敗，分頭迅速逃竄。魯莊公見獵心喜，打算乘勝追擊，曹劌卻阻止說：「時機還沒到。」只見他忽然跳下車，來回地檢查齊軍的車輪痕跡，又登上車前的橫木瞭望齊軍，看了一會兒才說：「可以追擊了！」在魯軍的追擊下，齊軍終於被徹底擊敗。

戰爭結束後，莊公忍不住問曹劌：「爲何三番兩次阻止我發兵呢？」

曹劌微笑著說：「作戰，靠的是士兵的勇氣。第一次擊鼓時，士氣最振作；第二次擊鼓，士氣就會比前次衰退；等到第三次擊鼓，士兵的勇氣就會消失殆盡。我們等齊軍擊完戰鼓，當他們士氣竭盡時，卻是我軍最振奮的時候，所以很容易就打敗齊軍了。」

莊公點點頭，一邊沉思箇中奧妙。

曹劌繼續說：「至於我爲什麼不讓您乘勝追擊？那是因爲大國的實力很難預測，我擔心齊軍詐敗，在路上設置埋伏突襲我軍，所以先下車查看齊軍的車輪，發現車輪痕跡混亂，再登高遠望，又看見敵軍的旌旗東倒西歪的，一副顧著逃命的樣子，才有十足的把握下令追擊。這場戰爭就是這麼得勝的。」

莊公聽完曹劌論戰後，終於恍然大悟，忍不住大笑起來，對曹劌的軍事才能佩服不已。

第九課

介之推不言祿

《左傳》

經典原文

晉侯[1]賞從亡者[2]，介之推[3]不言祿，祿亦弗及。

推曰：「獻公[4]之子九人，唯君在矣。惠、懷[5]無親，外內棄之。天未絕晉，必將有主。主晉祀者，非君而誰？天實置[6]之，而二三子[7]以爲己力，不亦誣[8]乎？竊人之財，猶謂之盜，況貪天之功以爲己力乎？下義其罪[9]，上賞其奸[10]，上下相蒙[11]，難與處矣。」

其母曰：「盍[12]亦求之？以死，誰懟[13]？」

對曰：「尤[14]而效之，罪又甚焉。且出怨言，不食其食[15]。」

其母曰：「亦使知之，若何？」

對曰：「言，身之文[16]也。身將隱，焉用文之？是求顯也。」

其母曰：「能如是乎？與女偕隱。」遂隱而死。

晉侯求之，不獲，以緜上爲之田[17]。曰：「以志[18]吾過，且旌[19]善人。」

作者

《左傳》。

題解

選自《左傳．僖公二十四年》。介之推跟著晉文公重耳在外流亡回國後，晉文公大賞群臣，卻獨獨遺漏了他，但他不誇功，也不求賞，反而和老母隱居在緜上深山裡。劉向《新序》中：「求之不能得，以謂焚其山宜出。及焚其山，遂不出而焚死。」為原文「遂隱而死」留下了想像空間。

注釋

①晉侯：晉文公，即重耳。因驪姬之亂逃亡在外，在秦國的幫助下回晉繼承君位。

②從亡者：跟隨文公出亡在外之臣，如狐偃、趙衰等人。

③介之推：亦從亡之臣。晉文公臣子，曾割自己腿上的肉餵飢餓的文公。

④獻公：重耳之父晉獻公。

⑤惠、懷：惠公、懷公。惠公是文公重耳的弟弟，懷公的父親。

⑥置：立。

⑦二三子：那幾個人，指跟隨文公逃亡的諸臣。

⑧誣：欺騙。音 ㄨ。

⑨下義其罪：言貪天之功，在下位者把罪過當作正當的事。義，正當的事。

⑩上賞其奸：在上位者也對壞事加以獎賞。

⑪蒙：欺騙。

⑫盍：音 ㄏㄜˊ，何不。

⑬ 懟：音ㄉㄨㄟˋ。怨恨。
⑭ 尤：責怪。
⑮ 其食：其祿也。
⑯ 文：花紋，裝飾。人之有言，所以文飾其身。
⑰ 緜上：地名，在今山西省介休縣南、沁源縣西北的介山之下。田：祭田。
⑱ 志：記載。
⑲ 旌：表彰。音ㄐㄧㄥ。

評析

只能共患難而不能共安樂，是許多領導人的問題，晉文公就是鮮明的例子。當初重耳落難出亡時，介之推割下股肉救活他，等重耳回國即位，大封群臣，卻完全不提有功的介之推；那些貪婪的臣子將功勞據為己有，晉文公卻不以此為奸，還賞賜他們，成了上下蒙蔽，因此介之推不願同流合汙，決定歸隱山林。介之推是言行一致的君子，晉文公卻是政客，「忘記」封賞與愚蠢燒山的決定，可能源自「忌才」的心態，試想，百姓寫詩諷刺文公，文公豈有不怒？藉此除掉功高震主的介之推，恐怕才是他的真意。

經典故事

有句話說：「介之推不言祿，祿亦弗及。」介之推從來不要求賞賜，賞賜便也輪不到他。怎麼會這樣？論功行賞，不是天經地義的事嗎？

話說在晉獻公時，宮廷發生內亂，公子重耳出逃，逃亡的途中沒有食物可吃，飢腸轆轆的重耳只好吃野菜充饑，尊貴的公子怎咽得下野菜呢？在旁的介之推就割下大腿的一塊肉，煮成湯，端給重耳喝。

重耳讚美湯的味道，後來發現介之推走路一拐一拐的，追問之下才明白眞相，令重耳感動不已，對介之推承諾：「等我回國後，必定重賞你。」

重耳回到晉國後，平定了叛亂，成爲有名的晉文公。意氣風發的文公，對追隨的臣子論功行賞，卻唯獨忘記介之推。

介之推便對老母親說：「獻公有九個兒子，現在只有君王還在。君王的弟弟夷吾和夷吾的兒子沒有親信，國內外都拋棄他們。老天不想滅晉，所以安排文公成爲君王。現在掌管國家的人，不正是文公嗎？這是天意。那些跟隨君王逃亡的人，卻認爲是自己的功勞，這不是欺騙嗎？偷竊錢財叫做盜竊，更何況搶了老天的功勞！臣子把罪過當作正當，國君又賞賜這群小人，上下互相欺瞞，我實在很難和他們相處共事！」說罷，介之推的心裡不禁有氣，並不是因爲沒有得到封賞，而是對汙濁的政治感到氣憤。

母親憂慮的說：「你爲什麼不去要賞賜呢？這樣貧窮的死去，又能埋怨誰？」因爲擔心愛子，老母親臉上的皺紋似乎更加深了。

介之推神情嚴肅，慨然說道：「我責備這種行爲而自己又去做，是罪加一等。況且我已經說出埋怨的話，以後更不能拿君王的俸祿了。」

母親仍不放棄，柔聲勸說：「你就讓君王知道這些想法，好嗎？」

介之推搖搖頭，堅定的回答：「言語，只是人的裝飾。我就要隱居了，還要裝飾做什麼？這樣等於是向他們乞求顯貴，我不願意。」

母親知道兒子爲人正直，只好嘆氣：「你眞的能夠隱居起來嗎？那麼娘就和你一起隱居吧！」於是，介之推便帶著老母親歸隱山林，躲進了緜山。

有人爲介之推抱不平，作詩諷刺晉文公忘恩負義，詩歌在大街小巷流傳開來，很快就傳到文公耳中。文公有些惱怒，但爲了彌補過錯，便親自帶著大臣前往緜山迎介之推出山，介之推卻躲在山中不願出來。

趙衰、狐偃等人非常嫉妒介之推，便建議文公：「只要燒掉三面的山，留下逃生的路，介之推爲了救母親必定下山。」

糊塗的晉文公答應了。趙衰、狐偃卻將山的四面都燒掉，等火熄滅後，文公派人上山，才發現介之推與母親抱著一棵大樹，早已經被火燒死。全國哀悼，於是晉文公將介之推的忌日定爲寒食節。

第十課

王孫滿對楚子

《左傳》

經典原文

楚子伐陸渾之戎[1]，遂至於雒[2]，觀兵[3]于周疆[4]。定王[5]使王孫滿[6]勞[7]楚子。楚子問鼎之大小、輕重焉。

對曰：「在德不在鼎[8]。昔夏之方有德也，遠方圖[9]物，貢金[10]九牧[11]，鑄鼎象物[12]，百物[13]而爲之備[14]，使民知神、姦[15]。故民入川澤、山林，不逢不若[16]。螭魅[17]魍魎[18]，莫能逢之。用[19]能協[20]于上下，以承天休[21]。桀有昏德[22]，鼎遷于商，載祀[23]六百[24]。商紂暴虐，鼎遷於周。德之休明[25]，雖小，重也。其姦回[26]昏亂，雖大，輕也。天祚[27]明德[28]，有所厎止[29]。成王定鼎[30]于郟鄏[31]，卜世[32]三十，卜年[33]七百，天所命也。周德雖衰，天命未改。鼎之輕重，未可問也。」

作者

《左傳》。

題解

選自《左傳．宣公三年》。當楚莊王吞併一些小國，確立了地位後，將軍隊駐紮在周朝邊境，他對王孫滿問九鼎的輕重，正是想竊取周朝的王權。周大夫王孫滿針對楚莊王的問話，先說明了九鼎的來歷，再藉機指出統治天下的條件「在德不在鼎」，並且「周德雖衰，天命未改」，挫敗了楚莊王併吞的野心。

注釋

① 陸渾之戎：古戎人的一支，又叫允姓之戎。原在秦晉的西北，春秋時被秦晉誘迫，遷到伊川（今河南省伊河流域），周景王二十年（西元前五二五年）為晉所併。

② 雒：指雒水，今作洛水。發源於陝西，經河南流入黃河。

③ 觀兵：檢閱軍隊以示軍威。

④ 疆：邊境。

⑤ 定王：襄王的孫子，名瑜，周朝第二十一位王。

⑥ 王孫滿：周大夫，周共王的玄孫。

⑦ 勞：慰勞。音ㄌㄠˋ。

⑧ 鼎：即九鼎。相傳夏禹收九牧所貢之金鑄成九個大鼎，象徵九州，三代時奉為傳國之寶，也是王權的象徵。楚莊王問鼎的大小輕重，反映他對王權的覬覦（ㄐㄧˋ ㄩˊ）。

⑨ 圖：畫。

⑩ 金：指青銅等金屬品。

⑪ 九牧：即九州。傳說古代把天下分為九州，州的長官叫牧。貢金九牧，是「九牧貢金」的倒裝，猶言天下貢金。

⑫ 鑄鼎象物：用九州的貢金鑄成鼎，把畫下來的各種東西的圖像鑄在鼎上。

⑬百物：萬物。
⑭備：具備。
⑮神姦：鬼神怪異之物。姦：音ㄐㄧㄢ，邪惡。
⑯不逢不若：不會遇到不順從的東西。逢，遇。若，順，順從。
⑰螭魅：音ㄔ ㄇㄟˋ，也作「魑魅」。傳說山林裡能害人的妖怪。
⑱魍魎：音ㄨㄤˇ ㄌㄧㄤˇ，傳說中河川裡的精怪。
⑲用：因。
⑳協：和諧。
㉑休：蔭庇，保佑。
㉒昏德：昏亂的行為。
㉓祀：年。與「載」同義。
㉔六百：謂殷商有六百年的歷史。
㉕德之休明：猶言德若休明。休明，美善光明。
㉖姦回：奸惡邪僻。
㉗祚：音ㄗㄨㄛˋ，賜福，保佑。
㉘明德：美德。指明德的人。
㉙厎止：限度，極限。厎，音ㄓˇ，定，「底」的異體字。
㉚定鼎：定都。九鼎為古代傳國的重器，王都所在，即鼎之所在。
㉛郟鄏：音ㄐㄧㄚˊ ㄖㄨˋ。地名。周王城所在，在今河南省洛陽市西。
㉜卜世：預卜周朝能傳至幾代。卜，占卜。古人用火灼龜甲，根據灼開的裂紋來預測未來吉凶。世，父子相繼為一世。
㉝卜年：謂所得之年。

評析

「鼎」是國家重器，只會隨著改朝換代而改變安放的所在，楚莊王對周使者王孫滿「問鼎」，等於公然表露奪取政權的野心。下文「經典故事」的開頭，加入楚莊王過去荒廢國政的事蹟，是爲了突顯「鼎」的意義。王孫滿說：「在德不在鼎。」又說：「德之休明，雖小，重也。其姦回昏亂，雖大，輕也。」意思是周天子有德，而你楚王無德，天子仍然是天命所歸，鼎也就不會變更主人。王孫滿抓住楚莊王過去昏亂逸樂的行徑，用「德」字抬高周天子地位和政權的合理性，讓楚莊王知道天命在周而不在楚，最後迫使楚軍退兵。

經典故事

楚莊王是楚成王的孫子，在位三年了，什麼事也不管，整天不是醇酒美人，就是到山野之間打獵爲戲。

大臣們紛紛勸告，但是楚莊王並不想聽他們嘮叨，就乾脆頒出一條禁令：「有敢勸諫者，殺無赦。」嚇得那些想要勸諫的人，都不敢再勸了。

大夫蘇從按捺不住，有一天進宮對著莊王大哭。

莊王問：「你這是在哭什麼？」蘇從一把鼻涕、一把眼淚地說：「臣是哭自己就快死了，而楚國也快滅亡了。」楚莊王氣得手指著蘇從大罵：「你是不是也想來囉唆？寡人下禁令，敢諫者死，看到了沒有？你冒死來說話，不是太愚蠢了嗎？」

蘇從抹抹眼淚，說道：「大王是萬乘之君，享有千里之地，軍馬精強，諸侯都敬畏您，按四時貢獻不絕，國家可享用萬世。如今卻沉溺在酒色、音樂，不理朝政、不親賢才，恐怕國内外將有叛變發生，現在歡樂，日後就有災難了。因爲一時的歡樂，拋棄萬世的基業，是您太愚蠢。臣的愚只不過殺身，死後還可與龍逢、比干等賢臣齊名；但大王的愚，連匹夫都及不上，豈不是愚到了極點？臣冒死直言，請大王賜我死罪。」說完伏地跪拜，痛哭流涕。

楚莊王霍地站起，走下台階，牽著蘇從的手說：「如果不是大夫的直言，寡人眞要誤了大事。」從此以後果眞遠離美女，撤走音樂，用心革新政治，任用賢才，楚國便日益強盛起來。

後來，楚莊王更開疆拓土，討伐陸渾的戎人。這天，楚軍一路行軍到雒水邊，就在周王室的境内擺開陣勢示威，頗有與周天子一爭雄雌的意味。

天子周定王得知楚軍過境，連忙派遣大夫王孫滿到楚國的軍營慰問。

這時楚莊王已不把天子放在眼裡，當王孫滿到了，莊王便撣了撣衣服上的灰塵，傲慢地問：「寡人聽說大禹治水後鑄有九鼎，三代相傳，是世間至寶。鼎在周的首都洛陽，但不知鼎的大小輕重如何？」

王孫滿不慌不忙的說：「鼎的大小、輕重是看君王的德行，而不在鼎本身。從前夏朝剛擁立明主時，工匠畫出各種奇異的圖象，用九州進貢的金屬鑄成九鼎，把這些圖畫都鑄在鼎上，上頭有各種事物，使百姓知道哪些是神，哪些是邪。所以百姓進入江河山林中，不會碰到像山精水怪、螭魅魍魎之類的惡物，因此百姓沒有災害，國家上下和諧，承受上天的庇佑。」
莊王聽得出神。
王孫滿又道：「……傳到了夏朝，桀昏亂無德，被湯推翻，九鼎就遷到了商朝，長達六百年。傳到暴虐的紂，又被周給推翻，九鼎便遷到了周朝。君王的德行如果很好，鼎雖然小，也重得無法移走；倘若君王昏庸，九鼎再大，也輕得容易遷移。上天再怎麼降福給有德的人，總是有限的。」
楚莊王知道王孫滿在嘲諷他，但又被這番話給說得心服口服，一時無言。他想到自己剛即位時種種荒唐的行徑，不禁冒出了冷汗。
這時王孫滿忽然揚起頭來，堅定的說：「鼎有固定安放的位置。周的國運雖然衰退，但天命卻還沒改變，因此九鼎的輕重是不能詢問的！」
楚莊王雖然口出狂言侮辱周室，但也看清楚稱霸中原的時機尚未成熟，只好先退出了周境。

第十一課　勾踐復國

《國語》

經典原文

越王勾踐棲於會稽之上①，乃號令於三軍曰：「凡我父兄、昆弟及國子姓②，有能助寡人謀而退吳者，吾與之共知③越國之政。」大夫種④進對曰：「臣聞之，賈人夏則資皮⑤，冬則資絺⑥。旱則資舟，水則資車，以待乏也。夫雖無四方之憂，然謀臣與爪牙之士⑦，不可不養而擇也。譬如蓑笠，時雨既至，必求之。今君王既棲於會稽之上，然後乃求謀臣，無乃後乎⑧？」勾踐曰：「苟得聞子大夫之言，何後之有⑨？」執其手而與之謀。

遂使之行成⑩於吳，曰：「寡君勾踐乏無所使，使其下臣種，不敢徹聲聞於天王，私於下執事，曰：『寡君之師徒，不足以辱君矣⑪；願以金玉、子女賂⑫君之辱。請勾踐女女⑬於王，大夫女女於大夫，士女女於士，越國之寶器畢從⑭。寡君帥越國之眾，以從君之師徒，唯君左右之⑮！若以越國之罪爲不可赦也，將焚宗廟，係妻孥⑯，沉金玉於江⑰；有帶甲五千人，將以致死，乃必有偶⑱，是以帶甲萬人以事君也。無乃即傷君王之所愛乎？與其殺是人也，寧其得此國也，其孰利乎⑲？』」

夫差[20]將欲聽，與之成。子胥[21]諫曰：「不可！夫吳之與越也，仇讎敵戰之國也；三江環之，民無所移[22]。有吳則無越，有越則無吳。將不可改於是矣。員聞之，陸人居陸，水人居水。夫上黨之國[23]，我攻而勝之，吾不能居其地，不能乘其車；夫越國，吾攻而勝之，吾能居其地，吾能乘其舟。此其利也，不可失也已。君必滅之！失此利也，雖悔之，亦無及已。」

越人飾美女八人，納之太宰嚭[24]，曰：「子苟赦越國之罪，又有美於此者將進之。」太宰嚭諫曰：「嚭聞古之伐國者，服之而已；今已服矣，又何求焉？」夫差與之成而去之。

勾踐說於國人曰：「寡人不知其力之不足也，而又與大國執讎[25]，以暴露百姓之骨於中原，此則寡人之罪也。寡人請更[26]。」於是葬死者，問傷者，養生者；弔有憂，賀有喜；送往者，迎來者；去民之所惡[27]，補民之不足。然後卑事夫差，宦士三百人於吳[28]，其身親爲夫差前馬[29]。

勾踐之地，南至于句無，北至于禦兒，東至于鄞，西至于姑蔑[30]，廣運[31]百里。乃致其父兄、昆弟而誓之，曰：「寡人聞古之賢君，四方之民歸之，若水之歸下也。今寡人不能，將帥二三子夫婦以蕃[32]。」令壯者無取[33]老婦，令老者無取壯妻；女子十七不嫁，其父母有罪；丈夫二十不取，其父母有罪。將免[34]者以告，公令醫守之。生丈夫，二壺酒，一犬；生女子，二壺酒，一豚[35]；生三人，公與之母[36]；生二人，公與之餼[37]。當室者死，三年釋其政[38]；支子[39]死，三月釋其政：必哭泣葬埋之如其子。令孤子、寡婦、疾疹、貧病者，納宦其子[40]。其達士[41]，絜其居，美其服，飽其食，而摩厲[42]之於義。四方之士來者，必廟禮之[43]。勾踐載稻與脂於舟以行。國之孺子之遊者，無不餔也，無不歠也[44]：必問其名。非其身之所種則不食，非其夫人之所織則不衣。十年不收於國[45]，民俱有三年之食。

國之父兄請曰：「昔者夫差恥吾君於諸侯之國[46]；今越國亦節[47]矣，請報之。」勾踐辭曰：「昔者之戰也，非二三子之罪也，寡人之罪也。如寡人者，安與知恥？請姑無庸戰。」父兄又請曰：「越四封之內，親吾君也，猶父母也[48]。子而思報父母之仇，臣而思報君之仇，其有敢不盡力者乎？請復戰！」勾踐既許之，乃致其眾而誓之，曰：「寡人聞古之賢君，不患其眾之不足也，而患其志行之少恥[49]也。今夫差衣水犀之甲者億有三千[50]，不患其志行之少恥也，而患其眾之不足也。今寡人將助天滅之。吾不欲匹夫之勇也，欲其旅進旅退[51]。進則思賞，退則思刑；如此，則有常賞。進不用命，退則無恥；如此，則有常刑。」

果行，國人皆勸[52]。父勉其子，兄勉其弟，婦勉其夫，曰：「孰是君也，而可無死乎[53]？」是故敗吳于囿，又敗之于沒，又郊敗之[54]。

夫差行成，曰：「寡人之師徒不足以辱君矣，請以金玉、子女，賂君之辱。」勾踐對曰：「昔天以越與吳，而吳不受；今天以吳予越，越可以無聽天之命而聽君之令乎？吾請達王甬、句東[55]，吾與君爲二君乎！」夫差對曰：「寡人禮先壹飯矣[56]。君若不忘周室而爲弊邑宸宇[57]，亦寡人之願也。君若曰：『吾將殘女社稷，滅女宗廟58。』寡人請死，余何面目以視於天下乎！越君其次59也！」遂滅吳。

作者

《國語》是春秋時期的國別史，分周、魯、齊、晉、鄭、楚、吳、越八語，共二十一卷，成書時間不會早於戰國初期。司馬遷曾說：「左丘失明，厥有《國語》。」一般認為作者就是左丘明。《國語》記敘的事件很多與《左傳》相同，但記事簡單，記言論則很詳細，似乎二書在「記事」和「記言」方面有所分工。因此東漢時班固、王充等人，都曾把《國語》稱作《春秋外傳》或《左氏外傳》。

題解

選自《國語》卷二十《越語上》。越王勾踐在初敗於吳國以後，臥薪嘗膽，刻苦圖強，「十年生聚，十年教訓」，終於使越國由弱變強，到最後攻滅吳國。本文內容多由人物的言論構成，充分展示了《國語》「記言」的書寫特色。

注釋

① 越王勾踐棲於會稽之上：勾踐，又作「勾踐」，春秋末年越國國君，春秋五霸之一。會稽（ㄍㄨㄟˋ ㄐㄧ），山名，今浙江紹興東南。勾踐即位初常與吳國相戰，魯哀公元年被吳王夫差大敗於夫椒，退會稽山。

② 昆弟及國子姓：昆弟，兄弟。國子姓，與越王同姓的宗族。

③ 知：音ㄓ，主持、執掌。

④大夫種：文種，字子禽，本為楚人，入越官任下大夫，與范蠡助勾踐滅吳，但後遭勾踐疑忌，被迫自殺。

⑤賈人夏則資皮：商人在夏天積貯毛皮貨物，等待冬天高價出售。賈（ㄍㄨˇ）人，本指經營買賣之人，後泛指所有商人。資，取，引申為積貯。皮，毛皮貨物。

⑥絺：音ㄔ，細葛布，用做夏天衣物。

⑦爪牙之士：指武臣將士。爪，音ㄓㄠˇ。

⑧然後乃求謀臣，無乃後乎：君王敗退會稽山後，才下令求謀臣，豈不是太遲了？前「乃」字，意為才。無乃，表示委婉反問的語助詞，猶言「豈不是」。後，遲、晚。

⑨苟得聞子大夫之言，何後之有：倘若能聽到文大夫的謀略言論，哪有什麼遲呢？苟，如果、倘若。何後之有，「有何後」，倒裝句。

⑩行成：要求停戰，協議和平。

⑪寡君之師徒，不足以辱君矣：我國的軍隊已不足以承蒙您吳王親自來討伐。寡君，謙詞，指勾踐。師徒，軍隊。

⑫賂：音ㄌㄨˋ，贈送財物。

⑬女女：音ㄋㄩˇ ㄋㄩˋ，後女字用作動詞，將女兒許配給人。

⑭畢從：全部歸屬於吳國。畢，全部；從，歸屬。

⑮唯君左右之：任由您擺布越國之衆。左右，控制、擺布之意。

⑯係妻孥：將與妻子兒女死生同命，寧死不作吳國的俘虜。係，同「繫」，拘囚。孥，音ㄋㄨˊ，子女。

⑰沉金玉於江：把金玉投到江中，而不讓吳國獲得。

⑱將以致死，乃必有偶：將拼死決戰，必定人人勇氣倍增，能以一當二。致死，誓死、拼死。偶，成對、加倍。

⑲與其殺是人也，寧其得此國也，其孰利乎：兩國決戰而殺掉越國之衆，與兩國講和而使吳坐得越國之衆，這二者哪個更有利？寧，安。孰，誰、哪個。

⑳夫差：春秋末年吳國國君，吳王闔閭（ㄏㄜˊ ㄌㄩˊ）之子，始祖是周太王之子太伯，姬姓。

㉑子胥：伍員字。伍員本為楚人，父兄都被楚平王聽信讒言殺死，他被迫投奔吳國，積極佐吳伐楚，經過五次戰役，終於攻入楚都郢，並掘楚平王墓鞭屍雪恥。吳王夫差時，他反對夫差許越求和，屢請滅越，但被越國使反

間計賄賂太宰嚭進讒，中傷他有異謀，夫差遂賜劍令其自殺。伍員死時曾預言越必滅吳，後果然。胥，音ㄒㄩ。

㉒三江環之，民無所移：吳越之地被眾多江河所環繞，民眾無處遷徙，故吳越二國必為爭奪地盤而戰，勢不兩立。三江，近人以為三江乃吳越之地多條水道的總稱。移，遷徙。

㉓上黨之國：泛指中原齊、魯、晉、鄭等國。黨，處所。

㉔太宰嚭：太宰，官名，吳國正卿。嚭，音ㄆㄧˇ，人名，姓伯，本為楚人，因父伯州黎被楚靈王所殺，他便避禍投奔吳國，官至太宰。

㉕執讎：結仇。執，結也。讎，音ㄔㄡˊ，同「仇」。

㉖更：改過。

㉗去民之所惡：剔除民眾所厭惡的政令。惡，音ㄨˋ。

㉘卑事夫差，宦士三百人於吳：勾踐帶領三百人入吳，像臣僕一樣卑賤地侍奉吳王夫差。卑，低賤。事，侍奉。宦，侍奉帝王的臣僕。

㉙其身親為夫差前馬：勾踐親身充作吳王夫差的馬前走卒。前馬，前驅在馬前。

㉚句無、禦兒、鄞、姑篾：均古地名。句無，今浙江諸暨南。禦兒，今浙江桐鄉崇德鎮東南。鄞，浙江寧波。姑篾，亦作姑蔑，今浙江金華、衢縣北。

㉛廣運：東西為廣，南北為運。

㉜將帥二三子夫婦以蕃：二三子，猶言諸位、各位。蕃，通「繁」，繁殖人口。

㉝取：通「娶」。

㉞免：通「娩」，分娩、生孩子。

㉟生丈夫，二壺酒，一犬；生女子，二壺酒，一豚。丈夫，男子。犬，狗。豚，小豬。古人認為狗屬陽畜，豬屬陰畜，生男要送狗，生女則送豬。

㊱生三人，公與之母：生三胞胎者，由公家供給奶媽哺乳。母，指乳母、奶媽。

㊲餼：音ㄒㄧˋ，食物。

㊳當室者死，三年釋其政：嫡長子死亡，則免除戶主的徭役三年。當室，嫡長子。古代實行嫡長子繼承法，嫡長

子將繼承父位而當家主事。釋，免除。政，徭役。

㊴支子：庶子，包括嫡妻所生的次子以及妾所生的兒子。

㊵納宦其子：凡孤寡病弱之家的子女，皆由公家代為收養撫育。納，入、收。宦，養。

㊶達士：明智通達的士人。

㊷摩厲：通「磨礪」，原指磨琢玉石，這裡借喻人的修身養性。

㊸必廟禮之：凡來投奔越國的士人，勾踐都要在宗廟行禮接待，以示敬重。廟，宗廟。禮，以禮相待。

㊹勾踐載稻與脂於舟以行。國之孺子之遊者，無不餔也，無不歠也：勾踐常用船載著粱肉等食物，到國內各處巡行，凡遇到未成年而流浪無依的人，都會給予食物、飲料。稻，糜。脂，膏，泛指粱肉食物。孺子，幼童、未成年者。餔，通「哺」，給人以食。歠，音ㄔㄨㄛˋ，「啜」古字，給人以飲。

㊺十年不收於國：勾踐十年不向民眾徵收租稅，以便百姓家有積蓄，才有實力為國效命。

㊻昔者夫差恥吾君於諸侯之國：昔，過去。恥，恥辱。恥吾君，使我們的國君蒙受恥辱。

㊼節：有節度，強大而有秩序。

㊽越四封之內，親吾君也，猶父母也：越國全體民眾愛戴國君勾踐，就像愛自己的父母一樣。封，疆界。四封之內，全國之內。

㊾少恥：謂缺少榮辱之心，因而不思進取，臨難苟且偷生。

㊿今夫差衣水犀之甲者億有三千：言吳王手下裝備精良的士兵為數眾多。衣，音ㄧˋ，動詞，穿著。水犀，生活在水中的犀牛，皮厚而韌，可用做上等護身衣甲。衣水犀之甲者，裝備精良的士兵。億有三千，指數量之多，非實數。

(51)旅進旅退：作戰時必須進則俱進，退則俱退，行動步調必須一致。旅，軍隊。

(52)果行，國人皆勸：果真行動起來時，國民都互相勉勵。果，果真。勸，勉勵、激勵。

(53)孰是君也，而可無死乎：有誰像我們國君這樣愛民如子，我們能不為他效死力嗎？孰，誰。

(54)是故敗吳於囿，又敗之於沒，又郊敗之：越國於魯哀公二十年（西元前四七五年），連續在笠澤、沒、吳都郊外三地大敗吳軍，進而包圍吳都。是故，因此。囿音ㄧㄡˋ，古江湖名，指笠澤。沒，古地名。郊，指吳國都城（今江蘇蘇州）郊外。

⑤⑤ 吾請達王甬、句東：勾踐打算把吳王夫差遣送至東邊海島上囚禁起來。達，遣送。王，指夫差。甬、句東，《左傳》哀公二十年和《史記．吳世家》均作「甬東」，無「句」字。甬東，即今浙江舟山群島。一說，甬即甬江；句，即句章，今浙江餘姚東南，指海中之山。

⑤⑥ 寡人禮先壹飯矣：壹飯，一頓飯，借喻微有恩惠。從情理上說，我以前曾有恩於越國（指以前夫差許越求和事）。

⑤⑦ 君若不忘周室而為弊邑宸宇：越君若能看在周王的情面上，允許吳在貧瘠偏僻之地立國，並以越國之力庇護吳國。亦即允許吳作越的附庸。周室，周王室，指吳國國君乃周王族的後裔，與周王同為姬姓。弊邑，指貧瘠偏僻的地方。宸宇，屋簷下，借喻蔭庇。

⑤⑧ 殘女社稷，滅女宗廟：殘，毀滅。女，同「汝」。社稷，古代祭祀天地之所，代指國家政權。宗廟，古代供奉和祭祀祖先之所，代指王朝政權。

⑤⑨ 次：部隊駐紮留宿，指攻占吳都。古代行軍一宿稱「舍」，再宿稱「信」，超過兩宿則稱「次」。

評析

「臥薪嘗膽，十年生聚，十年教訓」，說來很簡單，卻要具備過人的意志才能夠達成。越王勾踐忍辱偷生，終於在西元前四七三年，發動了祕密藏在民間的三萬雄兵，一舉將吳國首都姑蘇城圍困，此時，吳王夫差還掌握了五萬兵馬，卻因爲糧草供給困難而不敢出城一戰。夫差想效仿二十年前勾踐向他求和的方式，央求勾踐接納吳國人民；然而，此時的勾踐並不是當年的夫差，他有當年夫差的雄心壯志，卻沒有夫差貪財好色的弱點，他深知在生死存亡的面前，絕對沒有退讓的餘地。

越王勾踐將頭枕在冰冷的兵器上，堅硬的鋼鐵頂得頭皮發疼，身子底下的柴草堆發出沙沙的聲響。又是一個失眠的夜晚，不是這刻意布置的床使他不能安睡，而是復國的大業尚未實現。

勾踐坐起身來，舔著屋子裡懸掛的苦膽，心道：「你難道忘記會稽之恥了嗎？」當時，他被吳國打得退守會稽山後，經過徹底反省，就向全軍宣布：「哪位能協助我擊退吳國，我就請他和我共同管理國家政事。」

大夫文種上前進諫：「一個國家就算沒有外患，也該事先培養和選擇有謀略的大臣及勇士。現在大王退守到會稽山才來尋求人才，未免太晚了吧？」

勾踐大爲驚訝：「能聽到大夫的這番話，怎能算晚呢？」就握著文種的手，與他一起商量滅吳之事，不久就派文種到吳國求和。

文種對吳王夫差說：「我們的軍隊不值得您再來討伐了，越王願意把錢財及子女奉獻給您，酬謝您的辱臨，還將率領國人編入貴國的軍隊，聽您指揮。如果您不能原諒越王，我們將燒毀宗廟，把妻兒綁起來，連錢財一起丟到江裡，再帶領剩下的五千人和貴國死戰，結果不免使越國遭到損失，豈不影響您的仁慈？您情願殺光越國的人，還是不費力氣就得到越國？」

吳王很心動，打算接受文種的意見。大夫伍子胥卻勸阻：「不行！吳、越兩國是世仇，這種勢不兩立的局面是無法改變的。希望您一舉滅掉越國，如果放棄了，一定後悔！」吳王就拒絕了勾踐。

勾踐想到國家將亡，失望憤怒得想殺掉妻子，燒毀財物，和吳國決一死戰。文種卻認爲還沒絕望，他洞悉吳王好大喜功、沉迷女色的弱點，建議進獻美女以迷惑吳王。勾踐採納建議，將八個美女送給吳國太宰嚭，請他擔任説客，再獻上美女西施。吳王以爲越國已經不具威脅，又看上西施的美色，於是便和越國訂立和約。

當吳軍撤離，勾踐就帶著妻子和大夫范蠡，到吳國伺候夫差。勾踐自居奴隸，甚至在吳王生病時，爲他親嘗糞便，幫助醫生診斷，最後終於騙得夫差的信任，三年後被釋放回國。

勾踐拿著苦膽，瞧著、死盯著；他睡在柴草上，腰與肩膀隱隱作痛。每天，他親自下田耕作，夫人也親手紡織，兩手的指頭都磨破了，就是想與百姓同甘共苦。全國百姓都凝聚起向心力，紛紛請求：「允許我們報仇吧！」勾踐卻認爲準備不夠，而辭謝國人的好意。

又過了幾年，國人再向勾踐請求對吳發兵。勾踐答應了，他拋去苦膽，拾起床上的兵器，宣誓道：「聽説古代的賢君，不擔心軍隊人數不足，卻擔心士兵不懂羞恥。現在吳王不擔心他的士兵不懂羞恥，只擔心人數不足。無恥就會失掉民心，我要協助上天滅掉吳國！」

於是越國上下互相勉勵。勾踐趁著吳王北上爭霸，趁虛而入，攻入吳國的首都姑蘇，殺掉吳太子，把吳軍打得大敗。吳王返國後，嚇得派人求和：「請允許我用財寶子女慰勞越王的辱臨吧！」
勾踐斷然拒絕，他說：「先前上天把越國送給吳，吳卻不接受，如今上天把吳送給越國，越國怎能不聽從天命？」越軍圍困吳都三年後，終於占據了姑蘇城，吳王被困在姑蘇山上自殺身亡。

第十二課 敬姜論勞逸

《國語》

經典原文

公父文伯①退朝，朝②其母③，其母方績，文伯曰：「以歜④之家而主猶績⑤，懼忓⑥季孫⑦之怒也，其以歜爲不能事主乎？」其母歎曰：「魯其亡乎！使僮子⑧備官⑨而未之聞耶？居⑩，吾語女。昔聖王之處民也，擇瘠土而處之，勞其民而用之，故長王天下。夫民勞則思，思則善心生；逸則淫，淫則忘善；忘善則惡心生。沃土之民不材，逸也。瘠土之民，莫不嚮義，勞也。

是故天子大采⑪朝日⑫，與三公九卿祖⑬識⑭地德⑮；日中考政，與百官之政事。師尹⑯惟⑰旅⑱牧⑲相⑳，宣序㉑民事。少采㉒夕月㉓，與太史㉔、司載㉕糾虔天刑㉖。日入監九御㉗，使潔奉禘、郊之粢盛㉘，而後即安。諸侯朝修天子之業命，晝考其國職，夕省其典刑，夜儆百工㉙，使無慆淫，而後即安。卿大夫朝考其職，晝講其庶政，夕序其業，夜庀㉚其家事，而後即安。士朝受業，晝而講貫，夕而習復，夜而計過，無憾，而後即安。自庶人以下，明而動，晦而休，無日以怠。王后親織玄紞㉛，公侯之夫人加之紘、綖，卿之內子爲大帶，命婦㉜成祭服。列士㉝之妻，加之以朝服。自庶士以下，皆衣其夫。社㉞而賦事，烝㉟而獻功，男女效績，愆㊱則有辟㊲。古之制也！君子勞心，小人勞力，先王之訓也！自上以下，誰敢淫心舍力？

今我寡也，爾又在下位，朝夕處事，猶恐忘先人之業。況有怠惰，其何以避辟？吾冀而朝夕修㊳我，曰：『必無廢先人。』爾今曰：『胡不自安？』以是承君之官，餘懼穆伯之絕祀也。」

仲尼聞之曰：「弟子誌之，季氏之婦不淫㊴矣！」

作者

《國語》。

題解

選自《國語．魯語下》。敬姜一番話，是希望做高官的兒子能忠於職守，做好本分工作，同時要謹記勤儉節約，不要貪圖安逸。她認爲貪圖安逸會觸發人們內心的貪欲，而貪欲最終會葬送兒子的前程乃至生命。從敬姜苦口婆心勸戒兒子的言論，可見她的理性智慧與愛子之心。

注釋

①公父文伯：魯大夫，季悼（ㄉㄠˋ）子的孫子，公父穆伯的兒子。
②朝：音 ㄔㄠˊ，古時去見君王叫朝，謁見尊敬的人也叫朝。
③母：公父文伯的母親，即敬姜。
④歜：音 ㄔㄨˋ，文伯自稱其名。

⑤績：紡麻。

⑥忓：音ㄍㄢ，觸犯。

⑦季孫：季康子。當時擔任魯國的正卿，是季悼子的曾孫。季氏是魯的大族，敬姜是季康子從叔祖母，所以文伯這樣說。

⑧僮子：童子。

⑨備官：充任官職。

⑩居：坐下。

⑪大采：五采的禮服。

⑫朝日：朝，音ㄔㄠˊ。天子以春分朝日，行祭日之禮。

⑬祖：熟習。

⑭識：知。

⑮地德：古人認為地能生產百物，養育人民，便是地之德。

⑯師尹：大夫官。

⑰惟：並列，與，和。

⑱旅：衆士。

⑲牧：州牧。

⑳相：國相。

㉑宣序：全面安排。

㉒少采：三采。

㉓夕月：天子每年秋分之夜祭祀月亮的儀式。

㉔太史：主管史書記載。

㉕司載：主管天文的官。

㉖天刑：天象，上天所顯現的預兆。

㉗九御：宮中的女官。
㉘粢盛：放在祭器內供祭祀用的穀物。粢，音ㄗ，黍、稷、稻、粱、麥、菰等穀物總稱。
㉙百工：指百官。
㉚庀：音ㄆㄧˇ，治理。
㉛紞：音ㄉㄢˇ，垂於冠冕兩旁，懸繫玉瑱（ㄊㄧㄢˋ）的絲線。
㉜命婦：大夫之妻。
㉝列士：士的總稱，周代分元士、中士、庶士三種。
㉞社：春社，每年春分時祭祀土地神。
㉟烝：音ㄓㄥ，特指冬天的祭祀。
㊱愆：音ㄑㄧㄢ，過失。
㊲辟：刑法。
㊳修：勉勵。
㊴淫：貪圖安逸。

評析

敬姜是一位連孔子都佩服的女性。魯大夫公父文伯的母親敬姜，對兒子在朝為官卻只想要安逸，深深地感到憂慮，認為長此以往恐怕會有殺身之禍，因而勸戒兒子。敬姜說人不分貴賤，人人都必須接受工作的磨練、勤勞努力才行，如果一個人的先天環境好，卻抱著怠惰之心，只圖安逸享樂，就非常容易墮落。以小見大，如果朝廷的君主、大臣、官員們也都如此，國家就岌岌可危了，這正是所謂「憂患興邦」。敬姜主張的就是「勤奮方能成材」的教育觀念，值得現代的父母深思。

魯國大夫文伯退朝回家拜見母親敬姜，敬姜正在屋內紡織。織布機發出軋軋聲，說明了它的年歲。

文伯皺著眉對母親說道：「我這樣的家世，還讓您從事紡織的工作，怕會惹惱長官季孫，以爲我不能事奉母親吧！」

敬姜聽了嘆息地說：「魯國大概要亡了！叫小孩子做官，卻不讓他們聽聽做官的道理嗎？坐下來，娘告訴你。」文伯端坐靜聽母親的教誨。

敬姜開口說道：「聖明的先王治理百姓，故意選貧瘠的土地給他們住，是想鍛鍊百姓，並依靠他們的能力，才能長久的統一天下。百姓勤勞工作，就懂得思考，也就有善良的念頭產生；相反的，安逸就會放縱，容易忘掉善念，邪惡的念頭就產生了。住在肥沃土地上的百姓沒有才能，是由於放縱；貧瘠土地上的百姓都崇尚正義，那是由於勤勞。」文伯點了點頭，認爲母親說的很有道理。

敬姜見兒子聽得專注，便繼續說：「所以，就算貴爲天子也得勤奮工作，用裝飾文采的器具祭祀日神，和三公、九卿一起，中午考察政務，交代百官事務，使民眾的事能得到有秩序的處理；再用有文采的器具祭拜月神，和太史、司載仰察上天的垂示；日落時便督促嬪妃，讓她們清潔並準備祭品及器皿，然後天子才去休息。諸侯也得勤奮工作，在清早學習和聽取天子交辦的事，白天完成任務，傍晚則反省典章和法規，夜晚要去警告官員們，叮嚀他們不要享樂過度，然後才能去休息。」

文伯心想，確實如此！由上到下都各司其職，才能推動國家的政務。

敬姜又道：「至於卿和大夫們也一樣，早晨考察自己的職守，白天研究政事，傍晚整理一天的工作，夜晚處理自己封邑的事，然後才去休息。士大夫在早晨接受朝廷分配的事務，白天講習政事，傍晚複習，夜裡反省自己的過失，然後才去休息。從平民以下，人人白天工作，晚上休息，沒有一天可以怠惰。」

文伯深感佩服，母親每天在家中，竟對國政有如此細微的觀察。

敬姜繼續說道：「貴族的婦女同樣忙碌啊！比如王后得親自編織冠帽上繫著瑱玉的黑絲繩；諸侯夫人要編織冠纓和縫製冠頂布；卿的妻子要縫製禮服上的腰帶，大夫的妻子則縫製祭服，士的妻子還要縫製朝服。下士以下的妻子都親自做衣服給丈夫穿。不論春祭、冬祭，男女都努力做出成績，有罪就實施刑罰，這是古代的制度。君子勞心，小人勞力，這是先王的遺訓。國家從上到下，誰敢放縱偷懶而不盡心盡力呢？」

文伯終於明白，為何母親仍舊那麼努力工作，不禁深感慚愧。

敬姜見了兒子的臉色，便溫柔的說：「孩子，現在為娘的守寡，而你在朝為官又處在下位，從早到晚忙著處理事務，生怕忘記先人的功業，更別說如果怠惰的話，將來怎麼逃避刑罰呢？我還指望你提醒我：『絕對不要荒廢祖先的功業。』但你現在卻說：『為什麼不讓自己過得安逸一點？』如果再用這種想法擔任官職，我怕你爹就要絕後了。」

文伯羞愧不已，立刻向母親敬禮，表示自己的歉意。

孔子聽說這件事以後，感觸很深，就告誡弟子們說：「你們要記住敬姜的這番話，她的確能夠自我節制，而且深明大義啊！」

第十三課 召公諫厲王弭謗

《國語》

經典原文

厲王虐①，國人謗王②。召公③告曰：「民不堪命矣④！」王怒。得衛巫⑤，使監謗者。以告，則殺之。國人莫敢言，道路以目⑥。

王喜，告召公曰：「吾能弭謗矣，乃不敢言。」

召公曰：「是障⑦之也。防民之口，甚於防川⑧。川壅⑨而潰⑩，傷人必多；民亦如之。是故爲川者⑪，決之使導；爲民者，宣⑫之使言。故天子聽政，使公卿⑬至於列士⑭獻詩⑮，瞽⑯獻曲，史獻書，師⑰箴⑱，瞍⑲賦⑳，矇㉑誦，百工諫，庶人傳語，近臣盡規，親戚㉒補察，瞽、史教誨，耆、艾㉓修㉔之，而後王斟酌焉。是以事行而不悖。民之有口也，猶土之有山川也，財用於是乎出㉕；猶其有原隰㉖衍沃㉗也，衣食於是乎生。口之宣言也，善敗於是乎興㉘。行善而備敗㉙，其所以阜㉚財用衣食者也。夫㉛民慮之於心而宣之於口，成而行之，胡可壅也？若壅其口，其與㉜能幾何？」

王弗聽，於是國莫敢出言。三年㉝，乃流王于彘㉞。

作者

《國語》。

題解

選自《國語．周語上》，召公又作「卲公」。《左傳》直指厲王為「王心戾虐，萬民弗忍」，他殘忍的作為，引起召公的憂慮，最終被人民放逐。召公代表了當時所有的有識之士。邏輯清晰，擷取重要的對話，以對話呈現召公的遠見，反襯厲王無道，是《國語》中的名篇。

注釋

①厲王：周夷王之子，名胡，西元前八七八至前八四二年在位，共三十七年。虐，殘忍。
②國人：居住在國都裡的人，指平民百姓。
③召公：召穆公，周厲王時卿士，名虎，姬姓。
④不堪命：不能忍耐嚴苛的政令。
⑤衛巫：衛地的巫者。巫，以裝神弄鬼為職業的人。
⑥道路以目：路人相遇於道路，不敢交談，只能用眼色傳遞心中的憤怒。
⑦障：堵塞。
⑧防民之口，勝於防川：堵住人民的嘴巴，比堵塞河川還嚴重。
⑨壅：音ㄩㄥ，堵塞。
⑩潰：音ㄎㄨㄟˋ，決堤。
⑪為川者：治水的人。
⑫宣：疏導。

⑬公卿：執政大臣。古代有三公九卿。太師、太傅、太保，是三公。九卿指少師、少傅、少保、冢宰、司徒、宗伯、司馬、司寇、司空。
⑭列士：古代官員有上士、中士、下士之分，統稱列士，位在大夫之下。
⑮詩：有諷諫意義的詩篇。
⑯瞽：音ㄍㄨˇ，盲人。古代樂官多由盲人擔任，也稱樂官為瞽。
⑰師：樂師。
⑱箴：音ㄓㄣ，具有勸戒性質的文辭。指少師進言，以規評王之得失。
⑲瞍：音ㄙㄡˇ，盲人。
⑳賦：有節奏地誦讀。
㉑矇：音ㄇㄥˊ，盲人。瞍矇均指樂師。
㉒親戚：君王的內外親屬。
㉓耆、艾：年六十叫耆音ㄑㄧˊ。年五十叫艾。年長的師傅。年老的耆、艾也常對王勸誡。
㉔修：整理修飾。
㉕財用於是乎出：指人類的財富、用度，都是從山川生產出來的。
㉖原隰：平原和低濕之地。隰，音ㄒㄧˊ。
㉗衍沃：指平坦肥沃的良田。
㉘興：興起、表露之意。
㉙行善而備敗：凡是人民認為好的就應該要推行，人民認為壞的就應該要防範。指國君聽取人民意見。
㉚阜：音ㄈㄨˋ，豐厚。
㉛夫：發語詞，無義。
㉜與：語助詞，無義。一說為「跟從」，指老百姓跟從你的能有多少？
㉝三年：周厲王於西元前八四二年被國人放逐到彘，召公諫厲王事當在西元前八四五年。
㉞乃流王於彘：把國王放逐到彘地去。乃：終於。流，流放。彘，音ㄓˋ，今山西省霍縣境內。

評析

國家領導人能夠安撫百姓，給百姓適當的情緒出口和言論自由，國家才會安定。周厲王卻反其道而行，他暴虐無道，剛愎自用，以高壓手段和殺戮鎮壓人民，限制言論自由，於是引起人民的不滿，最後終於被放逐了。如果厲王願意聽召公的勸諫，就不致於這樣的下場。故事的重點在召公那段勸諫之詞，他說人民的言論是無法阻擋的，爲政者要虛心，善於聽取老百姓的意見，改正自己的錯誤，國家才會強盛。從作者的描述中，可見召公表現出耐性和委婉的話術，使人容易受到啓發。

經典故事

整個京城，瀰漫著一股難以言喻的恐怖氣氛，四方的諸侯不來朝拜了。這是西周最黑暗的時期，因爲周厲王殘暴無道，用暴政統治國家。

厲王是周朝有名的暴君，任用榮夷公等人，壟斷山林川澤的一切收益，不讓百姓前往採樵漁獵。大夫芮良夫極力勸阻：「王室恐怕就要衰微了！榮公只知道將國土據爲己有，卻不知土地財貨是老天爺給的，誰想獨占，就會觸怒很多人。您難道不擔心嗎？」但剛愎的厲王不聽勸，還是任用榮夷公掌管國事。

厲王的施政招來百姓的怨恨，爲了控制輿論，厲王從衛國找來巫師，想藉助巫術監視百姓私下的議論，只要發現謀反的蛛絲馬跡，就立即殺掉。

京城裡，士兵傾巢而出，大規模地跟蹤及搜捕異見人士，如果有人公開發言，就會被士兵強行推上車帶走。這樣一來，人們都敢怒不敢言，在路上相遇，只敢用眼神傳達內心的憤怒。

過沒多久，老百姓都不敢開口說話了，連原本應該熱鬧的大街也變得異常寂靜。厲王非常高興，得意洋洋的告訴大臣召公：「我能制止人們對我的批評，現在他們不敢說話了。」

召公嘆著氣，搖頭道：「您的做法只是將百姓的嘴堵起來罷了！堵住人民的嘴巴，比堵住江河還要嚴重。水蓄積多了，一旦潰堤，一定會傷害許多人，不讓人民說話的道理也是一樣。所以治水的人應該開通河道，使水流暢通；治理人民也應該開導他們，讓他們有發表意見的自由。……」

召公的話語，彷彿將時間拉到了遙遠的時代，那時聖君施政，無不積極要求官員們去民間採集詩篇，要樂官進獻民間的歌謠，因爲這些詩歌都反映了民意。朝廷裡，有誠實的史官撰寫史書，百官向天子進諫，將百姓的意見間接地傳達給天子，施政就不致於違背情理，能照顧老百姓的需要。

召公停頓了一下，見厲王面無表情的模樣，心裡有點膽寒，但還是鼓起勇氣說：「人民有嘴巴，就像大地有了山川，又像原野有肥沃的田地，能生產許多好的事物來。施政的好壞可以從百姓所說的話得知，作爲大王的施政參考啊！有好意見就去實行，壞的批評就去防備，可以使國家進步。現在您堵住人民的嘴巴，能維持多久呢？奉勸您改變做法吧！」

但厲王根本不聽勸阻，繼續一意孤行地控制百姓的言論。

就這樣，周朝在天災、人禍的折磨之下，弄得民不聊生。過了三年，老百姓發動聲勢浩大的起義行動，要放逐厲王。剛愎自用的厲王被暴動給嚇破了膽，連忙逃奔到彘這個地方躲藏起來，結束了殘暴的統治。

戰國

第十四課

齊人乞墦

《孟子》

經典原文

齊人有一妻一妾而處室①者，其良人②出，則必饜③酒肉而後反。其妻問所與飲食者，則盡富貴也。其妻告其妾曰：「良人出，則必饜酒肉而後反。問其與飲食者，盡富貴也；而未嘗有顯者④來，吾將瞯⑤良人之所之也。」

蚤⑥起，施⑦從良人之所之，徧國中⑧無與立談者。卒⑨之⑩東郭⑪墦間⑫，之祭者⑬，乞其餘；不足，又顧而之他，此其爲饜足之道也！

其妻歸，告其妾曰：「良人者，所仰望而終身也。今若此！」與其妾訕⑭其良人，而相泣於中庭⑮。而良人未之知也，施施⑯從外來，驕其妻妾。

由君子觀之，則人之所以求富貴利達者，其妻妾不羞也而不相泣者，幾希⑰矣！

作者

孟子（西元前三七二年—前二八九年），名軻。戰國時期魯國人。中國古代著名思想家、教育家，戰國時期儒家代表人物。著有《孟子》。孟子繼承並發揚了孔子的思想，成爲僅次於孔子的一代儒家宗師，有「亞聖」之稱，與孔子合稱「孔孟」。孟子的文章說理暢達，氣勢充沛，長於論辯，邏輯性強。

題解

選自《孟子》卷八下〈離婁下〉。孟子勾畫出一個內心極其卑劣下賤，外表卻趾高氣揚、不可一世的人物形象。墦，墳墓。指齊人向祭墓者乞求祭拜後剩下來的酒肉，後以「乞墦」指向人乞求施捨，亦指人生活困窘，或爲了謀利而不擇手段。

注釋

①處室：共處一室，住在一起。
②良人：古時妻子稱丈夫。
③饜：ㄧㄢˋ，飽食。
④顯者：地位顯要的人，指達官貴人。
⑤瞷：ㄐㄧㄢˋ，窺視，偷看。
⑥蚤：同「早」。
⑦施：音ㄧˊ，通「迤」，即斜行，迂迴曲折著走路。
⑧國中：國都之中。周代稱諸侯的首都為「國」。
⑨卒：ㄗㄨˊ，最後。
⑩之：來到。
⑪東郭：東邊的外城。
⑫墦：墦，音ㄈㄢˊ，墳墓。

⑬祭者：掃墓祭拜的人。
⑭訕：音ㄕㄢˋ，譏諷，嘲罵。
⑮中庭：庭院裡。
⑯施施：音ㄕㄕ，大搖大擺，喜悅自得的樣子。
⑰幾希：很少。希，通「稀」。

評析

孟子描繪出一個內心卑劣下賤，外表卻不可一世的人物形象。齊人爲了貪圖享受，不去工作，寧願乞討，並甚爲自得，完全拋棄人格，好逸惡勞。孟子藉齊人的嘴臉，比喻當時官僚的腐敗與無恥，他影射的正是在那個時代的所見所聞：人們不擇手段地奔走於諸侯之門，求取升官發財，那些人看似衣冠楚楚，暗地卻行徑卑劣，從事見不得人的勾當。孟子藉由這篇故事揭露他們骯髒的本性。

經典故事

齊國有一個男子，娶了妻、妾兩位美嬌娘，妻與妾都是賢慧的女人，彼此也能和睦相處，家庭平靜無波。不過，近來她們發覺丈夫每次出門以後，都是酒足飯飽了才回來，從來不願在家裡吃飯，使她們感到疑惑。

妻子有些疑心，以爲丈夫是去酒家花天酒地了，於是找了機會試探丈夫：「相公都和什麼人吃飯喝酒呢？」

丈夫若無其事的回答：「都是和一些顯要富貴的人家呀！」他擺擺手說：「男人的事，女人家少管。」說完，就出門去了。

這麼一來妻子更加懷疑了，就對妾說：「相公每次出門，都酒足飯飽了才回來，問他和誰吃飯喝酒去？他總說是跟一些富貴顯要的人家，可是這些人怎麼都沒到我們家來呢？我想跟蹤相公，看看他都跟哪些人在一起。」

於是，妻與妾兩個女人私下祕密商議著，身爲女人的直覺告訴她們，丈夫極有可能是上酒家去了。

隔天早上，妻子便暗中跟著丈夫出門，一路上躲躲藏藏，生怕被丈夫發現。然而妻子跟著丈夫走遍城市和大街小巷，甚至經過城裡最大的酒家，始終沒見到他和別人交談，而且丈夫走的道路越來越偏僻了。

妻子漸漸感到害怕，不久，就跟著丈夫走到東城外的墳場。於是妻子便躲在一棵樹後面，遠遠的觀望，沒想到竟然看見丈夫向祭祀的人討乞剩餘的酒肉，等討來了，就拿到一旁大吃起來。這家吃得不夠，又往別家的墳上乞討。

「原來這就是相公酒足飯飽的方法啊！」妻子簡直不敢相信自己的眼睛，她默默的落淚，然後轉身離開，一路上失魂落魄，也不知怎麼回到家裡的。

妻子把實情告訴妾，妾也驚訝得張大了嘴，說不出話來。

妻說：「相公是我們依靠一輩子的人，想不到他有妻妾、有家庭，竟然不努力工作，還去乞討，撿現成的食物來吃，眞是不爭氣！」兩個女人痛罵著丈夫，在庭院裡相對哭泣，爲自己的命運感到悲哀。

丈夫還不知道他在墳地乞討的事已被揭穿，仍然得意洋洋的從外面回來，對著妻妾趾高氣揚，炫耀他在富貴人家聚會的熱鬧風光，自以爲很了不起。

妻與妾更絕望了。

孟子知道這件事後，就對學生說：「一般人求取升官發財時，難免露出醜態，好比齊人乞討免費食物時，也是醜態畢露，如果讓這些人的妻妾看到了，恐怕也會覺得羞恥，還要抱在一起哭吧！」

第十五課 庖丁解牛

《莊子》

經典原文

庖丁①爲文惠君②解牛③，手之所觸，肩之所倚，足之所履，膝之所踦④，砉然⑤嚮然，奏刀騞然⑥，莫不中音：合於〈桑林〉⑦之舞，乃中〈經首〉⑧之會。

文惠君曰：「嘻，善哉！技蓋⑨至此乎！」

庖丁釋刀對曰：「臣之所好者，道也，進⑩乎技矣。始臣之解牛之時，所見無非牛者；三年之後，未嘗見全牛也。方今之時，臣以神遇而不以目視，官知止而神欲⑪行。依乎天理⑫，批大郤⑬，導大窾⑭，因其固然⑮，技經肯綮之未嘗⑯，而況大軱⑰乎！良庖歲更刀，割也；族⑱庖月更刀，折⑲也。今臣之刀十九年矣，所解數千牛矣，而刀刃若新發⑳於硎㉑。彼節者有間㉒，而刀刃者無厚；以無厚入有間，恢恢乎㉓其於游刃必有餘地矣，是以十九年而刀刃若新發於硎。雖然，每至於族㉔，吾見其難爲，怵然㉕爲戒，視爲止，行爲遲，動刀甚微，謋㉖然已解，如土委地㉗。提刀而立，爲之四顧，爲之躊躇滿志㉘，善㉙刀而藏之。」

文惠君曰：「善哉！吾聞庖丁之言，得養生焉。」

作者

《莊子》又名《南華眞經》，作者莊子（約西元前三六九年—前二八六年），名周，生卒年約與孟子同時。戰國時宋國蒙（今河南省商丘市東北，一說安徽蒙城）人，曾任漆園吏。著名思想家、哲學家、文學家，是道家學派的代表人物，老子思想的繼承和發展者。後世將他與老子並稱爲「老莊」。

題解

選自《莊子．養生主》。〈庖丁解牛〉闡述的是養生之道，因此放到〈養生主〉的開篇。內容詳述庖丁解剖全牛的過程，比喻只要經過反覆實踐，掌握了事物的客觀規律，做起事來就能得心應手，運用自如。

注釋

① 庖丁：廚師。庖，音ㄆㄠˊ。
② 文惠君：梁惠王。
③ 解牛：宰牛，指把整個牛體開剝分剖。解，音ㄐㄧㄝˇ，動詞。
④ 踦：音ㄧˇ，支撐，抵住。指用一條腿的膝蓋頂牛。
⑤ 砉然：皮骨相離的聲音。砉，音ㄏㄨㄛˋ。
⑥ 奏刀騞然：奏，動詞，運作。騞：狀聲詞，音ㄏㄨㄛˋ，進刀解剖聲。
⑦ 桑林：傳說中商湯時的樂曲名。
⑧ 經首：傳說中堯樂曲《咸池》中的一章。會：節奏。此兩句互文，即「乃合於〈桑林〉、〈經首〉之舞之會」。

此二句庖丁解牛時的動作、聲音，都合於音樂的節拍。
⑨蓋：通「盍」，何，怎樣。
⑩進：超越。
⑪神欲：精神活動。指經驗多，心中有數，不必用眼睛看就可下刀。
⑫依乎天理：依，順也。天理，牛生理上的天然結構。
⑬批大郤：由大的縫隙批入。批：用力使物分離。郤，音ㄒㄧˋ，空隙。
⑭導大窾：順著大的孔隙切開。窾，音ㄎㄨㄢˇ，空穴，指骨頭空處。
⑮因其固然：因，依。固然，牛體本來的結構。
⑯技經肯綮之未嘗：經絡和筋骨一點都沒有妨礙庖丁下刀。技經，經絡。肯，附在骨上的肉。綮，音ㄑㄧㄥˋ，筋肉聚結處。此為「未嘗技經肯綮」的倒裝句。
⑰軱：音ㄍㄨ，股部的大骨。
⑱族：衆，一般的。
⑲折：用刀砍骨頭。
⑳發：出。
㉑硎：音ㄒㄧㄥˊ，磨刀石。
㉒彼節者有間：那骨節有空隙。間，音ㄐㄧㄢˋ。指牛的骨節有空隙，庖丁的刀刃卻薄到沒有厚度似的。
㉓恢恢乎：寬綽的樣子。指極薄的刀刃插入骨節，顯得空間寬綽，游刃有餘。
㉔族：筋骨交錯聚結處。
㉕怵然：恐懼的樣子。怵，音ㄔㄨˋ。
㉖謋：狀聲詞。同，「磔」，音ㄓㄜˊ，骨肉離開的聲音。
㉗委地：散落在地上。委，拋丟。
㉘躊躇滿志：從容自得，心滿意足。躊躇，音ㄔㄡˊ ㄔㄨˊ。
㉙善：擦拭。

評析

莊子是用庖丁解牛的過程與難度，來比喻人世間的錯綜複雜。殺牛時，不懂操刀的人又砍又割，只是吃力不討好而已，就好比不懂道理的人處理事情，雖然耗費心力，結果卻是徒勞無功。庖丁的刀能順著空隙走，不去硬碰硬，就如同人在處事時給自己留下餘地，保留彈性應變的空間，這便是處事之法。同時庖丁保養「刀」的方法，也是說明養生之法：做任何事情都不要用盡力氣，應該保留實力，才是修身養性之道。庖丁不只是解剖牛隻，更由「技」入「道」，將技術提升至藝術家的境界。

經典故事

文惠君聽説庖丁殺牛的技術很好，就請他來殺牛，而自己在一旁觀看。

只見庖丁殺牛時，手接觸的地方，肩膀倚靠的地方，腳踩的地方，膝蓋所頂的地方，嘩啦一響，骨肉就分離了。進刀的聲音豁豁地，刀子敏捷的出入在筋骨縫隙之間，似乎都有節拍，就像商湯時〈桑林〉舞樂的旋律，又像帝堯時〈經首〉樂曲的節奏，非常完美。

文惠君看了，不斷地讚嘆説：「好啊！想不到你的手藝已到了這樣的程度！」

庖丁放下刀子，行禮説道：「我所喜愛的，是從宰殺牛當中領悟的道理。剛開始殺牛的時候，我看到的是一頭完整的牛。三年後，因爲經驗多了，這時看到的就不只是一頭牛，而是牛的五臟和筋骨。到了現在，我殺牛已經不用眼睛看，而是用精神領會就可以，感覺器官都不需要了，全憑著精神感覺做。我依照牛身上的筋骨脈絡，找到骨與骨相接及骨與肉相接的地方下刀，刀鋒只在筋骨縫隙之間出入，不僅沒有阻礙，而且遊刃有餘。」

文惠君點點頭，似乎有所領悟。「牛」不正代表人生要面對和解決的事情麼？解決事情必定會遇到很難處理的部分，也有容易入手的地方，事情能不能順利解決，就要看個人的功力了。

庖丁接著說：「技術好的廚師，每年都要更換一把刀，因爲他們不會硬是用刀去切割筋肉；一般的廚子則是用刀直接砍骨頭，所以每個月換一把刀；而我這把刀已經用了十九年，殺過數千頭的牛隻，可是刀刃還是十分鋒利，就像剛剛才磨過的一樣。」

文惠君不禁聯想到解牛的難度，就如同人事間複雜的情況啊！不會操刀的人又砍又割，白白地傷筋動骨，吃力而不討好，就好比不明道理的人處理事情，也是勞累而沒有效率。

他又想到，庖丁的刀不接觸任何傷害刀鋒的東西，因而得以保存實力，人在處理事情的時候，也不要讓精神受損才是。

庖丁微微一笑，又道：「雖然我從事這行已經十九年了，但現在每當我處理一頭牛的時候，遇到筋骨盤結的地方還是不敢大意，總是先屏氣凝神，充分掌握牛的結構。牛的骨節有間隙，而刀刃很薄，就用很薄的刃插入有空隙的骨節，空間很大，刀刃就有自由發揮的餘地了。」

文惠君心想，庖丁十九年來始終如一，這必須很有毅力才能做到。

庖丁又道：「每當碰到筋骨交錯聚結的地方，我覺得很難下刀時，就小心翼翼地專注視力，將動作慢下來，輕輕地移動刀子，豁啦一聲，骨和肉就分離了，就像泥土散落在地上一樣。這時我提著刀站立起來，舉目四望，覺得很有成就感，才把刀子擦拭乾淨，好好地收藏起來。」

文惠君聽到入神，不禁一拍手掌說道：「太好了！聽你這麼說，我終於知道養生的方法了！」

漢

第十六課

鄒忌諷齊王納諫

《戰國策》

經典原文

鄒忌①脩②八尺③有餘而形貌昳麗④。朝服衣冠⑤窺鏡⑥，謂其妻曰：「我孰⑦與⑧城北徐公美？」其妻曰：「君美甚，徐公何能及⑨君也？」城北徐公，齊國之美麗者也。忌不自信而復問其妾曰：「吾孰與徐公美？」妾曰：「徐公何能及君也？」旦日⑩，客從外來，與坐談，問之客曰：「吾與徐公孰美？」客曰：「徐公不若君之美也。」

明日，徐公來。孰視之⑪，自以爲不如；窺鏡而自視，又弗如遠甚⑫。暮寢⑬而思之，曰：「吾妻之美我者⑭，私⑮我也；妾之美我者，畏我也；客之美我者，欲有求於我也。」

於是入朝見威王曰：「臣誠⑯不如徐公美。臣之妻私臣，臣之妾畏臣，臣之客欲有求於臣，皆以美於徐公。今齊地⑰方⑱千里，百二十城。宮婦⑲、左右⑳莫不私王；朝廷之臣莫不畏王；四境之內㉑莫不有求於王。由此觀之㉒，王之蔽㉓甚矣！」

王曰：「善㉔。」乃㉕下令：「群臣吏民能面刺㉖寡人之過者，受㉗上賞；

上書諫寡人者，受中賞；能謗議於市朝[28]，聞[29]寡人之耳者，受下賞。」令初下，群臣進諫，門庭若市[30]；數月之後，時時而間進[31]；期年[32]之後，雖欲言無可進者。

燕、趙、韓、魏聞之，皆朝於齊。此所謂戰勝於朝廷[32]。

作者

《戰國策》是中國古代的史學名著，屬於國別體史書，又稱《國策》，西漢史學家劉向所編。作者劉向（約西元前七七年—前六年），西漢經學家、目錄學家、文學家。沛縣（今屬江蘇）人。楚元王劉交四世孫，宣帝時爲諫大夫，元帝時任宗正。曾奉命領校祕書，所撰《別錄》，是中國最早的圖書公類目錄。治《春秋穀梁傳》，著《九嘆》等辭賦三十三篇，大多亡佚。今存《新序》、《說苑》、《列女傳》等書。

題解

選自《戰國策．齊策一》，記敘戰國時期齊國謀士鄒忌勸君主納諫，廣開言路，成爲國際典範。春秋戰國時代七雄並立，各國間的兼併戰爭、內部新舊勢力的鬥爭及民衆的反抗異常激烈。在鄒忌的勸說之下，君主也體認到人心的向背，是國家政權能否鞏固的因素。失去民心，國家的統治就難以維持，所以最後願意虛心納諫，爭取人民的支持。

注釋

①鄒忌：戰國時齊國人，曾任齊威王時宰相。主張勵精圖治，改革內政。
②脩：同「修」。長，此指身高。
③八尺：戰國時一尺約合今天的〇．二三公尺左右。
④昳麗：光豔美麗。昳，音ㄧˋ，太陽偏西，引申光豔的意思。
⑤朝服衣冠：早晨穿戴好衣帽。服，名詞作動詞用，穿戴。朝，早晨。
⑥窺鏡：照鏡子。
⑦孰：誰。
⑧與：和……比。
⑨及：比得上。
⑩旦日：明天。指第二天。
⑪孰視之：孰，仔細。之，代指城北徐公。
⑫弗如遠甚：遠遠不如。弗，不。
⑬寢：躺著。
⑭美我者：認為我美，以我為美。
⑮私：動詞，偏愛。
⑯誠：確實。
⑰地：土地，疆域。
⑱方：方圓。
⑲宮婦：宮裡的妃子。
⑳左右：身邊的近臣。
㉑四境之內：全國範圍內的人。

㉒之：指上述的例子。
㉓蔽：音ㄅㄧˋ，受蒙蔽，指因受蒙蔽而不明。
㉔善：好。
㉕乃：於是，就。
㉖面刺：當面指責。面，當面。刺，指責議論。
㉗受：通「授」，給予，付予。
㉘謗議於市朝：在公眾場所議論君王的過失。謗，音ㄅㄤˋ，公開指責別人的過錯。謗議，指責、議論。市朝，公共場合。
㉙聞：使……聽到。
㉚門庭若市：門庭間來往的人很多，像市集一般熱鬧。
㉛時時而間進：有時偶然進諫。間，音ㄐㄧㄢˋ，間或、偶然。
㉜期年：滿一年。期，音ㄐㄧ。
㉝戰勝於朝廷：透過朝廷內部的改革，不需用兵就能戰勝別國，使外國來朝會敬服。

評析

「諷」，是諷諫的意思，就是用暗示、比喻的方法委婉規勸。勸說別人時需要聰明的策略，鄒忌就是個成功的範例。鄒忌並沒有單刀直入地向齊威王進諫，而是先敘述自己的親身經歷和體會，從自身擴及到他人，進而點出「王之蔽甚矣」。他不直接批評齊威王，而是藉著說故事來比喻，以啓發威王看到自己受蒙蔽的嚴重性，進一步使君王懂得廣開言路，虛心納諫。在說服別人時，只要語言含蓄委婉，運用比喻，忠言就不會逆耳。

鄒忌的身高一百八十多公分，有一張讓人過目不忘的美麗面容，是齊國有名的美男子。

一天清晨，鄒忌穿戴好衣帽，望著鏡中的自己，一時興起就問妻子：「我和城北的徐公相比，誰比較俊美？」妻子甜蜜地說：「您俊美極了，徐公怎比得上您！」妻的愛戀之情溢於言表。

城北的徐公也是齊國有名的美男子，鄒忌不相信自己比他俊美，於是就去問妾：「我和徐公比，誰俊美？」妾恭謹地回答：「徐公哪裡比得上您！」妾在家裡的地位低下，與丈夫之間更多了主僕關係，加上平日順從慣了，所以口吻就比較謹慎小心。

第二天，有一位客人從外地來拜訪，鄒忌與他坐著談了好一會的話後，忽然問客人：「我和徐公誰比較俊美？」客人說：「徐公遠不如您俊美啊！」客人的回答誇張了些，流露出奉承的意味。鄒忌將這些回答記在心裡。

又過了一天，正巧徐公來訪，鄒忌趁機仔細端詳他的外貌：徐公不但相貌俊秀唯美，而且身形高大，體魄強健，氣質更是溫文儒雅，難怪令天下女子折腰。鄒忌自嘆不如，再照鏡子審視，更覺得自己遠不如徐公了。

鄒忌在眾人的讚揚聲中，並沒有飄飄然，而是保持清醒的頭腦。他晚上躺在床上，仔細思考這事：「妻說我俊美，是她偏愛我；妾說我俊美，是因爲怕我；客人說我俊美，是因爲有求於我啊！」鄒忌再想到國家，終於體會到治理國家的道理了，於是天亮後趕忙上朝謁見齊威王。

鄒忌拜見威王說：「我確實知道自己不如徐公俊美，但是我的妻偏愛我，我的妾怕我，我的客人有求於我，他們都說我比徐公美。這究竟是為什麼呢？我想了一整夜，終於明白了！」

齊威王好奇地問：「你悟出什麼道理？」

鄒忌回答：「我想到的是您。如今齊國擁有千里的土地，有一百二十座城池，宮中的嬪妃和近臣，沒有人不偏愛您的；朝中的大臣也沒有人不畏懼您；全國百姓更沒有人不有求於您。如此說來，您受到的蒙蔽更多哪！」

威王聞言大驚，恍然大悟道：「你說得對極了！」立刻下了一道命令：「所有能夠當面指責我過錯的大臣、官吏、百姓，可得到上等獎賞；能夠上書勸諫的，可得到中等獎賞；能在公共場所公開議論我的過失，並且傳到我耳裡的，可得到第三等獎賞。」

命令才剛實行，群臣便紛紛前來進諫，朝廷的門前、院內就像菜市場一樣熱鬧，可見在此以前，齊國確實有許多積弊沒有被揭露。

幾個月後，偶爾還有人前來進諫，這代表國家最初實行的進諫政策，已經收到預期的效果，齊威王根據人們的意見，改革了弊政。

滿一年以後，人們即使還想進諫，也已經沒什麼可說的了，因為齊威王已完全改革了施政的缺點和錯誤，使得國家政治清明。燕、趙、韓、魏等國家聽到了此事，都願意來齊國朝見齊威王，希望能吸取治國的經驗。

於是齊國不費一兵一卒，靠著實行納諫政策就戰勝敵國了。

第十七課

觸讋說趙太后

《戰國策》

經典原文

趙太后①新用事②，秦急攻之。趙氏求救於齊。齊曰：「必以長安君爲質③，兵乃出。」太后不肯，大臣強諫。太后明謂左右：「有復言令長安君爲質者，老婦必唾其面！」

左師觸讋④願見太后。太后盛氣而揖⑤之。入而徐趨，至而自謝，曰：「老臣病足，曾不能疾走，不得見久矣。竊自恕，而恐太后玉體之有所郄⑥也，故願望見太后。」太后曰：「老婦恃輦⑦而行。」曰：「日食飲得無衰乎？」曰：「恃粥耳。」曰：「老臣今者殊不欲食，乃自強步，日三四里，少益耆⑧食，和於身也。」太后曰：「老婦不能。」太后之色少解。

左師公曰：「老臣賤息⑨舒祺，最少，不肖；而臣衰，竊愛憐之，願令得補黑衣⑩之數，以衛王宮⑪。沒死⑫以聞。」太后曰：「敬諾！年幾何矣？」對曰：「十五歲矣，雖少，願及⑬未填溝壑⑭而託之。」太后曰：「丈夫亦愛憐其少子乎？」對曰：「甚於婦人。」太后笑曰：「婦人異甚。」對曰：「老臣竊以爲媼⑮之愛燕后⑯，賢於長安君。」曰：「君過矣！不若長安君之甚。」

左師公曰：「父母之愛子，則爲之計深遠。媼之送燕后也，持其踵爲之泣⑰，念悲其遠也，亦哀之矣。已行，非弗思也，祭祀必祝之，祝曰：『必勿使反⑱！』豈非計久長，有子孫相繼爲王也哉？」太后曰：「然。」

左師公曰：「今三世以前⑲，至於趙之爲趙⑳，趙主之子孫侯者，其繼有在者乎？」曰：「無有。」曰：「微獨㉑趙，諸侯有在者乎？」曰：「老婦不聞也。」「此其近者禍及身，遠者及其子孫；豈人主之子孫則必不善哉？位尊而無功，奉厚而無勞，而挾重器㉒多也。今媼尊長安君之位，而封之以膏腴之地，多予之重器，而不及今令有功於國，一旦山陵㉓崩，長安君何以自託於趙？老臣以媼爲長安君計短也，故以爲其愛不若燕后。」太后曰：「諾，恣㉔君之所使之。」

於是爲長安君約車百乘，質於齊，齊兵乃出。

子義㉕聞之曰：「人主之子也，骨肉之親也，猶不能恃無功之尊、無勞之奉，而守金玉之重也，而況人臣乎。」

作者

《戰國策》。

題解

選自《戰國策．趙策四》。戰國時期，秦國趁趙國政權交替之際大舉攻趙，並占領趙國三座城市。趙國形勢危急，只好向齊國求援，但齊國一定要趙威后的小兒子長安君爲人質，才肯出兵。趙威后溺愛長安君，執意不肯，使國家陷入危機。觸讋便說服了趙威后，讓長安君出質齊國，解除了趙國的危機。

注釋

①趙太后：趙惠文王妻威后，趙孝成王之母。

②用事：執政，當權。孝成王年少，由威后執政。

③長安君：趙太后幼子的封號。質：古代諸侯國求助於別國時，每以公子抵押，即人質。

④左師：春秋戰國時宋、趙等國官制，有左師、右師，為掌實權的執政官。觸讋：讋，音ㄓㄜˊ。戰國時趙人，生卒年不詳。一說其名是「觸龍」，觸讋是「觸龍言」之誤。

⑤揖：等待。據王念孫考證，應為「胥」之誤寫。「胥」同「須」，等待之意。

⑥有所郄：指太后身體勞倦而不舒服。郄，音ㄒㄧˋ，通「隙」，此處作勞倦解。

⑦輦：音ㄋㄧㄢˇ，古代皇帝的座車。

⑧耆：通「嗜」，喜愛。

⑨賤息：對自己兒子的謙稱。息，子。

⑩黑衣：趙國侍衛的服飾顏色，指代宮廷衛士。

⑪宮：原作「官」。

⑫沒死：冒著死罪。臣對君的謙卑用語。沒，音ㄇㄛˋ。

⑬願及：希望能夠趁著。

⑭填溝壑：自比為賤民奴隸，野死棄屍於溪谷。壑，音ㄏㄨㄛˋ。

⑮媼：音ㄠˇ，對老年婦女的敬稱。

⑯燕后：趙太后之女，遠嫁燕國為后。燕，音ㄧㄢ，國名。

⑰踵：音ㄓㄨㄥˇ，足跟。女嫁乘輿輦將行，母不忍別，在車下抱其足而泣。
⑱反：同「返」。古代諸侯嫁女於他國為后，若非失寵被廢、夫死無子或亡國失位，是不回國的。
⑲三世以前：指趙武靈王。孝成王之父為惠文王，惠文王之父為武靈王。
⑳趙之為趙：前「趙」字指趙氏，周穆王賜造父以趙城，始有趙氏；後「趙」指趙國。公元前三七六年，魏、韓、趙三家分晉，趙有今山西中部、陝西東北角、河北西南部等地，趙武靈王至惠文王時，疆域又有所擴大。
㉑微獨：非獨，不僅，不單。微，非、不。
㉒重器：象徵國家權力的貴重器皿。
㉓山陵：比喻帝王，指趙太后。
㉔恣：音ㄗˋ，任憑。
㉕子義：趙國的賢人。

評析

遊說他人時，強調彼此的共通點，可以讓對方更容易接受你的意見。為了不引起趙太后反感，觸讋先提自己已經老邁，行動不便、食欲減少，勾起太后的同情心，降低她的怒氣，好拉近距離；接著觸讋說自己愛小兒子，正和太后愛子女的心一樣，激發她的同理心；最後與太后建立「父母愛孩子，必須為孩子做長遠打算」的共識，表示自己完全站在太后和長安君的立場著想，終於成功地說服太后讓長安君做人質，解決了國家的危機。

經典故事

趙太后坐在大殿上，憤怒地說：「誰膽敢說要長安君為人質，我就把唾沫吐在他臉上！」底下的文武百官都嚇得不敢再勸。

這是紛亂的戰國時代，趙國國君惠文王剛去世，由兒子孝成王繼位，因爲新君年輕，就暫時由趙太后攝政。此時秦國趁機侵犯趙國，已經占領了三座城市，趙國的形勢危急，於是向齊國求救。

但齊國卻表示：「要趙太后的小兒子長安君作人質，才願意派兵援助。」趙太后不肯犧牲愛子，更不願從此受齊國的牽制，因此拒絕齊國的條件。大臣們無法說服太后，只有左師官觸讋自告奮勇進見，太后便在宮中氣呼呼地等他。

觸讋來到宮中，步履蹣跚地走到太后跟前道歉：「我的腳有毛病，不能快步走。好久沒探望您了，怕您玉體欠安，所以想來見您。」

太后臉色略爲緩和，說：「我靠車子才能行動。」觸讋關心地問：「您每天的飲食沒減少吧？」太后點頭道：「不過吃點稀飯罷了。」

觸讋嘆了口氣，說：「我近來特別不想吃東西，但還能勉強散步，每天走三、四里，稍微增加些食慾，身體也好多了。」太后說：「我卻做不到啊！」臉色更平和了。

觸讋察言觀色，忽然想到什麼似的說：「老臣的么兒舒祺很不成材，而我又老了，我很疼愛他，希望他能進宮充當一名衛士，所以特地冒死向您稟告。」

太后以爲觸讋是來爲孩子謀職，就說：「好吧。他多大了？」觸讋道：「都十五歲了。雖然他還小，我卻希望在我沒死之前，把他託付給您。」

太后笑著說：「男子漢也愛小兒子嗎？」觸龔回答：「比女人還愛哩！」太后不信：「女人才格外疼小兒子。」

觸龔微笑，說：「我倒是認爲，您對燕后的愛超過對長安君。」太后說：「錯了，我對燕后的愛遠遠趕不上對長安君啊！」

觸龔笑道：「父母愛孩子，就會爲他考慮長遠的利益。您把燕后嫁出去時，拉著她的腳跟，還爲她哭泣，不讓她走，想到她遠嫁不在身邊，您便十分悲傷，那情景夠傷心了。燕后走了以後，您不是不想她，可是祭祀爲她祝福時卻說：『千萬別讓女兒回來。』您這樣做，難道不是爲女兒考慮長遠利益，希望她的子孫能成爲燕王嗎？」

太后點點頭道：「是這樣沒錯。」

觸龔又說：「從這一輩上推到三代以前，甚至到建國的時候，趙國君主的子孫被封侯的，他們的子子孫孫還有能繼承爵位的人嗎？」太后答：「都沒有了。」

觸龔又問：「不只趙國，其他諸侯國有這樣的情形嗎？」太后搖頭：「還沒聽說過。」

於是，觸龔凝視趙太后的眼睛，誠懇地說：「國君的子孫地位尊貴，對國家卻沒有功勞；俸祿優厚，卻毫無貢獻，又擁有許多珍寶，這就危險了！恐怕失去人心，禍患早晚會降臨到他們的頭上。」

這幾句話宛若當頭棒喝，趙太后不禁陷入沉思。

觸讋更進一步說：「現在您使長安君地位尊貴，把肥沃的土地給他，賜他寶物，如果不趁現在令他建功，有朝一日您不在了，長安君憑什麼在趙國立身呢？我覺得您爲長安君考慮得太少了，所以認爲您對他的愛不及對燕后啊！」

太后終於心悅誠服的說：「行了！隨你把他派到哪兒去吧！」

於是，長安君就在嚴密的保護下到齊國作人質，齊國這才派兵救趙，解除了趙國的危機。

第十八課 顏斶說齊王

《戰國策》

經典原文

齊宣王見顏斶①，曰：「斶前②！」斶亦曰：「王前！」宣王不悅。左右曰：「王，人君也；斶，人臣也。王曰『斶前』，斶亦曰『王前』，可乎？」斶對曰：「夫斶前爲慕勢，王前爲趨士③；與使斶爲慕勢，不如使王爲趨士。」王忿然作色曰：「王者貴乎？士貴乎？」對曰：「士貴耳，王者不貴。」王曰：「有說乎？」斶曰：「有。昔者秦攻齊，令曰：『有敢去柳下季④壟⑤五十步而樵采者，死不赦！』令曰：『有能得齊王頭者，封萬户侯，賜金千鎰⑥！』由是觀之，生王之頭，曾不若死士之壟也。」宣王默然不悅。

左右皆曰：「斶來，斶來！大王據千乘之地，而建千石鍾、萬石虡⑦；天下之士，仁義皆來役處⑧；辯士並進，莫不來語；東西南北，莫敢不服；求萬物無不備具，而百姓無不親附。今夫士之高者，乃稱匹夫，徒步而處農畝；下則鄙野，監門閭里⑨，士之賤也亦甚矣！」

斶對曰：「不然。斶聞古大禹之時，諸侯萬國。何則？德厚之道，得貴士之力也。故舜起農畝，出於野鄙，而爲天子。及湯之時，諸侯三千。當今之世，南面稱寡者，乃二十四。由此觀之，非得失之策[10]與？稍稍[11]誅滅，滅亡無族之時，欲爲監門閭里，安可得而有乎哉？是故《易傳》不云乎：『居上位，未得其實[12]，以喜其爲名[13]者，必以驕奢爲行；據慢[14]驕奢，則必凶從之。』是故無其實而喜其名者削[15]，無德而望其福者約[16]，無功而受其祿者辱，禍必握[17]！故曰：『矜功不立，虛願不至。』此皆幸樂其名華，而無其實德者也。是以堯有九佐[18]，舜有七友，禹有五丞，湯有三輔。自古及今，而能虛成名於天下者，無有；是以君王無羞亟[19]問，不愧下學。是故成其道德，而揚功名於後世者，堯、舜、禹、湯、周文王是也。故曰：『無形者，形之君[20]也；無端者，事之本也。』夫上見其原[21]，下通其流，至聖明學[22]，何不吉之有哉？老子曰：『雖貴，必以賤爲本；雖高，必以下爲基』。是以侯王稱孤、寡、不穀[23]，是其賤必本與？非夫孤寡者，人之困賤下位也，而侯王以自謂，豈非下人而尊貴士與？夫堯傳舜，舜傳禹，周成王任周公旦，而世世稱曰明主，是以明乎士之貴也。」

宣王曰：「嗟乎！君子焉可侮哉！寡人自取病[24]耳。及今聞君子之言，乃今聞細人[25]之行。願請受爲弟子。且顏先生與寡人游，食必太牢[26]，出必乘車，妻子衣服麗都。」顏斶辭去，曰：「夫玉生於山，制則破焉；非弗寶貴矣，然太璞不完。士生乎鄙野，推選則祿焉；非不得尊遂[27]也，然而形神不全。斶願得歸，晚食以當肉，安步以當車，無罪以當貴，清靜貞正以自虞[28]。制言者，王也；盡忠直言者，斶也。言要道[29]已備矣，願得賜歸，安行而反臣之邑屋。」

則再拜而辭去也。

君子曰：「斶知足矣，歸眞反璞㉚，則終身不辱也。」

作者

《戰國策》。

題解

選自《戰國策．齊策四》。顏斶運用理性的論辯，說明了貴賤、上下、君臣之間相互依靠、襯托、轉化的關係，也用這樣的思維說出了自己反璞歸眞、尋求生命意義的思考和實踐。對話中的語言藝術和所揭示的眞理，值得我們好好地反省與深思。

注釋

① 顏斶：齊國的隱士。斶，音ㄔㄨˋ。

② 前：到前面來。

③ 趨士：禮賢下士。指如果齊王走近顏斶，表示禮賢下士。

④ 柳下季：柳下惠，姓展，名禽，字季。魯國賢人，居於柳下。

⑤ 壟：墳墓。

⑥ 鎰：音ㄧˋ，古代量詞，以二十兩或二十四兩為「一鎰」。

⑦ 虡：音ㄐㄩˋ，古代懸掛樂器的架子中間的木柱。

⑧ 役處：效力，供事。指有仁義的人都來為齊王效力。

⑨ 監門閭里：幫老百姓守門，地位低下的役卒。監門，守里門的役卒。閭里，每二十五家稱為「一閭」或「一里」。

閭或里皆有巷，巷口有門，設一卒以守門，故稱為「監門閭里」。閭，音ㄌㄩˊ。
⑩策：謀略、主張。
⑪稍稍：漸漸。
⑫實：居上位所應該具備的素質。
⑬為名：有居上位的名聲。
⑭據慢：同倨慢，傲慢無禮。
⑮削：指領土日益縮減。音ㄒㄩㄝˋ。
⑯約：受阻。
⑰握：通「渥」，厚重。
⑱九佐：帝堯時有九位輔佐堯治理國家的官員。
⑲亟：頻繁，屢次。音ㄑㄧˋ。
⑳無形者，形之君：以無形為有形的主宰，指在上位者應有先見之明。
㉑原：通「源」，事物的本源。
㉒至聖明學：最聖明的人應澈底理解學問。明學，澈底學通。
㉓不穀：不善。君侯自稱，表示謙恭之意。
㉔自取病：自討沒趣。
㉕細人：小人，不知貴士之道是小人的行為。
㉖太牢：牛、羊、豬各一頭。
㉗尊遂：尊貴顯達。
㉘自虞：自娛，自得其樂。虞：通「娛」，歡樂。
㉙言要道：言之要道，指進言所應該遵循的規則。
㉚璞：指捨棄富貴華麗，而返歸素樸真純。

評析

身爲君主能夠尊重賢才，賢才便願意爲其所用。君主必須重視賢臣及人民，這是君王之所以存在和顯貴的根本，孟子說：「民爲貴，社稷次之，君爲輕。」正是這個道理。現代社會的領導者，也要認清自己的地位和人民的重要性，那種輕視人才和民衆的人，就會使自己失去民心，最後難免衆叛親離。顏斶追求的是人的價值和生命的本質，他視富貴如浮雲，齊宣王受到他的影響，也學會了尊重眞正的賢者。

經典故事

齊宣王召見顏斶，喊道：「顏斶你上前！」底下的顏斶也叫道：「大王您上前。」

齊宣王聽了滿臉不悅，大臣們也面面相覷，從來沒有人敢這麼對大王說話。左右大臣紛紛出言指摘：「大王是一國之君，而你只是一介平民而已，大王叫你上前說話是應該的，可是你也喚大王上前，這成何體統？」群臣交頭接耳，心想此人得罪大王，下場應該不妙。

沒想到顏斶神色輕鬆的說：「如果我走上前，那便是貪慕權勢，急著要巴結大王，但大王過來則是謙恭。與其讓我蒙受趨炎附勢的惡名，倒不如讓大王得到禮賢下士的美譽。」群臣都露出不滿的神色，顏斶這番話倒像是指桑罵槐。

齊宣王仍然滿臉怒容，斥責顏斶道：「到底是君王的地位尊貴，還是讀書人的地位尊貴？」

顏斶不卑不亢地回答：「自然是讀書人尊貴，君王並不尊貴。」群臣議論紛紛，覺得此人竟敢說君王不尊貴，簡直是大逆不道。

這番話，倒是引起齊宣王的好奇心了，問道：「此話怎麼講？」

顏斶神色自若的說：「以前秦國攻打齊國，秦王下令：『有誰敢在柳下惠墳墓周圍五十步內砍柴的，一概處死，決不寬赦！』秦王又下令：『誰能取得齊王首級的，封侯萬户，賞賜千金。』由此看來，活著的國君頭顱，還比不上死去的賢士墳墓呢。」

齊宣王嘆道：「唉！我怎麼能夠怠慢君子呢？我這是自取其辱呀！今天聽到先生的高論，才明白輕慢賢士是小人的行徑。希望您能收我爲弟子。如果先生與我相交，食必山珍海味，行必有專車接送，先生的妻兒也必然錦衣玉食。」

顏斶聽了就要求告辭回家。齊宣王對顏斶的決定感到驚訝和不解。

顏斶解釋道：「美玉是從深山開採來的，經過琢磨就會破壞天然本色，不是說美玉不再珍貴，只是失去了原始的美。士大夫生於鄉野，經過推薦選用就接受俸祿，可以說是相當尊貴顯達，然而他們此後便很難做自己了。」

齊宣王微微點頭，群臣也默然不語。

顏斶續道：「臣只希望能回到鄉下，晚一點吃飯也無妨，即使再差的飯菜，也像吃肉一樣津津有味；慢慢走就好，當作坐車；沒有什麼過錯，也就足以自貴；與世無爭，自得其樂。納言決斷的，是大王；秉忠直諫的，則是顏斶。臣要說的話已經很清楚了，希望大王賜我返回家鄉。」於是再拜而去。

齊宣王不再阻止顏斶，目送著他的背影，心中不禁肅然起敬。

當時的君子讚嘆說：「顏斶的確是知足的人，能夠回復到原來最自然的樣子，那麼一生都不會感到恥辱。」

第十九課 馮諼客孟嘗君

《戰國策》

經典原文

齊人有馮諼①者，貧乏不能自存，使人屬②孟嘗君③，願寄食門下④。孟嘗君曰：「客何好？」曰：「客無好也。」曰：「客何能？」曰：「客無能也。」孟嘗君笑而受之曰：「諾。」左右以君賤⑤之也，食以草具⑥。

居有頃⑦，倚柱彈其劍，歌曰：「長鋏歸來⑧乎！食無魚。」左右以告。孟嘗君曰：「食之比門下之客。」居有頃，復彈其鋏，歌曰：「長鋏歸來乎！出無車。」左右皆笑之，以告。孟嘗君曰：「爲之駕⑨，比門下之車客。」於是乘其車，揭其劍，過其友，曰：「孟嘗君客我⑩！」後有頃，復彈其劍鋏，歌曰：「長鋏歸來乎！無以爲家⑪。」左右皆惡之，以爲貪而不知足。孟嘗君問：「馮公有親乎？」對曰：「有老母。」孟嘗君使人給其食用，無使乏。於是馮諼不復歌。

後，孟嘗君出記⑫，問門下諸客：「誰習計會⑬，能爲文收責⑭於薛者乎？」馮諼署曰：「能。」孟嘗君怪之，曰：「此誰也？」左右曰：「乃歌夫長鋏歸來者也。」孟嘗君笑曰：「客果有能也。吾負⑮之，未嘗見也。」請而見之，謝[16]曰：「文倦於事，憒於憂[17]，而性懧愚[18]，沉於國家之事，開罪於先生。先生不羞[19]，乃有意欲爲收責於薛乎？」馮諼曰：「願之。」於是，約車治裝[20]，載券契[21]而行，辭曰：「責畢收，以何市[22]而反？」孟嘗君曰：「視吾家所寡有者。」

驅而之薛。使吏召諸民當償者，悉來合券[23]。券遍合，起矯命[24]，以責賜諸民，因燒其券，民稱萬歲。長驅到齊，晨而求見。孟嘗君怪其疾也，衣冠而見之，曰：「責畢收乎？來何疾也！」曰：「收畢矣。」「以何市而反？」馮諼曰：「君云『視吾家所寡有者』。臣竊計，君宮中積珍寶，狗馬實外廄，美人充下陳[25]。君家所寡有者以義耳！竊以爲君市義。」孟嘗君曰：「市義奈何？」曰：「今君有區區之薛，不拊愛[26]子其民[27]，因而賈利之。臣竊矯君命，以責賜諸民，因燒其券，民稱萬歲，乃臣所以爲君市義也。」孟嘗君不說[28]，曰：「諾。先生休矣！」

後朞年[29]，齊王謂孟嘗君曰：「寡人不敢以先王之臣爲臣。」孟嘗君就國[30]於薛。未至百里，民扶老攜幼，迎君道中。孟嘗君顧謂馮諼曰：「先生所爲文市義者，乃今日見之。」馮諼曰：「狡兔有三窟，僅得免其死耳。今君有一窟，未得高枕而臥也，請爲君復鑿二窟。」

孟嘗君予車五十乘，金五百斤，西游於梁，謂惠王曰：「齊放其大臣孟嘗君於諸侯，諸侯先迎之者，富而兵強。」於是梁王虛上位[31]，以故相爲上將軍，遣使者，黃金千斤，車百乘，往聘孟嘗君。馮諼先驅，誡孟嘗君曰：「千金，重幣也；百乘，顯使也。齊其聞之矣。」梁使三反，孟嘗君固辭不往也。

齊王聞之，君臣恐懼，遣太傅齎㉜黃金千斤，文車二駟㉝，服劍一，封書謝孟嘗君曰：「寡人不祥㉞，被於宗廟之祟㉟，沉於諂諛之臣㊱，開罪於君！寡人不足爲也。願君顧先王之宗廟，姑反國統萬人乎？」馮諼誡孟嘗君曰：「願請先王之祭器，立宗廟於薛。」廟成，還報孟嘗君曰：「三窟已就，君姑高枕爲樂矣！」

孟嘗君爲相數十年，無纖介㊲之禍者，馮諼之計也。

作者

《戰國策》。

題解

選自《戰國策．齊策》。馮諼爲鞏固孟嘗君的政治地位，進行了種種政治外交活動，如焚券市義、謀復相位、在薛建立宗廟等，表現出馮諼的政治識見，和善於利用矛盾解決問題的才能，也反映齊國內部和齊、魏等諸侯國之間的矛盾。

注釋

① 馮諼：齊國遊說之士。諼，音ㄒㄩㄢ。

② 屬：通「囑」，託付。音ㄓㄨˇ。

③ 孟嘗君：齊國貴族，姓田，名文，齊湣王時為相。其父田嬰在齊宣王時為相，並受封於薛，故文中有「寡人不

敢以先王之臣為臣」之說。田嬰死後，田文襲封地，封號為孟嘗君。孟嘗君好養士，據說有門客三千，成為以養士著稱的「戰國四公子」之一，另外還有魏國信陵君，楚國春申君，趙國平原君。

④寄食門下：在孟嘗君門下作食客。

⑤賤：輕視，看不起。

⑥食以草具：供給粗劣飯菜。「食」，音ㄙˋ，通「飼」，給人吃。草具：粗劣的飯菜。

⑦居有頃：住了不久。

⑧長鋏歸來：劍啊，我們回去吧。鋏，音ㄐㄧㄚˊ，劍柄，借代為劍。來，語助詞。歸來：回去。

⑨為之駕：為他準備馬車。

⑩客我：把我當作上等門客看待。

⑪無以為家：沒有錢養家。

⑫出記：貼出了一個文告。記，指文告，又作帳簿。

⑬計會：即會計。會，音ㄎㄨㄞˋ。

⑭責：同「債」。音ㄓㄞˋ。

⑮負：辜負，對不住。指沒有發現馮諼的才幹。

⑯謝：道歉。

⑰憒於憂：因憂愁而心思煩亂。憒：同「潰」，音ㄎㄨㄟˋ，心亂。

⑱懧愚：懦弱無能。懧，音ㄋㄨㄛˋ，同「懦」。孟嘗君自謙之詞。

⑲不羞：不以為羞。指承你不見怪。

⑳約車治裝：準備車馬，整理行裝。約：纏束，約車即準備車輛。

㉑券契：債契。債務關係人雙方各持一半為憑證，收債時取出合驗。

㉒市：買。動詞。

㉓合券：驗合券契。古時契約寫在竹簡或木簡上，分兩半，驗證時合起來查對，故有合券之說。

㉔矯命：假託孟嘗君的命令。矯，詐稱。

㉕下陳：堂下。
㉖拊愛：愛撫。拊，音ㄈㄨˇ，同「撫」。
㉗子其民：愛護薛地的百姓，如同愛護自己的子女。
㉘說：通「悅」。音ㄩㄝˋ。
㉙後朞年：一年之後。朞年，整整一年。朞，音ㄐㄧ，「期」的異體字。
㉚就國：歸返自己的封邑。
㉛虛上位：把上位（宰相之位）空出來。虛，空出。
㉜齎：音ㄐㄧ，帶著、抱著東西送人。
㉝文車二駟：兩乘繪有文彩的馬車。文車，繪有文采的車。駟，四馬駕的車。
㉞不祥：不善。
㉟被於宗廟之祟：遭受祖宗神靈降下的災禍。被，音ㄆㄧ，遭受。宗廟，古代天子或諸侯奉祀祖先的宮室。
㊱沉於諂諛之臣：被阿諛奉承的奸臣所迷惑。
㊲纖介：介同「芥」，比喻極微小。

評析

身居高位的人，都該爲自己預備好「三窟」，遭遇困境時才有退路。爲了突出馮諼的才能，作者含蓄地描寫孟嘗君忽視人才、其他門客對馮諼冷嘲熱諷的情節，用他們和馮諼對比，使這個看似平凡、接近無賴的人物，深藏不露。接著敘述馮諼「收債於薛」、「焚券市義」等事蹟，表現馮諼的卓越不凡與深謀遠慮，先抑後揚的寫法使人物的形象更鮮明突出。

馮諼窮得活不下去了，只能依附在孟嘗君門下當食客。他手中捧著裝了粗食的飯碗，想起孟嘗君嘴邊掛的一抹冷淡的笑，問他：「你有什麼嗜好？有什麼才能？」馮諼只能聳聳肩說：「我沒什麼嗜好，也沒什麼才能。」其實他的才能是藏在胸中的萬千甲兵，但孟嘗君怎肯眞心信他？

馮諼靠著柱子、敲擊劍柄唱起來：「長劍回去吧！沒有魚吃。」孟嘗君聽見了，就交代侍從：「給他魚，比照中等門客。」

不久，馮諼又敲著劍唱道：「長劍回去吧！出門沒有車。」孟嘗君笑說：「給他準備車子，比照上等門客。」

然而馮諼又敲著劍唱：「長劍回去吧！我無法養家。」孟嘗君才知道馮諼家中還有老母親，不責怪他貪心，反而派人供應吃用，使她生活無虞。從此馮諼就不再唱歌了。

有一次，孟嘗君貼出告示，要徵求門客爲他前往薛地收債。

馮諼自告奮勇地說：「我能。」孟嘗君覺得奇怪，問：「這人是誰？」侍從說：「就是高唱『長劍回去』的那位。」孟嘗君笑著說：「客人果然有才能，是我辜負了他。」於是請馮諼見面，向他道歉：「我因爲被瑣事弄得很疲倦，而且生性愚昧，得罪了先生。先生不在意，仍然願意爲我去薛地收債嗎？」馮諼表示願意，於是便準備車馬，整理行裝，帶著借據準備起程。

出發前，馮諼問孟嘗君：「債收到後，該買些什麼回來呢？」孟嘗君豪邁的說：「看我家缺什麼就買吧！」

馮諼一抵達薛地，就立刻召集欠債的人來核對借據。核對完畢，他就假借孟嘗君的命令燒掉借據，把老百姓的債務全部取消，人們都歡呼萬歲。事情辦完，他毫不停留地趕回齊國，一大早就求見孟嘗君。

孟嘗君感到很驚奇，問道：「債收完了嗎？爲什麼這麼快就回來？」馮諼答：「都收好了。」孟嘗君又問：「買了什麼回來？」馮諼說：「我仔細想，宮中堆滿珠寶，畜舍裡養滿了犬馬，又有眾多美女侍妾，您家中只缺少『義』罷了，因此我爲您買了『義』。」

孟嘗君皺眉說：「如何買義？」馮諼說：「您只有小小的薛地，卻不愛護子民，反而在人民身上圖利。因此我假傳命令，把債還給百姓，燒掉借據，這就是我爲您買來的『義』啊！」

孟嘗君聽完，不高興地擺擺手說：「別再說了！」卻也不再追究此事。

過了一年，齊王聽信讒言，某日對孟嘗君說：「寡人不敢任用先王的臣子，作爲我的臣子。」藉故將他罷免了。

孟嘗君只好回到薛，在他離薛還有一百里遠時，就見到百姓扶老攜幼在路上迎接。孟嘗君感動至極，回頭對馮諼說：「我今天才知道這是您爲我買的『義』啊！」馮諼行禮道：「聰明的兔子往往有三處躲藏的巢穴，現在您只有一處，還不能高枕無憂。讓我再替您尋找。」

馮諼便帶著五十輛車及五百斤黃金，到梁國遊說惠王，他說：「齊國放棄孟嘗君，等於送給諸侯一份大禮，誰先請到他，就可以富國強兵。」於是梁惠王趕緊空出相位，派使者攜帶黃金千斤、車子百輛，去聘請孟嘗君。

馮諼又趕回去告誡孟嘗君：「千斤黃金是重禮，百輛車是榮耀的使臣禮節，但你要婉拒。齊王應該聽說了。」果然梁國使者前來聘請三次，孟嘗君都婉謝不去。這事讓齊國的君臣很害怕，於是派人攜帶大禮，並寫了一封信向孟嘗君謝罪，希望他顧念祖先的宗廟，回來治理萬民。

馮諼又提醒孟嘗君：「請您向君王表達希望能得到祭祀先王的禮器，在薛建立天子宗廟。」古代君王處理國事，都要祭告於祖廟，等宗廟落成，薛將成為國家重地，孟嘗君的地位就更穩固了。

宗廟建好後，馮諼便報告：「三個巢穴都已準備完成，您可以高枕無憂了。」孟嘗君在齊國當了幾十年的丞相，沒有任何災禍，都是因為馮諼的計謀。

第二十課

杜宇

《蜀王本紀》

蜀王之先名蠶叢，後代名曰柏濩①，後者名魚鳧。此三代各數百歲，皆神化不死，其民亦頗隨王去。魚鳧田於湔山②，得仙。今廟祀之於湔。時蜀民稀少。

後有一男子，名曰杜宇，從天墮止朱提③，有一女子名利，從江源井中出，爲杜宇妻。乃自立爲蜀王，號曰望帝。治汶山下邑曰郫④，化民往往復出。

望帝積百餘歲，荊有一人，名鱉靈，其屍亡去，荊人求之不得。鱉靈屍隨江水上至郫，遂活，與望帝相見。望帝以鱉靈爲相。時玉山出水，若堯之洪水。望帝不能治，使鱉靈決⑤玉山，民得安處。鱉靈治水去後，望帝與其妻通。慚愧，自以德薄不如鱉靈，乃委國授之而去，如堯之禪⑥舜。鱉靈即位，號曰開明帝。帝生盧保，亦號開明。

望帝去時子規⑦鳴，故蜀人悲子規鳴而思望帝。望帝，杜宇也，從天墮。

作者

《蜀王本紀》，舊題揚雄撰。揚雄（西元前五三年—一八年），西漢文學家。字子雲，蜀郡成都人。漢成帝時爲侍郎。新莽時爲大夫，校書天祿閣。本書是歷代蜀王的傳記，始於先王蠶叢，迄於秦代。常璩的《華陽國志》中《蜀志》所記載的蜀王事蹟，與此略同。原書已佚。

題解

選自《蜀王本紀》。杜宇，傳說中爲古蜀國國王。周代末年，七國稱王，杜宇積極開疆擴土，稱帝於蜀，號望帝。晚年時，洪水爲患，蜀民流離失所，杜宇擅長農耕，不擅治水，於是命鱉靈治水。鱉靈以疏導宣洩的方法，平定了水患。杜宇感其治水之功，就禪讓帝位給鱉靈，號開明，自己隱居在西山。傳說杜宇死後化作鳥，每年到了春耕時節，鳴叫不已，蜀人皆曰「我望帝魂也」，因呼鳥爲杜鵑。

注釋

①柏濩：濩，音ㄏㄨㄛˋ，神話傳說中的蜀王。
②湔山：即玉壘山，今四川灌縣境內。湔，音ㄐㄧㄢ，水流聲。
③朱提：山名，在雲南省昭通縣境，以出產白銀聞名。
④郫：音ㄆㄧˊ，在今河南省濟源縣西。
⑤決：疏通水道。
⑥禪：音ㄕㄢˋ，帝王讓位或傳位給他姓。
⑦子規：杜鵑鳥。

評析

深受愛戴的國君，必定能令人民安居樂業。杜宇退位隱居後，人民思念他，就想像他死後化身為鳥飛回故國。蜀民與杜宇心意相通，他們聽見杜鵑鳥啼叫，就認定望帝回來了，而杜宇化身的鳥也因思鄉而不斷地啼叫。故事的另一條主線，是傳達對愛情的失落：鱉靈與朱利原是一對愛侶，因意外被拆散，男的成為望帝的大臣，女的做了望帝的妃子，有情人近在咫尺卻如同天涯。最後望帝退出三角戀情，更為神話增添了淒美的色彩。

經典故事

不知暮春的哪一天，蜀國的天空飛來一隻杜鵑鳥，人們意識到它的存在，是來自一聲聲劃破靜謐的啼叫，彷彿在訴說一個美麗而哀傷的故事。

遠古時代的蜀國人民稀少，生活落後，有個青年男子名叫杜宇，從天上降了下來，成為蜀國的國王，號「望帝」。望帝很關心百姓的生活，教導百姓種植莊稼的技術，因此深受擁護。

那時蜀國經常鬧水災，望帝想盡了各種方法治水，卻始終不能根除水患，這使得勤政愛民的他整日眉頭深鎖，憂心忡忡。有一年，河裡忽然出現一具男屍，逆流而上漂來，人們感到驚奇，好事者就把屍體打撈起來，沒想到「屍體」被救上岸後就復活了，而且是個眉清目秀的青年。

這青年名叫鱉靈，是一隻鱉精修鍊而成的，每天他都要乘著星光，和江源井裡最美的女人朱利幽會。今天他聽説西海有水災氾濫，便沿江巡視，卻不小心失足落水，從家鄉一直漂流到蜀國。

望帝知道後，派人請鱉靈前來相見，兩人一見如故。望帝覺得鱉靈是個難得的人才，立刻任命他爲蜀國的宰相，負責治水。

在江源井等待很久的朱利，終於無法忍受相思之苦，便到蜀國尋找鱉靈。那天正好望帝出獵，在山野間邂逅了朱利，只見她脱俗的風姿，非凡間女子能有。望帝一見傾心，於是將朱利納入宮中爲妃。

朱利只知道鱉靈身在蜀國，不知他貴爲蜀相，再加上嬌弱之身不敢抗命，又無法言明身分，只能悶悶不樂的，令望帝十分煩惱。

蜀國這場洪水浩浩蕩蕩包圍了蜀都，和當年大禹治水時的災情幾乎不相上下，百姓深受其害，死的死，逃的逃，國家人口鋭減，陷入了一片混亂。鱉靈受望帝的重託，更不敢懈怠地展現治水才幹，變水患爲水利，終於使水患得到解除，百姓又可以安居樂業了。

望帝決定爲鱉靈設宴慶功。當晚君臣盡歡，鱉靈大醉，沒有留意望帝身旁坐著低頭不語的妃子。深夜時分，鱉靈留宿宮中，朱利敲開了他的門，二人相見抱頭痛哭，各自傾訴別後的相思。

望帝知道此事後，自責悔恨交集，當晚就決定把王位禪讓給鱉靈，自己悄悄隱入西山修行。國家失去了主人，鱉靈又有治水之功，於是在臣民的擁戴下受了禪讓，號開明帝，又叫叢帝。

孤獨的望帝躲在山中，非常思念朱利和故鄉，但又無可奈何，只有成天哀泣，最後鬱鬱而死，死後靈魂化作杜鵑鳥飛回蜀國。每當桃花盛開之際，杜鵑鳥便聲聲地叫著：「不如歸去，不如歸去。」從此以後，杜鵑鳥就棲息在蜀國日夜哀鳴，直到它的口中流出血來。

杜鵑啊！請收起悲哀的啼聲吧！不知有多少顆脆弱的心，已經碎裂在你淒切的啼聲裡了。

第二十一課

雞鳴狗盜

《史記・孟嘗君列傳》

經典原文

齊湣王①二十五年，復卒使孟嘗君②入秦，昭王即以孟嘗君爲秦相。人或說秦昭王曰：「孟嘗君賢而又齊族也，今相秦，必先齊而後秦③，秦其危矣。」於是秦昭王乃止，囚孟嘗君，謀欲殺之。孟嘗君使人抵④昭王幸姬⑤求解⑥。幸姬曰：「妾願得君狐白裘。」此時孟嘗君有一狐白裘，直⑦千金，天下無雙，入秦，獻之昭王，更無他裘。孟嘗君患⑧之，遍問客，莫能對。最下坐有能爲狗盜者，曰：「臣能得狐白裘。」乃夜爲狗以入秦宮藏中，取所獻狐白裘至，以獻秦王幸姬。幸姬爲言昭王。昭王釋孟嘗君。孟嘗君得出，即馳去，更封傳⑨，變名姓，以出關。夜半至函谷關。秦昭王後悔出孟嘗君，求之。已去。即使人馳傳逐之。孟嘗君至關，關法，雞鳴而出客⑩。孟嘗君恐追至。客之居下坐者，有能爲雞鳴。而雞盡鳴。遂發傳出。出如食頃⑪，秦追果至關。已後孟嘗君出，乃還。始孟嘗君列此二人於賓客。賓客盡羞⑫之。及孟嘗君有秦難，卒此二人拔之。自是之後，客皆服孟嘗君。

作者

司馬遷，（西元前一四五年—前八六年），字子長，西漢人。生於龍門，年輕時遊歷宇內，後以四十二歲之齡繼承父親司馬談爲太史令，並承遺命著述。後因李陵降匈奴事，遷爲之辯護，觸怒武帝下獄，受腐刑。後爲中書令，以刑後餘生完成《太史公書》（後稱《史記》）。《史記》上起黃帝，下迄漢武帝太初年間，共一百三十篇，五十二萬餘言，爲紀傳體之祖，亦爲通史之祖，對後世史學和文學的發展產生了深遠影響。

題解

選自《史記．孟嘗君列傳》。雞鳴狗盜，指學雄雞啼叫和裝狗進行盜竊的人，本篇源自發生在孟嘗君的兩個門客的故事。雞鳴狗盜後多用作貶義，比喻那些既沒有眞才實學，又缺乏風度，只不過略有雕蟲小技本領的人，也可單指微不足道的本領或偷偷摸摸的行爲。

注釋

① 齊湣王：湣，音ㄇㄧㄣˇ。西元約前三三三年至前二八四年，本名田地，一名遂。在位十七年，屢建武功，破秦、燕諸國，制楚、滅宋。

② 孟嘗君：生卒年不詳。戰國時齊之公族，姓田氏，名文。相齊，封於薛，「孟嘗君」為其稱號，好養賢士，食客數千人。

③ 先齊而後秦：先考慮齊國的利益，然後才考慮秦國的利益，甚至會為了齊國的利益而犧牲秦國的利益。

④ 抵：冒著觸犯幸姬而求之。

⑤ 幸姬：秦王的寵妾。

⑥求解：請求代為說情，以便解除危急。
⑦直：通「値」，價値。
⑧患：憂慮、擔心。
⑨更封傳：改換了通過邊界用的通行證。更，音ㄍㄥ，更改。封傳，通關憑證。
⑩雞鳴而出客：等清晨雞鳴了才能放行旅客。
⑪食頃：吃一頓飯的功夫，形容時間很短。
⑫羞：感到恥辱。

評析

孟嘗君廣納門客，眞正目的是擴張勢力，因此既沒有經過仔細篩選，也無力深入認識每個門客的才能。小偷與口技藝人的加入，讓衆門客無不感到羞恥，尤其當中多爲自視甚高的人，根本不屑與這種「不學無術」者爲伍。後來孟嘗君遭到危難，這些門客卻全都束手無策，還得靠雞鳴、狗盜之徒使出看家本領，才能解救所有人的性命。「人人都有可取之處」，在雞鳴、狗盜身上得到了驗證。

經典故事

孟嘗君望著坐滿前廳的門客，心想：「他們應該都是忠心追隨我的死士吧！」對他來說，這些面孔大多陌生，對於他們身懷的本領，也不能完全認識。

此時，這些人正仰望著孟嘗君，盼他帶領所有人逃出秦國，可是誰也不知道他內心的惶恐不安。

在這共生死的一刻，大夥就像知心的老友，相對無言。

戰國時代是人才爭奪的時代，秦昭襄王一向仰慕齊國孟嘗君的才能，於是派人請到秦國作客，吸納人才的企圖濃厚。

孟嘗君爲了報答秦王，便獻上一件名貴的「狐白裘」作爲見面禮。

兩人深談後，秦王對孟嘗君的才華非常敬佩，就想立即聘他爲宰相。但秦王的厚愛，卻引起其他大臣的嫉妒，有人積極的勸秦王：「孟嘗君的確賢能，可惜他是齊王的同宗，有血緣關係，如果讓他擔任秦國宰相，謀劃事情時必定先替齊國打算，然後才考慮秦國，那麼秦國可要危險了！」

雄才大略的秦王思前想後，盤算著：「孟嘗君如此能幹，如果不能爲我所用，就該立刻將他除去，這麼做等於砍掉齊王的臂膀，齊國就該滅亡了。」於是命人將孟嘗君囚禁起來。

汙穢骯髒的監牢裡，傳來陣陣臭氣，是腐肉與殺氣的混合。孟嘗君知道自己處境危急，就買通人去見秦王的寵妾請求解救。

寵妾見了來人，先是淺淺一笑，慢慢地啜飲手上的玫瑰花露，伸出紅豔豔的食指說：「我希望得到孟嘗君那件白色狐皮裘。」

狐白裘價值千金，天下再沒有第二件，現在已經獻秦王，該如何是好？孟嘗君急得團團轉，又派人問遍了門客，然而誰也想不出辦法。

忽然，門客中一個相貌平凡的人，站出來毛遂自薦說：「我能拿到那件狐白裘！」那晚，他打扮成狗的模樣，偷偷溜進宮中的寶庫，把那件狐白裘偷了出來，獻給秦王的寵妾。

寵妾得了狐白裘，相當得意，就在秦王耳邊吹吹枕頭風，秦王便釋放了孟嘗君。孟嘗君出獄時，門客早已準備好快車迎接，唯恐秦王事後反悔，所有人改名換姓立刻駕車逃離秦國。

沒多久，秦王果然後悔，下令追捕。

在半夜時分，孟嘗君趕到了函谷關，按照當時規定，雞叫時才能開關，孟嘗君生怕追兵趕到，心裡頭萬分著急。

突然，一聲雞叫劃破了寂靜的夜空，原來門客中有個人擅長口技，是他在深夜模仿雞叫。雞鳴一起，附近的雞便此起彼落地叫了起來，城門果然開啓，孟嘗君一行人連忙逃出秦國，等秦國追兵趕到關口，已經遠遠落在後面，不得不放棄追捕。

身爲一個領袖，要像孟嘗君那樣做個善識人才的「伯樂」，那麼雞鳴、狗盜這類的人，有朝一日也能小兵立大功。

第二十二課

屈原和漁父

《史記・屈原賈生列傳》

經典原文

屈原至於江濱，被髮[1]行吟澤畔，顏色憔悴，形容枯槁。漁父見而問之曰：「子非三閭大夫[2]歟[3]？何故而至此？」屈原曰：「舉世混濁，而我獨清。眾人皆醉，而我獨醒。是以見放[4]。」漁父曰：「夫聖人者，不凝滯於物，而能與世推移。舉世混濁，何不隨其流而揚其波。眾人皆醉，何不餔其糟而啜其醨[5]。何故懷瑾握瑜[6]，而自令見放爲。」屈原曰：「吾聞之，新沐者必彈冠，新浴者必振衣。人又誰能以身之察察[7]，受物之汶汶[8]者乎。寧赴常流[9]，而葬乎江魚腹中耳。又安能以皓皓之白，而蒙世之溫蠖[10]乎。」乃作〈懷沙〉[11]之賦。於是懷石，遂自投汨羅[12]以死。

作者

司馬遷。

題解

選自《史記・屈原賈生列傳》，本文省略〈懷沙〉全文。屈原雖遭流放，但始終以祖國的興亡、人民的疾苦爲念，希望楚王幡然悔悟，奮發圖強。文中，屈原和漁父透過對話表白了各自的處世哲學，漁父主張順應時勢而爲，屈原則不願與小人同流合汙，寧可投江而死，表現了對祖國的忠誠及可與日月爭光的人格與意志。

注釋

①被髮：披頭散髮。被，音ㄆㄧ，通「披」。
②三閭大夫：楚國官名，掌管楚國王族事務。
③歟：音ㄩˊ，置於句末，表疑問、反詰等語氣。多用於文言文中，相當於「嗎」。
④見放：被放逐。見，被。
⑤餔其糟而啜其醨：比喻隨波逐流、與世浮沉的態度。餔，音ㄅㄨ，餵食。糟，釀酒時濾下來的渣滓。醨，音ㄌㄧˊ，薄酒。
⑥懷瑾握瑜：幽思深沉，行為高尚。瑾、瑜，都是美玉。
⑦察察：潔白的樣子。
⑧汶汶：音ㄨㄣˋ ㄨㄣˋ，蒙上汙垢。形容汙濁的樣子。
⑨常流：長流，指江水。
⑩溫蠖：塵埃很厚。形容汙濁。蠖，音ㄏㄨㄛˋ。
⑪懷沙：楚辭〈九章〉的篇名。為戰國楚人屈原投江前的絕筆，描述其懷石投水的悲憤之情。
⑫汨羅：河川名。為汨水、羅水合注而成。二水在湖南省湘陰縣東北會合，乃稱汨羅江。相傳戰國時屈原自投此江而死。汨，音ㄇㄧˋ。

評析

屈原出身貴族，是政治人才，口才好，早期深受楚懷王的信任，曾位爲三閭大夫，但後來他的改革施政，招來其他貴族大臣的反對和嫉妒。昏庸的楚懷王聽信讒言，與屈原漸行漸遠，屈原終於被放逐了。放逐後，屈原和漁父的一次對話，各自表明了心志：漁父認爲，處世不要過於清高，世道好就出來做官，世道不好，就順勢而爲，不必落到被放逐的地步；但是屈原寧可投江而死，也不願與小人同流合汙。屈原和漁父，表現的正是兩種處世哲學，你認同哪一種呢？

經典故事

楚國的三閭大夫屈原感到救國無望，默默地，他垂下了一向高昂的頭。

西元前二七八年，楚國的都城「郢」被秦軍攻陷，從此楚國失去了抵擋的力量，秦軍如入無人之境，在楚國的心臟地帶縱橫奔馳，隨意肆虐。不久前還熙熙攘攘的郢城，沒有了人喊馬嘶，只聽得見沉痛的悲歌。

自從楚頃襄王聽信讒言，放逐屈原以後，屈原每天都在抑鬱糾結的心情中度過。這幾天楚都淪陷，許多楚人紛紛往南方遷移避難，便也將城破的噩耗帶來江南。

屈原聽說了，大爲震驚，原本他還對楚國和政治存有一絲幻想，但是此刻「期待」已被摔成無數的小碎片——他是徹底絕望了。

他懷著沉重的失落感，獨自在湘江流域一帶行走徘徊。他在沼澤畔爲國破家亡吟唱著哀歌，神情是那樣憔悴，身體是那麼枯瘦。

有個漁翁打老遠就看見屈原，不禁感到詫異，將小船划近岸邊，問道：「您不是三閭大夫嗎？爲何變成這等模樣？」

屈原嘆了口氣，對漁父說：「當世人都混濁不堪時，只有我一人是清清白白的；當人人都喝醉時，只有我一人還清醒。所以我就被排擠放逐了。」

漁翁聽了，淡淡地說：「聖人有著超凡的智慧，不會受限於任何事物，所以能隨世俗的改變而調整處事方法。既然世人混濁不堪，您爲何不順勢翻攪水底的汙泥，掀起水面的波浪，與他們同流合汙呢？既然人人都喝醉，您爲什麼不也吃些酒糟，喝點薄酒裝醉呢？爲何還要表現出憂國憂民、清高的言行，害自己被放逐？」

屈原苦笑一聲，對漁父說道：「我聽說，剛洗過頭髮，一定要先彈掉帽上的灰塵才能戴帽子，以免弄髒；剛洗過澡，一定要先抖掉衣服上的灰塵，才能穿上。我怎能讓這乾淨的身體，去接觸那些骯髒的東西呢？我寧願跳進湘江裡給魚兒吃，也不願讓潔白的人格受到塵埃的汙染。」

漁父只是微微一笑，就搖著槳離開了。他一邊敲擊船邊，一邊高聲唱道：「滄浪的水多清澈啊，可以洗我的帽帶；滄浪的水多汙濁啊，可以洗我的腳。」

豁達的漁父在歌中訴說胸懷，他想告訴屈原：不論水是清、是濁，處在朝廷就爲國君分憂，處於民間就爲百姓煩惱；時勢對自己有利便去做，世道難行就獨善其身，這才能保全自己啊！

屈原望著漁船漸行漸遠，漁父的歌聲終於聽不見了。這番人生的道理，屈原豈有不懂，然而他終究不願意做出違背心意的事。

到了五月初五這天，屈原穿上平日最喜歡的衣服，頭上戴著高冠，腰間懸掛長劍，鬱鬱地來到汨羅江畔。他環視這片愛得深切的土地，終於抱著石頭，躍入汨羅江中。

此後這滔滔江水所承載的，便是一位忠臣的赤膽忠心。

第二十三課

晏子

《晏子春秋》《史記・管晏列傳》

經典原文

一晏子使楚（節錄自《晏子春秋》）

晏子①使楚。楚人以晏子短②，爲小門於大門之側而延③晏子。晏子不入，曰：「使狗國者，從狗門入。今臣使楚，不當從此門入。」儐者④更道，從大門入。見楚王。王曰：「齊無人耶，使子爲使？」晏子對曰：「齊之臨淄三百閭⑤，張袂成陰⑥，揮汗成雨，比肩繼踵⑦而在，何爲無人！」王曰：「然則何爲使子？」晏子對曰：「齊命使⑧，各有所主。其賢者使使賢主，不肖者使使不肖主。嬰最不肖，故宜使楚矣！」

二晏子（節錄自《史記・管晏列傳》）

晏子爲齊相。出。其御⑨之妻，從門閒而闚⑩其夫。其夫爲相御⑪，擁大蓋⑫，策駟馬⑬，意氣揚揚，甚自得也。既而歸。其妻請去⑭。夫問其故。妻曰：「晏子長不滿六尺，身相齊國，名顯諸侯。今者妾觀其出，志念深矣，常有以自下者⑮。今子長八尺，乃爲人僕御，然子之意自以爲足。妾是以求去也。」

其後夫自抑損⑯。晏子怪而問之。御以實對。晏子薦以為大夫。

作者

㈠《晏子春秋》，作者不詳，共八卷。書中皆述晏嬰之事，舊題晏嬰撰，應是後人摭集成書而託名於晏嬰。成書於戰國時期，由史料和民間傳說彙編而成，記載許多晏嬰勸告君主勤政、不貪圖享樂、任用賢能、虛心納諫及愛護百姓的事例。後西漢劉向整理成八卷，二一五章，分為內篇六卷和外篇二卷。㈡司馬遷《史記》。

題解

㈠選自《晏子春秋》。作者藉由晏子與楚王的對談，表現機智的口才與反應，應答不卑不亢，既顧及身為齊國大使的尊嚴，又能反擊楚王的輕慢。㈡選自《史記．管晏列傳》。作者司馬遷描寫這位齊國國相，頗能抓住特點，以小觀大，選取典型細節生動地表現晏子的德行與才能，透過晏子重用御者的典型事例突出其「賢」，御之妻的智慧更是予人印象深刻。以上兩篇文章皆詳略得當，重點突出。

注釋

①晏子：字仲，春秋齊人。歷事靈公、莊公，相齊景公。尚儉力行，為當時名臣。諡平，史稱為「晏平仲」，後人尊稱為「晏子」。

②短：身材矮小。

③延：招攬、邀請。

④儐者：迎賓者。儐，音ㄅㄧㄣ，接待賓客的人。
⑤閭：二十五戶為一閭；比喻人口眾多。
⑥張袂成陰：張開袖子就足以成蔭。袂，音ㄇㄟˋ，袖子。陰，音ㄧㄣˋ，同「蔭」。
⑦比肩繼踵：肩並著肩、腳接著腳，形容人多而紛雜。比，音ㄅㄧˋ。踵，腳後跟。
⑧命使：任命使者。
⑨御：駕車的人，或侍從、僕役。名詞。
⑩闚：音ㄎㄨㄟ，偷看。同「窺」。
⑪御：這裡指駕馭車馬。動詞。
⑫大蓋：帝王、貴族坐車上的綢傘，即車蓋。
⑬駟馬：富貴人家壯盛的車馬。
⑭去：離開。
⑮常有以自下者：常常顯現出謙遜的樣子。
⑯抑損：謙退、謙遜。

評析

人不可貌相，與人交往，不能只憑外貌來評估一個人的才能、本質和行爲，因爲有些事物給人的第一印象看似很誘人、很有價值，卻可能轉眼間就被發現一無用處。車伕的妻子能見微知著，讓丈夫認清自身的缺失，從而改變命運，是有智慧的女子。而車伕接受妻子勸告，願意自我提升，也值得肯定。晏子洞察這對夫妻的難得之處，願意推薦馬伕做官，可說是獨具慧眼，他的內涵散發出智慧之光，實在勝過外表的短暫印象。

在齊國的朝廷大殿，你看到一位身材矮小、窄肩膀的男人，單薄得像個隨時可以乘風歸去的紙人，然而他的腰板挺直，意志堅定，彷彿一座難以撼動的塔——那就是齊國的宰相「晏子」。

晏子其貌不揚，但是頭腦靈敏，能言善辯，大夫們說不過晏子，便經常嘲笑他：「英雄豪傑大多相貌堂堂，高大雄偉，看看你的身高不足五尺，手無縛雞之力，只靠一張嘴而沒有實際的本領，不覺得可恥嗎？」

晏子淡淡回答：「我聽說秤錘雖小，能值千斤；舟槳雖長，不免被水浸沒；紂王勇武絕倫，也難逃身死國滅。外貌如何，不代表一個人的本領。」

除了辯才無礙，晏子更是出色的外交官。一次出使楚國，楚王知道晏子的個子很矮，就想捉弄他，命人在城門邊開了個小門，請晏子進去。

晏子知道楚王有意羞辱，爲了維護國家與個人尊嚴，就嚴詞拒絕。他說：「到了狗國，才走狗洞，我現在是出使楚國，不應該走狗門。」楚國的官員聽見，爲了不被指爲「狗國」，只好請他從大門進去。

晏子拜見楚王，楚王故意問：「齊國沒有人了，才派你來嗎？」晏子昂首傲然答道：「齊國的人多極了，光是首都就有上百條街道，人們把衣袖舉起來，可以遮住太陽，甩汗水就像下雨一樣。」

楚王問：「既然如此，那爲什麼偏偏派你呢？」

晏子不慌不忙的說：「我們齊國派大使出訪很講究，精明能幹的人，就會被派到道德高尚的國家；愚蠢無能的人，就會被派到不成器的國家。我是最愚蠢、最無能的人，所以就派我出使楚國了。」晏子表面上罵自己，實際上暗罵楚國是「不成器的國家」，令楚王無言以對。

晏子心胸寬廣，眼光獨到。一次他乘車外出，車伕的妻子透過門縫觀察丈夫，只見丈夫揚鞭驅馬，洋洋得意的模樣。等丈夫回家，妻子便主動要求離婚。

車伕很驚訝，問妻子為何離婚？妻子回答：「晏子身高矮小，卻是齊國宰相，名聲顯達於諸侯。今天我見晏子乘車出門，在車中志念深遠，態度謙和。但夫君您以八尺之軀為人駕車，竟因此自滿起來，這就是我要離開的原因。」

車伕十分慚愧，從此收斂了驕慢之氣，變得謙退恭謹起來。

晏子發現車伕的行為舉止有所改變，感到很奇怪，追問原由，車伕便如實報告，晏子因此推薦他做了齊國的大夫。

第二十四課 淳于髡

《史記・滑稽列傳》

經典原文

淳于髡①者，齊之贅婿②也。長不滿七尺③。滑稽多辯，數使諸侯，未嘗屈辱。齊威王之時喜隱④，好爲淫樂長夜之飲，沉湎⑤不治，委政卿大夫⑥。百官荒亂，諸侯竝侵，國且危亡，在於旦暮。左右莫敢諫。淳于髡說之以隱曰：「國中有大鳥，止王之庭。三年不蜚⑦又不鳴，王知此鳥何也？」王曰：「此鳥不飛則已，一飛沖天；不鳴則已，一鳴驚人。」於是乃朝諸縣令長⑧七十二人，賞一人，誅一人，奮兵而出。諸侯振驚，皆還齊侵地，威行三十六年，語在〈田完世家〉⑨中。

威王八年，楚大發兵加齊。齊王使淳于髡之趙請救兵。齎⑩金百斤，車馬十駟。淳于髡仰天大笑，冠纓索絕⑪。王曰：「先生少之乎？」髡曰：「何敢。」王曰：「笑豈有說乎？」髡曰：「今者臣從東方來，見道旁有禳田⑫者，操一豚蹄，酒一盂⑬，祝曰：『甌窶⑭滿篝⑮，汙邪⑯滿車。五穀蕃熟，穰穰⑰滿家。』臣見其所持者狹，而所欲者奢，故笑之。」於是齊威王乃益齎黃金千溢⑱，白璧十雙，車馬百駟。髡辭而行至趙。趙王與之精兵十萬，革車千乘。楚聞之，夜引兵而去。

威王大說，置酒後宮，召髡賜之酒，問曰：「先生能飲幾何而醉？」對曰：「臣飲一斗亦醉，一石亦醉。」威王曰：「先生飲一斗而醉，惡能飲一石哉。其說可得聞乎？」髡曰：「賜酒大王之前，執法在傍，御史⑲在後。髡恐懼俯伏而飲，不過一斗徑醉矣。若親有嚴客，髡帣韝鞠䠞⑳，侍酒於前，時賜餘瀝，奉觴上壽數起。飲不過二斗徑醉矣。若朋友交遊，久不相見，卒然相覩，歡然道故，私情相語。飲可五六斗徑醉矣。若乃州閭之會，男女雜坐，行酒稽留㉑，六博㉒投壺㉓，相引爲曹㉔。握手無罰，目眙不禁。前有墮珥㉕，後有遺簪。髡竊樂此，飲可八斗而醉二參。日暮酒闌㉖，合尊㉗促坐，男女同席，履舄㉘交錯，杯盤狼籍，堂上燭滅，主人留髡而送客。羅襦㉙襟解，微聞薌澤㉚。當此之時，髡心最歡，能飲一石。故曰：『酒極則亂，樂極則悲，萬事盡然。』言不可極，極之而衰。以諷諫焉。」

齊王曰：「善。」乃罷長夜之飲，以髡爲諸侯主客㉛。宗室置酒，髡嘗㉒在側。

作者

司馬遷。

題解

選自《史記・滑稽列傳》。「滑稽」是言辭流利、詼諧幽默的意思。此篇的主旨是頌揚淳于髡一類滑稽人物「不流世俗，不爭勢利」的可貴精神，及其「談言微中，亦可以解紛」的非凡諷諫才能。淳于髡出身雖然微賤，但卻機智聰敏，能言多辯，善於借事託諷，可知一個人言談有魅力，就能發揮自己的影響力。

注釋

①淳于髡：「淳于」，姓，源於周初至春秋的淳于國（今山東安丘縣東北）。髡，音ㄎㄨㄣ。
②贅婿：古時男子因家貧賣身給人家，得招為婿者，稱為贅婿。泛指「招女婿」。
③七尺：周尺比今尺短，七尺大約相當於今一．六公尺。
④隱：隱語，是一種不直接說出本意，藉別的詞語來暗示的語言藝術。
⑤沉湎：沉溺、沉迷。湎，音ㄇㄧㄢˇ。
⑥卿大夫：周代國君及諸侯的高級臣屬。卿地位高於大夫，掌握國政和統兵之權。
⑦蜚：同「飛」。此隱語據《史記．楚世家》記載，楚莊王時，伍舉就曾用過。蜚，音ㄈㄟ。
⑧令長：戰國秦漢時縣的行政長官名稱。人口萬戶以上的縣稱令，萬戶以下的稱長。
⑨田完世家：《史記．田敬仲完世家》。
⑩齎：音ㄐㄧ，拿、持。
⑪冠纓索絕：帽帶都斷了。索，盡。絕，斷。
⑫穰田：古代祈求農事順利、無災無害的祭祀活動。穰，音ㄖㄤˊ，祈求解除災禍、疾病的祭祀。
⑬盂：音ㄩˊ，盛食物或漿湯的容器。
⑭甌窶：音ㄡ ㄌㄡˊ，狹小的高地。

⑮篝：音ㄍㄡ，竹籠。

⑯汙邪：地勢低下、容易積水的劣田。

⑰穰穰：穀子豐盛繁多的樣子。

⑱溢：同「鎰」，古時二十兩或二十四兩為「一溢」。

⑲御史：秦以前的御史為史官，漢代御史也掌糾察、治獄。此應是後者。

⑳帣鞲鞠⿰月卺：捲起衣袖，拉起臂套，聳身挺腰長跪。帣，音ㄐㄩㄢˇ，通「絭」，束衣袖。鞲，音ㄍㄡˋ，皮製的臂套。鞠，彎屈。⿰月卺，音ㄐㄧˋ，同「跽」，長跪。古人以兩膝著地，坐在腳跟上為「坐」；直身而股不著腳跟為「跪」；跪而聳身挺腰為「跽」。

㉑稽畱：耽擱、停留。畱，音ㄌㄧㄡˊ，「留」。

㉒六博：古代博戲，兩人對局，各拿黑白棋六子。

㉓投壺：古代遊戲，宴飲時用箭矢投入一定距離外的酒壺，以投中多少定勝負，輸的人罰酒。

㉔曹：同伴，遊戲時分組。

㉕珥：音ㄦˇ，用珠玉作成的耳環。

㉖酒闌：飲宴過半，即將結束之時。

㉗合尊：亦作「合樽」，共同飲酒。

㉘履舄：鞋子。履，單底鞋。舄，音ㄒㄧˋ，複底鞋。

㉙羅襦：絲質的短衣。襦，音ㄖㄨˊ。

㉚薌澤：泛指香氣。薌，五穀的香氣。

㉛諸侯主客：簡稱「主客」，戰國齊設置的官名，掌諸侯朝聘之事。

㉜嘗：通「常」。

評析

隱語，是一種富於哲理的諷喻手法，個性滑稽的淳于髡擅長利用隱語說服別人，他在辯論或勸諫國君時，經常用幽默的諷喻說明道理，令人心悅誠服。面對有權位者如齊威王，諷諫時必須考慮在顧及君王顏面和說理之間，再三斟酌，以求達到諷諫的目的。「幽默」是說服他人的利器，英國哲學家培根說過：「善談者必善幽默。」幽默意味著心態開放，使人放鬆。面對不友善的聽眾，幽默更可以維持聽眾的興趣，建立連繫，使你獲得更多的信任和支持。

經典故事

一個身高不到七尺的入贅女婿淳于髡，卻是經常出使諸侯國的重臣，而且從來沒有讓國家受過屈辱，且看他如何地能言善辯。

齊威王很喜歡猜謎，又愛沒有節制的徹夜宴飲，陶醉在飲酒中不管政事，上梁不正下梁歪，連文武百官都荒淫放縱起來。各國知道後都來侵犯，眼看齊國就要滅亡了，但大臣們都不敢進諫。

個性滑稽的淳于髡，就故意用謎語規勸威王：「城裡有隻大鳥，落在大王的庭院裡，三年不飛又不叫，大王知道這隻鳥是怎麼了嗎？」威王說：「這隻鳥不飛則已，一飛就直沖雲霄；不叫則已，一叫就使人驚異。」威王懂淳于髡的用意，及時醒悟，詔令全國官員入朝報告，視察政績賞罰分明，又發兵抵抗各國的侵略，諸侯十分驚恐，都把侵占的土地歸還了。

威王一鳴驚人，齊國的聲威竟維持長達三十六年。

齊威王八年時，楚國派大軍侵犯齊國。威王派淳于髡帶著黃金百斤和馬車十輛送趙王，好搬救兵回來。淳于髡看了禮物卻哈哈大笑，把綁帽子的帶子都笑斷了。威王納悶地說：「有什麼好笑？嫌禮物太少麼？」淳于髡笑說：「怎麼敢嫌少！」齊王慍道：「那你笑的意思是什麼？」

淳于髡笑著說：「今天我從東邊來，看到路旁有人拿著一個豬蹄、一杯酒祈禱田神：『請將高地上收穫的穀物盛滿籮筐，低田裡收穫的莊稼裝滿車輛；五穀繁茂豐熟，米糧堆積滿倉。』可是我看他拿的祭品很少，求的東西太多，所以覺得好笑。」說完還是嘻嘻笑個不停。

齊威王就把禮物增加到黃金千斤、白璧十對、馬車百輛，淳于髡才肯出發。到了趙國，趙王收下厚禮，便立刻撥給他十萬精兵、一千輛裹有皮革的戰車。楚國聽到這個消息就連夜退兵，不再攻打齊國了。

威王非常高興，在後宮擺下酒席召見淳于髡，問他說：「先生的酒量如何？」淳于髡微笑：「我喝一斗酒也能醉，喝一石酒也能醉。」威王大奇，問道：「喝一斗就醉了，怎能再喝一石呢？請問這是什麼道理？」

淳于髡說：「大王當面賞酒給我，執法官站在旁邊，御史站背後，嚇得我心驚膽戰，低頭喝不了一斗就醉了。如果家裡有尊貴的客人來，我捲起袖子，鞠躬奉酒給客人，客人也不時勸酒，這樣喝不到兩斗就醉了。如果和朋友好久不見，忽然間相見，高興地聊以前的事情，大約喝五六斗就醉了。」

齊威王點點頭。淳于髡又道：「至於和同鄉聚會，男女同坐敬酒，沒有時間限制，一起玩著六博、投壺的遊戲，握手言歡也不受處罰，眉目傳情不被禁止，面前有女人掉下的耳環，背後有丟掉的髮簪，這時我最開心了，可以喝上八斗酒，也不過兩三分醉意而已。」威王聽了會心一笑。

淳于髡又道：「等到天黑，就把剩下的酒倒在一起，大家促膝而坐，男女同席，鞋子木屐亂放，杯盤雜亂不堪。房裡的蠟燭已經熄滅，主人只留住我，把別的客人送走。我呢，就毫無顧忌的把衣襟解開，隱約聞到陣陣香味，這時我心裡最高興，能喝下一石酒。所以酒喝得過量，就容易出亂子，樂極生悲，所有的事都是如此啊！」淳于髡希望齊威王了解，任何事都不可走向極端，到了極端就會衰敗。威王用力一拍大腿，說：「好！」

於是，齊威王從此不再徹夜的縱酒狂歡，還任用淳于髡擔任接待諸侯賓客的賓禮官，只要威王安排了酒宴，淳于髡便經常作陪。

第二十五課

藺相如完璧歸趙

《史記・廉頗藺相如列傳》

經典原文

趙惠文王時，得楚和氏璧①。秦昭王②聞之，使人遺③趙王書，願以十五城請易璧④。趙王與大將軍廉頗諸大臣謀。欲予秦，秦城恐不可得，徒見欺⑤。欲勿予，即患秦兵之來。計未定，求人可使報⑥秦者。未得。

宦者令繆賢曰：「臣舍人藺相如可使。」王問：「何以知之？」對曰：「臣嘗有罪，竊計欲亡走燕⑦。臣舍人相如止⑧臣曰：『君何以知燕王？』臣語曰：『臣嘗從大王與燕王會境上⑨，燕王私握臣手，曰：「願結友。」以此知之，故欲往。』相如謂臣曰：『夫趙彊而燕弱，而君幸⑩於趙王，故燕王欲結於君。今君乃亡趙走燕⑪，燕畏趙，其勢必不敢留君，而束君歸趙⑫矣。君不如肉袒伏斧質⑬請罪，則幸得脫⑭矣。』臣從其計，大王亦幸赦臣。臣竊以爲其人勇士有智謀，宜可使。」於是王召見問藺相如曰：「秦王以十五城請易寡人之璧，可予不⑮？」相如曰：「秦彊而趙弱，不可不許。」王曰：「取吾璧，不予我城，奈何？」相如曰：「秦以城求璧，而趙不許，曲⑯在趙。趙予璧而秦不予趙城，曲在秦。均之二策⑰，寧許以負秦曲⑱。」王曰：「誰可使者？」相如曰：

「王必⑲無人，臣願奉⑳璧往使。城入趙而璧留秦。城不入，臣請完璧歸趙。」趙王於是遂遣相如，奉璧西入秦。

秦王坐章臺㉑見相如，相如奉璧奏㉒秦王。秦王大喜，傳以示美人及左右。左右皆呼萬歲。相如視秦王無意償趙城，乃前曰：「璧有瑕㉓，請指示王。」王授璧。相如因持璧，卻立㉔倚柱，怒髮上衝冠㉕。謂秦王曰：「大王欲得璧，使人發書㉖至趙王。趙王悉㉗召群臣議。皆曰：『秦貪負㉘其彊，以空言求璧，償城恐不可得。』議不欲予秦璧。臣以爲布衣之交㉙，尚不相欺，況大國乎！且以一璧之故，逆彊秦之驩㉚，不可。於是趙王乃齋戒㉛五日，使臣奉璧拜送書於庭㉜。何者？嚴㉝大國之威以修敬也。今臣至，大王見臣列觀㉞，禮節甚倨㉟；得璧，傳之美人，以戲弄臣。臣觀大王無意償趙王城邑，故臣復取璧。大王必欲急臣㊱，臣頭今與璧俱碎於柱矣！」相如持其璧，睨㊲柱，欲以擊柱。

秦王恐其破璧，乃辭謝㊳，固請㊴，召有司㊵案圖，指從此以往十五都予趙。相如度㊶秦王特以詐佯爲予趙城，實不可得，乃謂秦王曰：「和氏璧，天下所共傳㊷寶也。趙王恐，不敢不獻。趙王送璧時，齋戒五日。今大王宜齋戒五日，設九賓㊸於廷。臣乃敢上璧。」秦王度之，終不可彊奪，遂許齋五日。舍㊹相如廣成傳舍。相如度秦王雖齋，決負約㊺不償城，乃使其從者衣褐㊻懷其璧，從徑道㊼亡歸璧於趙。

秦王齋五日，後乃設九賓禮於廷，引趙使者藺相如。相如至，謂秦王曰：「秦自繆公㊽以來二十餘君，未嘗有堅明約束㊾者也。臣誠恐見欺於王而負趙，

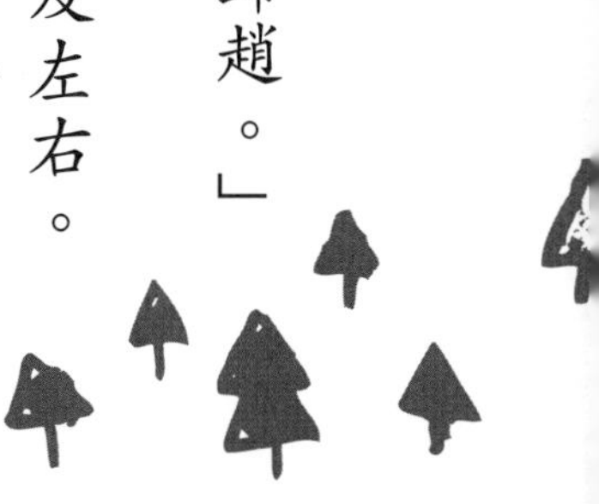

故令人持璧歸，閒㊿至趙矣。且秦彊而趙弱，大王遣一介之使㊶至趙，趙立奉璧來。今以秦之彊，而先割十五都予趙，趙豈敢留璧而得罪於大王乎。臣知欺大王之罪當誅，臣請就湯鑊㊷。唯大王與群臣孰㊸計議之。」秦王與群臣相視而嘻㊹。左右或欲引相如去。秦王因曰：「今殺相如，終不能得璧也，而絕秦趙之驩。不如因㊺而厚遇之，使歸趙。趙王豈以一璧之故欺秦邪。」卒廷見㊻相如，畢禮而歸之㊼。

相如既歸，趙王以爲賢大夫使不辱於諸侯，拜相如爲上大夫㊽。秦亦不以城予趙，趙亦終不予秦璧。

作者

司馬遷。

題解

選自《史記．廉頗藺相如列傳》。戰國末期，秦、楚、齊、趙、韓、魏、燕等七國中，強秦採取了遠交近攻、各個擊破的戰略，積極對外擴張領土。趙國的實力比秦弱，在這樣的狀況下，作者司馬遷藉著敘述趙國上卿藺相如完璧歸趙的事件，表現出藺相如的智慧與勇敢以及其忠心愛國的人格。

注釋

① 和氏璧：楚人卞和在山中得到一塊璞玉獻給楚厲王。厲王派玉工鑑別，說是石頭。厲王以為卞和詐騙，就砍去他左足。武王立，他又去獻璞玉，玉工仍說是石，再砍去他右足。文王立，卞和抱著璞玉在山中號哭。文王知道後，派玉工剖璞，果得寶玉，命名為「和氏璧」。事載《韓非子．和氏》。

② 秦昭王：秦昭襄王，惠文王之子，嬴稷。在位五十六年（西元前三〇六至前二五一）。

③ 遺：音ㄨㄟˋ，送給。

④ 璧：古代一種玉器。扁平，圓形，中央有圓孔。

⑤ 見欺：被欺騙。

⑥ 使報：出使答覆。

⑦ 竊計：暗中打算。竊：私自，自謙之詞。亡走燕：逃到燕國去。亡，逃。走，跑。

⑧ 止：勸阻。

⑨ 會境上：在趙燕兩國的邊境地方相會。

⑩ 彊，同「強」。幸，得寵。

⑪ 亡趙走燕：逃離趙國，投奔燕國。

⑫ 束君歸趙：捆綁您送回趙國。束，綁。

⑬ 肉袒伏斧質：解衣露體，躺於鐵砧刑具上。肉袒，袒，音ㄊㄢˇ，解衣露體。斧質，質，音ㄓˋ，古刑法，置人於鐵砧上以斧砍之。

⑭ 得脫：得到赦免。

⑮ 不：通「否」。

⑯ 曲：音ㄑㄩ，理虧，理不直。

⑰ 均之二策：比較給或不給兩個計策。均，同「鈞」，權衡。

⑱ 負秦曲：使秦擔負理虧的責任。

⑲必：苟，如果。

⑳奉：同「捧」。

㉑章臺：秦離宮中的臺觀之一，故址在今陝西省長安縣故城西南角的渭水邊。章臺並不是正式接見外使的地方，可見秦王對趙國的輕視。

㉒奏：進獻。

㉓瑕：玉石上的斑點。

㉔卻立：倒退幾步站立。

㉕怒髮上衝冠：頭髮因憤怒豎起，好像頂起了帽子。誇張地形容盛怒的樣子。

㉖發書：送信。

㉗悉：全，都。

㉘負：憑仗。

㉙布衣之交：普通人的交往。古代平民以麻布、葛布為衣。

㉚逆：拂逆，觸犯。驩，同「歡」。

㉛齋戒：禮節，古人舉行祭祀之前，先沐浴更衣，不茹葷酒，以表示虔誠莊敬。

㉜拜送書於庭：趙王在朝廷上行禮，送出國書。

㉝嚴：尊重。

㉞列觀：一般的宮殿，指章台。秦對趙使不尊重，不在朝廷接見。

㉟倨：傲慢。

㊱急：逼迫。

㊲睨：斜視。音ㄋㄧˋ。

㊳辭謝：婉言道歉。

㊴固請：堅請勿碎璧自絕。

㊵有司：官吏通稱。古時設官分職，各有專司，因稱官吏為有司，此指專管國家疆域圖的官吏。

㊶ 度：音ㄉㄨㄛˋ，忖度，推測。

㊷ 共傳：公認。

㊸ 設九賓：古時外交上最隆重的禮儀，朝會大典由儐相九人依次傳呼接迎賓客上殿。賓，同「儐」。

㊹ 舍：安置，留宿。動詞。

㊺ 決負約：必然違背信約。

㊻ 從者衣褐：隨從穿上粗麻布短衣，裝作平民。衣，音ㄧˋ，動詞，穿。褐，粗衣。

㊼ 徑道：小路，便道。

㊽ 繆公：秦穆公，秦秋五霸之一，嬴姓，趙氏，名任好。

㊾ 堅明約束：堅守信約。

㊿ 間：同「間」，偷偷地。

51 一介之使：一個使臣。

52 就湯鑊：願受烹刑。湯鑊，煮湯的大鍋，古代酷刑之一，在大鼎中燒水，烹煮死罪的人。

53 孰：同「熟」。仔細、再三之意。

54 嘻：驚怪之聲。

55 因：就，於是。

56 廷見：在朝廷上正式接見。

57 歸之：使之歸，送相如回去。

58 大夫：官名，分上、中、下三等。

評析

藺相如甘冒生命的危險爲國家效命，宣稱與和氏璧一同撞死，是很冒險的舉措，他在秦王面前斥責秦國歷代的君主言而無信，要求接受烹刑，可見勇敢過人。當藺相如知道秦王沒有誠意以城易

璧，就假稱璧玉有瑕，先將玉騙回手中，再以緩兵之計要秦王齋戒，一面派人將玉送回趙國，可見他智慧過人。秦王雖然受到欺騙，卻能顧及大局，不再追究，對藺相如以禮相待，也表現出身為大國君主的格局。

經典故事

楚文王即位，楚人卞和就抱著璞玉，坐在山中放聲號哭，他痛心的不是從前被厲王、武王斬斷的腳，而是沒人相信他懷中的璞玉是稀世珍寶。

此事引起文王的好奇，便派出玉匠剖開璞玉，只見此玉從側面看如荷塘碧綠，正面看卻轉為純白，果然是塊寶玉！文王就將它命名為「和氏璧」。

寶玉沒有被人遺忘，多年後，輾轉落到了趙惠文王手中。秦昭王得知，便派遣使臣送信給惠文王說：「秦國願以十五座城池和趙國交換和氏璧。」

惠文王和大臣們商議：「秦國強大，如果把玉交給秦昭王，他卻不把十五座城池給我們，該如何是好？如果不給玉，秦昭王可能一氣之下派兵來打我們，該怎麼辦？」眾人舉棋不定，找不到能夠出使秦國的人。

宦官繆賢忽然說道：「我的門客藺相如應該可以出使，此人有勇有謀，適合擔任特使。」於是惠文王立刻召見藺相如。

惠文王問：「秦國要用十五座城換玉，我該不該答應呢？」藺相如毫不遲疑的說：「秦強，趙弱，您不答應也不行。」惠文王憂心地問：「可是秦國拿了玉卻不把城給我，該怎麼辦？」相如說：「秦國要拿十五座城來換玉，假如趙國不答應，當然是趙國的錯；反之，若秦國得了玉，卻不把城給趙國，那錯就在秦國了。還是派人將玉送到秦國比較好。」

惠文王覺得很有道理，便問：「依你看派誰去好呢？」藺相如自告奮勇的說：「假如大王找不出合適的人，臣倒願意前往。秦國如果把城池給我們，我就把玉留在秦國；如果食言，我一定負責將玉原封不動地送回趙國。」

惠文王於是派藺相如護送和氏璧到秦國去。

秦昭王高坐在章台宮接見藺相如。藺相如捧著玉進獻。昭王見到玉，高興的不得了，把玉捧在手上仔細欣賞，又將它傳給侍臣和嬪妃看，卻不提交換的事。

藺相如看出秦王沒有誠意，就向前說道：「大王，這塊玉雖然是稀世珍寶，但仍有些瑕疵，請讓我指給大王看！」昭王忙道：「快指給我看！」

相如從昭王手中接過玉，立刻後退了幾步，背靠著柱子，怒髮衝冠地說：「有瑕疵的不是玉，而是大王的誠信！如果大王強迫我交出來，我就拿玉和我的頭去撞柱子，一起砸個粉碎。」相如舉著玉，斜視殿柱，準備撞過去。

秦昭王急了，連忙笑說：「你先別氣，我這就命人把地圖拿來，劃出十五座城池給趙。你可以放心了吧！」

相如知道這只是緩兵之計，就對昭王說：「和氏璧是天下公認的寶物。趙王怕你們，不敢不獻，送玉前，還齋戒了五天。您也該齋戒五天，在朝廷上設九賓大禮，我才敢獻玉。」昭王心想此事終究不能強奪，就答應了。

藺相如便趁機叫人帶著和氏璧，從小路送回趙國。

五天過去，秦昭王果眞以隆重的禮節接待藺相如。相如一見秦王便說：「秦國從穆公以來二十多位國君，沒有一位堅守信約，我怕被欺騙而辜負國家，所以叫人把玉送回去了。好在秦國強而趙國弱，大王只要派使者到趙國，玉立刻送來。秦國強大，要是先用城池換玉，趙國怎敢得罪大王呢？我知道欺君之罪該當受罰，請您賜我死罪烹煮我吧！只希望您能仔細考慮這件事。」

秦昭王和群臣面面相覷，驚訝的出言指摘，侍衛想把藺相如拉去處死，卻被秦昭王阻止：「現在殺了他，終究得不到玉，卻破壞了兩國的友好關係。不如好好款待他，讓他回趙國。趙王難道會因爲一塊玉而欺騙秦國嗎？」於是對藺相如以禮相待，並送他平安返回趙國。

魏晉南北朝

第二十六課

定伯賣鬼

《列異傳》

經典原文

南陽宗定伯年少時，夜行逢鬼，問曰：「誰？」鬼言：「鬼也。」鬼尋復問之：「卿復誰？」定伯欺①之，言：「我亦鬼也。」鬼問：「欲至何所？」答曰：「欲至宛市。」鬼言：「我亦欲至宛市。」

共行數里，鬼言：「步行太亟②，可共迭相擔③也。」定伯曰：「大善。」鬼便先擔定伯數里。鬼言：「卿④大重！將非鬼也？」定伯言：「我新死，故重耳。」定伯因復擔鬼，鬼略無重。如是再三⑤。定伯復言：「我新死，不知鬼悉何所畏忌⑥？」鬼曰：「唯不喜人唾⑦。」於是共行。道遇水，定伯令鬼先度，聽之了無聲。定伯自渡，嘈漼⑧作聲。鬼復言：「何以作聲？」定伯曰：「新死不習度水耳，勿怪。」

行欲至宛市，定伯便擔鬼著頭上，急持之⑨，鬼大呼，聲咋咋⑩然索下。不復聽之⑪。徑⑫至宛市中，著地化爲一羊⑬，便賣之。恐其變化，乃唾之。得錢千五百，乃去⑭。于時言：「定伯賣鬼，得千五百。」

作者

曹丕，曹操次子，是著名的文論家、詩人。曹魏時，神仙方術、鬼怪靈異盛行，並深為曹氏父子喜愛。《列異傳》是六朝時期的志怪小說集，作者據唐代《隋書經籍志》記載為魏文帝曹丕，但書中記載了正始、甘露年間事，時間都在文帝以後，因此宋人的《舊唐書》、《新唐志》中，都改作為張華撰，但無佐證。現姑且記為曹丕所作。《列異傳》多為鬼神妖怪故事，其中許多情節為後世志怪小說所採用。

題解

選自《太平御覽》引錄之《列異傳》。敘述宗定伯在半路上遇鬼，卻能鎮定、不慌張，運用智謀刺探鬼的弱點，進而捉鬼、賣鬼的故事。情節雖然荒誕離奇，但作者卻敘述得條理井然，蘊含諷刺意義，充滿了趣味性。

注釋

①欺：說謊、欺騙。
②亟：音ㄐㄧˊ，急切。
③共迭相擔：互相輪流背對方。迭，音ㄉㄧㄝˊ，輪流。擔，背負。
④卿：對人的尊稱。
⑤如是再三：像這樣好幾次。是，此、這。
⑥何所畏忌：都害怕忌諱什麼？悉，都。何所，什麼。
⑦唯不喜人唾：只是不喜歡被人吐口水。唾：動詞，吐口水。

⑧嘈灌：嘈，音ㄘㄠˊ。形容渡水時發出的聲音。喧鬧、雜亂。
⑨急持之：緊緊抓著他。持，抓。
⑩咋咋：形容鬼叫的聲音。咋，音ㄗㄜˊ，大聲的。
⑪不復聽之：定伯不再聽從鬼的要求。聽：音ㄊㄧㄥˋ，聽從、答應。
⑫逕：直接。
⑬著地化為一羊：鬼被丟在地上，碰到地就變成一頭羊。著，音ㄓㄨㄛˊ，接觸。
⑭乃去：才離開。

評析

〈定伯賣鬼〉原文是以第三人稱平鋪直敘，本書改寫「經典故事」就改以宗定伯的「第一人稱」敘述，更能忠實地呈現「人比鬼可怕」的主題。宗定伯與鬼同行的過程中一直在算計鬼，不斷地猜測、盤算、套話，旁敲側擊地找出鬼的弱點，最後還將鬼給「出賣」了，賺得金錢。不同於一般強調情節聳動的寫法，〈定伯賣鬼〉這樣的鬼故事，寓意深刻，諷刺性十足，顛覆了人們對鬼的印象，更說明人性的陰暗面比鬼還要可怕，具有警世意味。

經典故事

子桓，我是宗定伯。讓我跟你說個故事，希望你將他寫成筆記小說。

我年輕時，在某個月黑風高的夜晚獨自行走，遇到了一隻鬼。別懷疑，那真的是鬼！鬼長得跟人差不多，不難看，身材很高壯，可是走起路來輕飄飄地，像是踩在雲端，感覺很沒精神，我想應該是隻懶鬼。

我深吸一口氣冷靜下來，想問清楚鬼的來意，於是我問：「你是誰？」鬼安靜了片刻，忽道：「我是鬼。」聲音氣若游絲。我想這是隻餓鬼。

鬼帶點遲疑的聲音問我：「你呢？你又是誰？」原來鬼有點搞不清楚狀況，並不是存心找人麻煩，那我乾脆假裝是同類好了。於是我回答：「我也是鬼。」鬼點頭表示同意。這麼容易就過關，莫非它根本是一隻笨鬼？

鬼問我：「你要去哪裡？」我心想我正要回家，但可不能讓你知道我家的地址。於是回答：「我要去宛市。」鬼說：「我也要去宛市。」原來是黏人鬼。

我們一起走了幾里路，鬼突然開口：「這樣走太累了，不如互相背對方吧！」這個點子倒不錯。我回答：「就這樣吧！」這隻鬼好體貼，是個熱心鬼。

鬼先背著我走幾公里，不一會兒，鬼就氣喘吁吁的說：「你眞重，可能不是鬼吧？」「應該是我剛死，所以比較重。」我隨口編個理由搪塞，鬼竟然點頭相信了，難道是個單純的好鬼？

接著輪到我背鬼了，他幾乎沒有什麼重量，果然人與鬼的差別就在這裡。就這樣，我們輪流背對方好幾次，倒是相安無事。

我終於決定大著膽子試探。我問鬼：「我剛死，不知道鬼都害怕什麼呢？」鬼說：「也沒別的，只是要當心人類的口水。」眞是個呆鬼！一下子就把弱點告訴我了。我在心裡竊喜。

走著走著，看到了一條平淺的小河。我對鬼說：「你先過去吧。」鬼走了過去，一點聲響也沒有。接著換我走，腳下的水卻發出嘩嘩的水聲。

我心裡覺得糟糕，表面上仍然保持鎮定。果然鬼開口問了：「爲什麼會有聲音？」我連忙回答：「因爲我剛死，不習慣渡水，別見怪。」鬼很滿意這個答案。

宛市就近在眼前了，我手一伸，忽然將鬼打橫了扛起來，然後加緊腳步往宛市狂奔去。鬼緊張地在我頭上大叫：「快放我下來！」我不理他，繼續狂飆，只顧著往市場衝。

到了市場裡面，我將鬼重重地摔在地上，鬼一著地，竟然變成一頭羊。我開始大聲叫賣：「有鬼大拍賣！只有一隻，要買要快！」我怕鬼變回來，又在他的身上吐了口水。很快就有人出價一千五百兩，我一手拿錢，一手交貨，便頭也不回地離開了。

子桓，你說人比鬼可怕嗎？看來似乎是這樣的。

第二十七課　桃花源記

陶淵明

經典原文

晉太元中①，武陵②人，捕魚爲業。緣③溪行，忘路之遠近。忽逢桃花林，夾岸④數百步，中無雜樹，芳草鮮美，落英繽紛⑤。漁人甚異之，復前行，欲窮其林。林盡水源，便得一山。山有小口，彷彿若有光，便舍船，從口入。

初極狹，纔通人⑥，復行數十步，豁然開朗。土地平曠，屋舍儼然⑦，有良田美池桑竹之屬，阡陌⑧交通，雞犬相聞。其中往來種作，男女衣著，悉如外人；黃髮⑨垂髫⑩，並怡然自樂。見漁人，乃大驚，問所從來，具答之，便要還家⑪，設酒殺雞作食。村中聞有此人，咸來問訊。自云先世避秦時亂，率妻子邑人⑫來此絕境，不復出焉，遂與外人間隔。問今是何世，乃不知有漢，無論魏晉。此人一一爲具言所聞，皆嘆惋。餘人各復延⑬至其家，皆出酒食。停數日，辭去。此中人語云：「不足爲外人道也。」

既出，得其船，便扶向路⑭，處處誌之⑮。及郡下⑯，詣⑰太守說如此。太守即遣人隨其往，尋向所誌，遂迷，不復得路。南陽劉子驥⑱，高尚士也，聞之，欣然規⑲往。未果，尋⑳病終。後遂無問津者⑳。

作者

陶淵明（約西元三六五年—四二八年），東晉潯陽柴桑人（今江西九江），又名潛，字元亮，號五柳先生，私諡「靖節」，因宅邊曾有五棵柳樹，又自號「五柳先生」。身兼詩人、文學家、辭賦家和散文家。擅長詩文辭賦，語言質樸自然而精煉，被稱爲「田園詩人」。

題解

〈桃花源記〉是東晉文人陶淵明的代表作之一，是〈桃花源詩〉的序，出自《陶淵明集》。約作於永初二年，即南朝劉裕弒君篡位的第二年。作者描繪了一個虛構的世外桃源，用來寄託作者的社會理想，描繪了一幅沒有戰亂、自給自足、雞犬相聞、人們怡然自得的景象。文章描寫細膩，語言質樸自然，用藝術手法展示了作者心目中的「烏托邦」。

注釋

①晉太元中：東晉孝武帝年號（西元三七六年—三九六年）。
②武陵：郡名。在今湖南省常德縣。
③緣：沿著。
④夾岸：兩岸。
⑤落英：落花。英，花。繽紛，紛繁的樣子。
⑥纔通人：剛好夠一個人通過。纔，音ㄘㄞˊ，只、僅。
⑦儼然：莊嚴的樣子，引申出整齊的意思。儼，音ㄧㄢˇ。
⑧阡陌：音ㄑㄧㄢ ㄇㄛˋ，田間小路。南北為阡，東西為陌。

⑨黃髮：老人。老年人發白轉黃，故以代稱。
⑩垂髫：兒童。兒童垂髮為飾。髫，音ㄊㄧㄠˊ。
⑪便要還家：桃花源的人邀請漁夫到家裡作客。要，音ㄧㄠ，同「邀」，請。
⑫邑人：同鄉的人。
⑬延：邀請。
⑭便扶向路：沿著原路回去。扶，沿著。
⑮處處誌之：在路上處處作標記。
⑯郡下：武陵郡治所在地。
⑰詣：音ㄧˋ，前往面見。
⑱南陽劉子驥：南陽，簡稱「宛」，今河南省南陽市。劉子驥，名詣之，隱士，好遊山水。
⑲規：計劃。
⑳尋：不久。
㉑問津者：問路的人，指探訪。津，渡口。問津，訪求的意思，所用為孔子使子路向長沮、桀溺問津的典故。

評析

尋找人間淨土，是陶淵明創作〈桃花源記〉的重要宗旨。桃花源景色美不勝收，這裡人人平等而自給自足，令人心嚮往之。下文「經典故事」虛擬漁人黃道眞的角色，就是帶領我們進行一場華麗的奇幻旅程，塑造出一個完美境界，引起讀者的好奇和興趣。劉子驥的角色，傳達出一般人想追尋美好世界的心情，他因爲尋訪未果，抑鬱而死，側面反映出陶淵明失落的心情。實際上桃花源並不存在，它在作者心中只停留於「理想」的階段。

「自從秦氏逆人道，賢者紛紛避其世。」漁人一面撐起長篙，向溪水深處盪去，一面繼續對日高歌：「……春蠶收長絲，秋熟靡王稅。沒有官欺凌……」蒼涼的歌聲飄揚在水面上，久久不絕。

這唱歌的漁夫名叫黃道真，時常在黃聞山側的溪水間划船釣魚，今日看天氣正好，忍不住就高歌起來，詞中說的是秦始皇暴虐無道、欺凌百姓的一段歷史，傳遞歌者對於沒有暴政壓迫的社會，著實心嚮往之。

此時正是東晉太元年間，武陵人黃道真這天順著溪水划船，因醉心於歌唱，不知不覺竟忘記路程的遠近。忽然小船轉到一大片桃花林，只見桃樹夾著溪流兩岸，長達數百步；地上草色新鮮碧綠，墜落的花瓣繁多交雜，紛紛落下而成了桃花雨。道真為這片美景所迷，便繼續提起竹篙，往桃林深處行去。

划了許久，終於來到溪水的發源處，往前望就沒有桃林了，緊接著看見一座山，山上有個小洞口，隱隱有光亮自其中透出。道真就丟下小船，從洞口進去。剛開始洞口狹窄，僅能讓一個人走過，走了幾十步路後就漸漸寬敞起來。

又走了幾步路，突然眼前一亮，前方竟出現大片廣闊的田野，土地平坦開闊，房屋建置得整整齊齊，有肥沃的田地、美麗的春波碧草和桑樹竹子。田間小路交錯相通，村子的巷弄間都能聽到雞鳴狗叫的聲音。人們來來往往耕田勞作，男女身上的穿戴完全不像東晉時代的人。老人和小孩臉上的神情，是一副悠閒的模樣，在這裡人人平等、自給自足。

村民們看見道眞，都很驚奇，連忙問他從哪裡來？道眞詳盡地回答，也從村民的口中得知這裡叫做「桃花源」。熱情的村民邀請道眞到自己家裡，並且擺酒、殺雞，做飯菜。其他人聽說有陌生人來訪，也都過來與道眞攀談。

村民表示祖先爲了躲避秦朝的禍亂，帶領妻兒和同鄉人來到這與世隔絕的地方，從此就沒有出去過了。他們詢問現在是什麼朝代？道眞據實回答，但驚訝的是村民竟不知道漢朝，更不必說魏晉了。

於是道眞耐心的說明從秦以後到魏晉期間，天下大勢改變的情況，村民們聽完都十分感嘆。其他人各自邀請道眞到自己的家中，拿出酒菜招待。幾天後，道眞很思念家人，就要告辭離去。村民囑咐他：「我們這些平凡人和平常的生活，不值得對外面的人說啊！」

道眞出來找到小船，就沿著舊路回去，一路上處處作了記號，想日後帶著家人重回桃花源隱居。然而當他回來尋找那片盛開的桃花林，卻怎麼都找不著，不知是否溪水漲潮沖走了記號，從此再也無法回到原來的路。

南陽劉子驥，是高尚的名士，輾轉從朋友口中聽到這件事，很嚮往這片與世無爭的淨土，於是興沖沖地前往尋找桃花源，同樣找不到，回家後心情鬱悶，不久就病死了。唉，想在紛擾的人間尋求淨土，是多麼困難的事啊！

第二十八課　干將莫邪

《搜神記・眉間尺》

經典原文

楚干將、莫邪[1]爲楚王作劍，三年乃[2]成，王怒，欲殺之。劍有雌雄，其妻重身[3]，當產[4]。夫語妻曰：「吾爲王作劍，三年乃成，王怒，往必殺我。汝若生子是男，大，告之曰：『出戶望南山，松生石上，劍在其背。』」於是即將雌劍往見[5]楚王。王大怒，使相[6]之。劍有二：一雄一雌，雌來雄不來。王怒，即殺之。

莫邪子名赤比[7]，後壯，乃問其母曰：「吾父所在[8]？」母曰：「汝父爲楚王作劍，三年乃成，王怒殺之。去時囑我：『語汝子，出戶望南山，松生石上，劍在其背。』」於是子出戶南望，但覩[9]堂前松柱下，石底之上，即以斧破其背，得劍。日夜思欲報[10]楚王。

王夢見一兒，眉間廣尺[11]，言欲報仇。王即購[12]之千金。兒聞之，亡去[13]，入山行歌[14]。客[15]有逢者，謂：「子年少，何哭之甚悲耶？」曰：「吾干將、莫邪子也，楚王殺吾父，吾欲報之。」客曰：「聞王購子頭千金，將子頭與劍來，爲子報之。」兒曰：「幸甚[16]。」即自刎[17]，兩手捧頭及劍奉之，立僵[18]。

客曰：「不負⑲子也。」於是屍乃仆⑳。

客持頭往見楚王，王大喜。客曰：「此乃勇士頭也，當於湯鑊㉑煮之。」王如㉒其言，煮頭三日三夕不爛。頭踔㉓出湯中，躓目㉔大怒。客曰：「此兒頭不爛，願王自往臨㉕視之，是必爛也。」王即臨之。客以劍擬㉖王，王頭隨墮湯中；客亦自擬己頭，頭復墮湯中。三首俱爛，不可識別。乃分其湯肉葬之，故通名三王墓。今在汝南北宜春縣界。

作者

甘寶（？—西元三三六年），東晉人，官至晉朝散騎常侍。傳說干寶年輕時父親去世，母親善妒，在埋葬他父親時趁機將他父親的妾推入棺材一起活埋。過了十年，他母親去世，和他父親合葬，干寶開棺後發現父親的妾伏在父親屍體上，尚有體溫，救回家後又活了數年。另外據說他兄長也是死了「氣絕數日」又活過來了，因此引起他對鬼神事的興趣，寫了《搜神記》。

題解

選自《搜神記．卷十一》。干將、莫邪是中國古代傳說造劍的名匠，也是兩把名劍的名稱。干將，春秋時人，曾爲楚王造劍，與妻子莫邪奉命爲楚王鑄成寶劍兩把，一爲干將，一爲莫邪（也作鏌鋣）。干將見楚王前，先將雄劍交給妻子，傳其子，後交雌劍給楚王，被楚王所殺。其子赤比長成，在俠客的協助下，終於爲父報仇。傳說讚頌了劍工高超的技藝、統治者的殘暴和復仇的悲歌。

注釋

①干將、莫邪：夫妻二人，為楚國的冶鑄工人。邪，音 ㄧㄝˊ。
②乃：才。
③重身：身中有身，懷孕。
④當產：就要生孩子了。
⑤往見：前往面見
⑥相：音 ㄒㄧㄤˋ，查看、檢查。
⑦赤比：莫邪子名。一作「赤」或「眉音尺」。
⑧所在：在什麼地方。
⑨覩：同「睹」，看見。音 ㄉㄨˇ。
⑩報：向……報仇。
⑪眉間廣尺：雙眉之間有一尺寬的距離。
⑫購：懸賞。
⑬亡去：逃離。
⑭行歌：哭唱。
⑮客：俠客。
⑯幸甚：太好了。表示毫不遲疑，充分信任。
⑰自刎：自殺。刎，音 ㄨㄣˇ。
⑱立僵：直立不動。
⑲負：辜負，對不起。
⑳仆：音 ㄆㄨ，倒下。
㉑湯鑊：湯鍋。

㉒如：按照，依照。

㉓踔：音ㄓㄨㄛˊ，跳躍，指在滾水中騰躍。

㉔蹪目：睜大眼睛。蹪，音ㄓˋ。

㉕臨：靠近。

㉖擬：形容劍鋒利無比，比劃一下，大王的頭就掉下來了。

評析

故事裡情義、善惡的結局，到現在仍深受人們的推崇。干將被抓以前留下謎語，囑咐說生女兒就放棄復仇，生兒子就告訴他眞相，是因爲復仇之事應當託付給聰明、又有勇武之力的孩子，不忍嬌弱的女兒受苦。劍客看見赤比傷心哭泣，得知整個事件的來龍去脈後，立刻表示願意幫忙，而赤比也願意將性命交給初次見面的劍客，反映了眞摯的知己之情。楚王的性格貪暴，最後也因爲貪愛阿諛奉承之詞而死，性格的確造就了命運。

經典故事

懷孕的莫邪撫著攏起的肚子，除了知道丈夫已死外，其餘茫無頭緒。

莫邪與丈夫干將是楚國的鑄劍師，夫婦爲楚王鑄劍，三年後才完成雄雌兩劍。因爲拖延過久，楚王相當不滿，想要殺害夫婦倆。

當時莫邪即將生產，干將不捨的對她說：「楚王個性貪暴，這趟獻劍恐怕凶多吉少。我將雄劍留給孩子，如果生男孩，長大後就告訴他：『出門望南山，松樹生長在石頭上，劍就放在樹的背後。』」莫邪聽了心痛如絞，但爲了保全孩子只好流著淚答應。於是干將便拿著雌劍去見楚王。

果然楚王大怒，責備他的延遲，又派出懂得鑑定的人來看劍。那人回報：「劍本是兩柄，一雄一雌，現在只有雌劍來。」楚王震怒，就把干將處死了。莫邪得知丈夫的死訊，也只能忍住悲痛，獨自將孩子生下來。

幾年後，莫邪的兒子赤比成爲健壯的少年，他的眉間距離寬大，因此得了「眉間尺」的外號。有一天，赤比終於開口問母親：「我父親到底在哪裡？」莫邪只好含淚將丈夫的遺言告訴兒子。赤比想到父母的不幸，憤怒的緊緊捏住拳頭，決心報仇。

赤比反覆琢磨父親的遺言，就走出家門往南方看，並沒有山，只見堂前的松樹下有一塊大磨劍石，於是用斧頭劈開，果然在後方得到雄劍。此後，他日思夜想的都是如何謀刺楚王。

這日夜半，楚王噩夢纏身，夢見一個長相特異的少年，他的眉間廣闊約一尺寬，手中拿著利劍，對楚王凶惡的説要報仇。楚王驚醒以後，大汗涔涔而下，第二天就懸賞千金要買少年的人頭。

赤比知道消息，立刻逃走，一個人徬徨無助的到山裡獨行，想到傷心處就唱起悲哀的歌。有位劍客經過，忍不住問：「你年紀輕輕的，怎麼哭得這樣傷心？」赤比就將事情的來龍去脈説給他聽。

劍客聽完大怒，對赤比說道：「我願爲你報這血海深仇，但是你得先將你的頭和劍都交給我。」赤比看著劍客，相知之心油然而生，毫不猶豫的說：「很好！」立刻舉劍自刎，他的頭滾落在地，身體仍然站得挺直。劍客撫著赤比的頭與劍，堅定的說：「朋友，我絕不辜負你！」屍身彷彿有靈，聽了這話，才放心的倒下。

劍客提著赤比的頭拜見楚王，楚王大喜。劍客提議道：「這是勇士的頭，應當用湯鍋來煮。」楚王就命人煮頭。然而過了三天三夜都煮不爛，而且人頭竟然跳出來，張開眼睛對楚王怒目而視，楚王感到驚駭。

劍客趁機說：「人頭煮不爛，想必是怨氣太重，請大王親自到鍋邊，以您的帝王霸氣鎮壓，就一定爛了。」這話令楚王相當得意，於是走近鍋邊，劍客就迅速的抽出雄劍斬下楚王的頭，頭便滾落湯裡。

護衛們相當震驚，紛紛衝上前阻止，劍客立即舉劍砍掉自己的頭，頭也掉進湯裡。他要以死報答赤比的信任。

很快地，三個人頭都煮爛了，沒辦法分辨出彼此。宮中的人只好倒掉湯，把煮爛的肉埋葬在一起，稱作「三王墓」。

第二十九課

韓憑夫婦

《搜神記・韓憑》

經典原文

宋康王舍人①韓憑，娶妻何氏，美，康王奪之。憑怨，王囚之，論爲城旦②。妻密遺憑書，繆其辭③曰：「其雨淫淫④，河大水深，日出當心⑤。」既而⑥王得其書，以示左右⑦，左右莫解其意。臣蘇賀對曰：「其雨淫淫，言愁且思也；河大水深，言不得往來也；日出當心，心有死志也。」俄而⑧，憑乃自殺。其妻乃陰腐其衣⑨，王與之登臺，妻遂自投臺⑩，左右攬⑪之，衣不中手⑫而死，遺書於帶⑬，曰：「王利其生，妾利其死；願以屍骨賜憑合葬！」

王怒，弗聽，使里人⑭埋之，冢相望也。王曰：「爾夫婦相愛不已，若能使冢合，則吾弗阻也。」宿昔之間，便有大梓木，生於二冢之端，旬日而大盈抱⑮，屈體相就⑯，根交於下，枝錯⑰於上。又有鴛鴦，雌雄各一，恆棲樹上，晨夕不去，交頸悲鳴，音聲感人。宋人哀之，遂號其木曰相思樹——「相思」之名，起於此也。南人謂：此禽即韓憑夫婦之精魂。今睢陽⑱有韓憑城，其歌謠至今猶存。

作者

甘寶。

題解

選自《搜神記》，敘述韓憑夫婦之間堅貞不渝的愛情。作者讚揚了韓憑妻不慕富貴、不畏強暴的美德，同時也揭露了貴族強奪人妻的罪行，反映出當時強權欺壓弱勢的社會黑暗面。

注釋

①宋康王舍人：宋康王，名偃，戰國末年宋國國君，耽溺酒色，在位四十七年。舍人，官職名。戰國至漢初，王公大臣左右皆有舍人，類似門客。

②城旦：一種苦刑，受刑者白天防備敵寇，夜晚築城。

③繆其辭：使語言的含義隱晦曲折，不使人看出真意。繆，音ㄌㄧㄠˊ，同「繚」。

④淫淫：久雨不止的樣子。比喻愁思深長。

⑤日出當心：對著太陽發誓，表示決心自殺。當，正照著。

⑥既而：時間連詞。用在全句或下半句的句頭，表示上文所發生的情況或動作後不久。

⑦左右：稱跟從的侍者為「左右」。

⑧俄而：不久。

⑨陰腐其衣：暗地使自己的衣服腐蝕。陰，暗中。

⑩投臺：從高臺跳下自殺。

⑪攬：拉。

⑫不中手：經不住手拉。因已經陰腐其衣的緣故。

⑬帶：衣帶。
⑭里人：與韓憑夫婦同里之人。
⑮盈抱：雙臂摟不住。盈，超過。
⑯屈體相就：樹的枝幹彎曲相靠攏。就，靠近。
⑰錯：交錯。
⑱睢陽：宋國都。今河南省商丘縣境。睢，音ㄙㄨㄟ。

評析

金人元好問的〈雁丘詞〉云：「問世間，情爲何物？直教生死相許。」古人認爲情到了深處，「生者可以死，死者可以生」，生死相許是極致的深情，除了死亡，沒有任何力量可以把眞心相愛的男女分開。就如韓憑夫婦，當愛侶已逝，另一個人怎能獨活？於是何氏決心追隨丈夫從高臺躍下殉死。何氏用行動回答了什麼是永恆的眞愛，其實就是建立在「誠信」之上：信守對愛人的承諾，一生只愛對方一個。

經典故事

「紅豆生南國，春來發幾枝。願君多採擷，此物最相思。……」詩人佇立在溫暖柔和的月色下低吟，沉思默想，原來是感嘆人世混濁，有情人難遇。他心想：「人世間，是否眞的有至情至性之人？」藍色的月光緩慢推移，映照到韓憑的家，這時有些寒意。宋康王的門客韓憑，最近娶了如花似玉的夫人何氏，夫妻倆美滿的婚姻羨煞眾人。

何氏無法掩蓋她的美麗，很快地，這般出色的容貌就傳遍城內，也傳到好色的康王耳中。康王仗恃位高權重，逼著韓憑獻出夫人。韓憑自然不肯，於是康王就派人將何氏強奪進府內，更將韓憑囚禁起來，命他看守城門。

嬌弱的何氏被軟禁在康王府中，偷偷託人送信給丈夫，上面寫著：「其雨淫淫，河大水深，日出當心。」不料所託非人，這封信被康王得到。康王拿給左右臣子看，沒有人看懂。

大臣蘇賀靈機一動上前稟告：「其雨淫淫，是憂愁與思念很深；河大水深，指遭到阻隔，不能往來；日出當心，是有殉死之心。應當多注意夫人的安全。」蘇賀因此得到賞賜。

過沒幾天，韓憑等不到妻子的音信，就自殺了。何氏被康王強占之後，原本就想要自盡，現在聽說丈夫已死，更是失去活下來的理由。她心裡一陣冰涼，反而哭不出來了，於是冷靜的偷偷用藥物腐蝕自己的衣服。

這天，何氏隨同康王登臺巡視，她站在高處往下看，頭有點暈眩，大風吹得身子微微發抖。何氏低頭在心裡默唸：「夫君，我這就來找你了！」便縱身從高臺跳下。侍衛們連忙伸手相救，但是手一碰到衣服，衣服就化爲五顏六色的碎片隨風飛去。何氏終於墜地而死。

侍衛在何氏的衣帶裡找到一封遺書，呈給康王，上面寫：「大王要我活著，可是我卻只求速死，但願大王有憐憫之心，讓妾的屍骨和韓憑合葬。」

康王十分惱怒，覺得沒面子，就命人把這對夫婦分開埋了，使兩墳遙遙相望，要他們做鬼也不得相見。康王更撂下一句狠話：「你們夫妻如此相愛，如果可以使兩座墳相合，我就不阻攔你們了。」說完，憤怒的打道回府。

沒想到一夜過後，兩座墳墓上忽然生出兩棵大梓木，到第十天就長到兩手合抱的粗細，兩樹的樹枝彎曲伸向彼此，連樹根也相互糾結在一起，枝葉彼此交錯。更有一對鴛鴦棲息樹上，似乎就是韓憑夫婦的化身，牠們日夜都不離去，交頸悲傷地鳴叫，聲音感人。

宋國人聽說這件事，都爲他們感到哀傷，於是稱這兩棵樹爲「相思樹」，「相思」一詞就由此而來了。

世間也只有這樣至情至性的人，才能以生命譜寫出如此動人的愛情故事。

第三十課 許允婦

《世說新語・許允婦》

經典原文

許允婦是阮衛尉女①，德如②妹，奇醜。交禮竟③，允無復入理④，家人深以爲憂。會⑤允有客至，婦令婢視之。還答曰：「是桓郎⑥。」桓郎者，桓範也。婦云：「無憂，桓必勸入。」桓果語⑦許云：「阮家既嫁醜女與卿⑧，故當有意⑨，卿宜察之。」許便回入內，既見婦，即欲出。婦料其此出，無復入理，便捉裾⑩停之。許因謂曰：「婦有四德⑪，卿有其幾？」婦曰：「新婦所乏唯容爾⑫。然士有百行⑬，君有幾？」許云：「皆備⑭。」婦曰：「夫⑮百行以德爲首，君好色不好德，何謂皆備？」允有慚色⑯，遂相敬重。

許允爲吏部郎，多用其鄉里⑰，魏明帝遣虎賁⑱收之。其婦出誡⑲允曰：「明主可以理奪，難以情求。」既至，帝覈⑳問之。允對曰：「『舉爾所知』，臣之鄉人，臣所知也。陛下檢校爲稱職與不；若不稱職，臣受其罪。」既檢校，皆官得其人，於是乃釋。允衣服敗壞，詔賜新衣。初允被收，舉家號哭。阮新婦自若，云：「勿憂，尋還。」作粟粥待，頃之㉑，允至。

許允爲晉景王所誅，門生走入告其婦。婦正在機中，神色不變，曰：「蚤知爾耳㉒！」門人欲藏其兒，婦曰：「無豫㉓諸兒事。」後徙居㉔墓所，景王遣鍾會看之，若才流及父，當收。兒以咨母。母曰：「汝等雖佳，才具不多，率胸懷與語，便無所憂。不須極哀，會止便止，又可少問朝事。」兒從之。會反，以狀對㉕，卒免。

作者

劉義慶（西元四〇三年—四四四年），南朝宋彭城綏里人。本為長沙景王道鄰之子，因臨川王道規無子，出繼為嗣子，襲封為臨川王。性簡素，愛好文學，卒諡康。著《世說新語》等。《世說新語》是中國魏晉南北朝時期筆記小說的代表，由劉義慶召集門下食客共同編撰。全書分上、中、下三卷，共三十六類，每則文字長短不一，可見筆記小說的特性，內容反映魏晉時期文人的思想言行和世族階層的生活面貌。

題解

選自《世說新語．賢媛》，敘述許允之妻在面對一些重大的、讓人感到吃驚的事情，甚至是危急的大事時，能夠用一種平和的心態來面對，並以穩重的思考、智慧的手段解決問題，是一種心胸寬闊、坦然和機智的表現。

注釋

① 許允：字士宗，三國魏高陽（今河北省）人，官至領軍將軍。阮衛尉：阮共，字伯彥，三國魏尉氏（今河南省）

人，官至衛尉卿。
②德如：阮侃，字德如，阮共的小兒子，官至河內太守。
③交禮竟：新婚行交拜禮完畢。竟，完畢。
④無復入理：不想進洞房。復，又。
⑤會：適逢。
⑥桓郎：即桓範。郎是古代對青年男子的稱呼。桓範，字允明，三國魏沛郡（今安徽北部）人，官至大司農。
⑦語：告訴。
⑧與卿：與，給。卿，你。
⑨故當有意：故當，猜測的語氣，一定是。有意，別有用意。意指新娘一定有特殊之處。
⑩捉裾：捉，拉。裾，音ㄐㄩ，衣服的後襟。
⑪四德：古代禮教對婦女的四項要求，即婦德、婦言、婦容、婦功。
⑫新婦：新娘。此處是其自稱。容：指婦容。
⑬百行：許多良好的品行。行，音ㄒㄧㄥˋ。
⑭備：具備。
⑮夫：發語詞，無義。
⑯慚色：慚愧的神色。
⑰鄉里：來自同鄉的人。
⑱虎賁：職官名。周禮夏官有虎賁氏，掌王出入護衛，漢置期門郎，至平帝更名虎賁郎，置虎賁中郎將、虎賁郎等主宿衛之事，歷代沿襲，至唐始廢。賁，音ㄅㄣ。
⑲誡：警告、規勸。
⑳覈：音ㄏㄜˊ，詳實、嚴謹。
㉑頃之：不久、短時間。
㉒蚤：早。爾：如此、這樣。

㉓無豫：不豫，不事先預備。
㉔徙居：遷移居所。徙，音ㄒㄧˇ。
㉕反：返回。狀：情狀。

評析

許允妻是個有智慧的女子，也是古代的新女性。但古時女性的價值，仍然受到傳統「三從四德」思想的限制，這是社會施加在女性身上的道德束縛，許允妻也無法跳脫出來。許允妻是傳統社會的普通婦女，但是才德兼備，她自知其貌不揚，願意在許允面前坦言缺點，表現自信，並且莊重地說自己除了容貌外，婦德皆備，終於贏得了許允的敬重。而許允在妻子指出他「好色不好德」的缺點後，也能坦然認錯，確實是一位有德的君子。

經典故事

新娘宛如一尊雕像，獨自坐在空蕩蕩的新房。她身著大紅緊身袍袖上衣，繡金煙紗散花裙，腰間用金絲軟煙羅繫著，鬢髮低垂，眉目間隱然有書卷氣——然而她的相貌是醜的。

許允的新娘是阮共的女兒、阮德如的妹妹，家世好，但長相特別醜，許配給官吏許允。新婚當天行禮後，許允掀開蓋頭見了新娘，大失所望，竟怎樣也不肯再進去了。許家人十分擔憂，更怕得罪親家。

新娘落寞的坐在床沿，不知如何是好，此時聽見外頭有客人來向許允道賀，便

叫婢女去打聽。婢女回報：「是才子桓範來了。」新娘轉憂為喜說道：「那就不用擔心，桓公子一定會勸他。」

果然桓範聽完許允訴苦，便微笑說：「天下的男子都愛美女，但阮家既然嫁個醜女兒給你，必有用意，你該好好的了解她。」許允便重入新房，但他見到新娘後，又拔腿想走。新娘怕他可能不會再進來，便拉住他的衣襟強留。

許允很無奈，便問：「女子該有四種美德：婦德、婦言、婦容、婦功，妳有哪幾種？」新娘揚起頭說：「我所缺少的只是美麗而已。可是讀書人應該有的品行，您又有幾種呢？」許允自信的說：「樣樣都有！」新娘掩著嘴笑：「君子最重視『德』，可是您愛色不愛德，怎能說樣樣都有！」

許允非常慚愧，同時對妻子的智慧佩服不已，從此夫婦倆便互相敬愛。

許允擔任吏部郎時，任用了很多同鄉擔任官員，被人指他有培植勢力之嫌。魏明帝曹叡知道了，就派遣宮廷的衛士逮捕許允。

許允的妻子見丈夫被抓，就光著腳急忙跑來對丈夫說：「皇帝英明，可以用道理說服，卻不能用感情打動。」許允將妻子的話牢記在心。

魏明帝盤問許允。許允說道：「孔子說，要推舉你了解的人。我的同鄉正是我最熟悉的，您不妨考察他們的政績，若不稱職，臣甘願受罰。」果然這些官吏都很稱職，許允就被釋放了，還受到賞賜。

後來許允被任命為鎮北將軍，高興的對妻子說：「往後我不必再擔心了。」妻子卻眉頭深鎖的說：「我看禍事正要由此而生。」

當時司馬師、司馬昭兄弟專權，許允謀誅司馬師，但還沒發兵就受其他事件牽連下獄。許允被收押後，學生急忙趕回來通報，許允妻卻平靜的說：「早知道有這樣的結果。」

許允終於被殺。學生們擔心司馬師想斬草除根，便要將許允的兩個兒子藏起來。但許允妻阻止他們，說：「不必安排兒子們的事了。」她不逃跑，而是帶著兒子搬到墓地去住，所有人都想不透她的用意。

司馬師果然派鍾會去探視許允的兒子，想了解他們的才幹，並交代：「他們若提起父親，就抓去關。」許允的兒子們很擔心，但許允妻鎮定的說：「你們的品德才學算不錯，但並非出色，只要坦率地與鍾會交談就沒事了，不必表現極度的悲傷，也不可以過問朝廷的事。」

兒子們聽從母親的話，鍾會果然認爲他們才識平庸，對政治也沒興趣，就沒有再謀害他們。許允的兒子能免遭殺害，完全得自母親的智謀。

唐

第三十一課

圬者王承福傳

韓愈

經典原文

圬①之爲技，賤且勞者也。有業之②，其色若自得者。聽其言，約而盡③。問之，王其姓，承福其名。世爲京兆長安農夫④。天寶之亂⑤，發人爲兵。持弓矢十三年，有官勳⑥，棄之來歸。喪其土田，手鏝⑦衣食，餘三十年。舍於市⑧之主人，而歸其屋食之當⑨焉。視時⑩屋食之貴賤，而上下其圬之傭以償之。有餘，則以與道路之廢疾餓者焉。

又曰：「粟，稼⑪而生者也。若布與帛，必蠶績而後成者也；其他所以養生之具，皆待人力而後完也，吾皆賴之。然人不可徧爲，宜乎各致⑫其能以相生也。故君者，理⑬我所以生者也。而百官者，承君之化⑭者也。任有大小，惟其所能，若器皿焉。食焉而怠其事，必有天殃，故吾不敢一日舍鏝以嬉。夫鏝易能⑮，可力焉，又誠有功。取其直⑯，雖勞無愧，吾心安焉。夫力，易強而有功也。心，難強而有智也⑰。用力者使於人，用心者使人，亦其宜也。吾特擇其易爲而無愧者取焉。

「嘻！吾操鏝以入富貴之家有年矣。有一至者焉，又往過⑱之，則爲墟⑲

矣。有再至、三至者焉，而往過之，則爲墟矣。問之其鄰，或曰：『噫，刑戮也。』或曰：『身既死，而其子孫不能有也。』或曰：『死而歸之官也。』吾以是觀之，非所謂食焉怠其事，而得天殃者邪[20]？非強心以智而不足，不擇其才之稱否而冒之者邪[21]？非多行可愧[22]，知其不可，而強爲之者邪？將富貴難守，薄功而厚饗之者邪[23]？抑豐悴[24]有時，一去一來而不可常者邪？吾之心憫焉，是故擇其力之可能者行焉。樂富貴而悲貧賤，我豈異於人哉？」

又曰：「功大者，其所以自奉也博[25]。妻與子，皆養於我者也。吾能薄而功小，不有之可也。又吾所謂勞力者，若立吾家而力不足，則心又勞也。一身而二任焉，雖聖者不可能也[26]。」

愈始聞而惑之，又從而思之，蓋賢者也，蓋所謂「獨善其身」者也。然吾有譏焉，謂其自爲也過多，其爲人也過少。其學楊朱之道者邪？楊之道，不肯拔我一毛而利天下[27]。而夫人以有家爲勞心，不肯一動其心以蓄[28]其妻子，其肯勞其心以爲人乎哉？雖然，其賢於世之患不得之而患失之者，以濟其生之欲，貪邪而亡道以喪其身者，其亦遠矣！又其言，有可以警余者，故余爲之傳而自鑒[29]焉。

作者

韓愈（西元七六八年—八二四年），字退之，出生於河南河陽（今河南孟縣），郡望昌黎郡（今遼寧省義縣），自稱昌黎韓愈，世稱韓昌黎；晚年任吏部侍郎，又稱韓吏部。卒諡文，世稱韓文公。

他是唐代文學家，與柳宗元是當時古文運動的倡導者，合稱「韓柳」。蘇軾稱讚他「文起八代之衰，道濟天下之溺」。散文、詩歌均有名，著有《昌黎先生集》。

題解

〈圬者王承福傳〉是韓愈爲一位名叫王承福的泥水匠寫的傳。王承福家世代都是京城長安人。天寶之亂年間，王承福打仗立了功勳，朝廷給他封賞，他卻沒有接受，反而是回到家鄉做一名泥水匠。王承福未必眞有其人，作者旨在籍筆下的王承福之口，批判當時社會上的各種人物。

注釋

① 圬：音ㄨ，粉刷牆壁。圬者，泥水匠。
② 業之：以此為職業。
③ 約而盡：簡約卻詳盡。約，簡明扼要。盡，詳盡，可引申為透闢。
④ 京兆長安：京兆，原意是地方大而人口多的地方，指京城及其郊區。京，大。兆，衆多。唐時長安屬京兆府，故稱京兆長安。
⑤ 天寶之亂：天寶，唐玄宗年號。天寶十四年（西元七五五年），邊將安祿山、史思明起兵叛唐，史稱「安史之亂」。玄宗曾命榮王為元帥，在京師招募士兵十一萬討伐安祿山。
⑥ 官勳：官家授給的勳級。唐制，有功勞者授以沒有實職的官號，有十二級。
⑦ 鏝：音ㄇㄢˋ，鏝子，泥水匠用來粉刷牆壁的工具。
⑧ 市：街市。
⑨ 屋食之當：相當於房租和伙食的價值。當，相當的價值。
⑩ 視時：根據當時。

⑪稼：音ㄐㄧㄚˋ，種植。
⑫致：盡。
⑬理：治。因唐高宗名治，唐人避諱，用「理」代「治」。
⑭化：教化。
⑮易能：容易掌握的技能。
⑯直：同「值」，價值，指報酬。
⑰力：指勞力的工作。心：指腦力勞動。強：音ㄑㄧㄤˇ，勉力、竭力。
⑱往過：往來、過路。
⑲墟：音ㄒㄩ，荒廢的城市、村落。
⑳怠其事：對工作偷懶怠惰。怠，音ㄉㄞˋ。天殃：天降的災禍。
㉑不擇其才之稱否而冒之者邪：不選擇與才能相稱的工作，卻要占據高位。
㉒多行可愧：做了很多虧心事。
㉓薄功而厚饗之者：少有貢獻卻擁有很多享受的人。饗，享受。
㉔豐悴：盛衰。悴，音ㄘㄨㄟˋ。
㉕自奉也博：用來供養自己的東西多。
㉖雖聖者不可能也：雖然是聖人也做不到啊！
㉗楊之道，不肯拔我一毛而利天下：此為楊朱的學說。楊朱，戰國時期思想家。他有感於動亂的環境，其學說以「我」為自然的中心，認為只有重視人類本有的自然性，人才會快樂，因為社會是由各個「我」所組成，如果人我不相損、不相侵、不相給，天下就沒有竊位奪權之人，社會便能太平。
㉘蓄：養。
㉙鑒：警戒、戒勉。

評析

王承福代表的是勤勞而樸實的基層百姓。他有功不居，身爲軍人時爲國家出生入死，退伍後不領功勳，對作官沒有野心，甘願回到故鄉自食其力。他有職業道德和敬業精神，每天努力工作，認爲人有勞動才有收穫，不能貪圖享樂；在工錢上，對雇主也十分誠實。他也有憐憫心，願意付出，自己從事辛苦的行業，只賺取微薄的收入，卻還將多餘的錢送給更窮苦的人；他不願妻兒跟著自己受苦，因此一生不願成家。王承福的人品，深深地啓發了我們內心「善」的力量。

經典故事

粉刷牆壁這種手藝，卑微而且辛苦，但是王承福卻好像很滿意這份工作。韓愈偶然認識泥水匠王承福，聽他說話簡單明白，意思卻很透徹，不禁好奇的問他：「聽你談吐不凡，不知你的家世背景如何呢？」

王承福擦拭著沾滿油漆的手，說道：「我的祖先是長安的農民。安史之亂時，國家徵求百姓當兵，我就入伍了，手拿弓箭戰鬥了十三年，有官家要給我官勛，但是我放棄了，就回到家鄉來。因爲戰亂，我失去了田地，就靠著拿油漆刷維持生活，這樣過了三十多年。我曾寄住在工作的屋主家裡，根據當時房租、伙食費的高低，來增減粉刷牆壁的工價，歸還給主人。如果還有錢剩下，就拿去給流落街頭的那些殘廢、貧病、饑餓的人。」

韓愈微微點頭。

王承福淡淡的說：「我是靠自己的力量謀生。糧食是人去種才長出來的。布匹絲綢，一定要靠養蠶、紡織才能製成。其他用來維持生活的物品，也都是靠人勞動才生產的，我都離不開它們。但是人不可能樣樣都親手製造，最好就是各人盡他的能力，互相合作來求生存。」

他話鋒一轉，忽然嚴肅起來道：「所以國君的責任是治理我們，讓我們能生存，官吏的責任是聽從國君的旨意教化百姓。責任有大有小，只有盡自己的能力去做，好像容器的大小雖然不一樣，但是各有各的用途。如果光吃飯、不做事，老天一定會降下災禍，所以我得相當勤奮，不敢丟下油漆刷出去享樂。」

韓愈很驚訝，沒想到這位泥水匠的見識如此不凡。

只聽王承福又道：「粉刷牆壁是比較容易掌握的技能，可以努力做好，有確實的成效，還能得到應有的報酬，雖然辛苦卻問心無愧，所以我心裡很坦然，力氣就容易使出來。人的頭腦卻很難勉強獲得聰明，所以靠體力工作的人被雇用，用腦力的人雇用人，也是應該的。我只是選擇那種容易做、又問心無愧的工作來取得報酬哩！」

王承福忽然感嘆起來。原來他到富貴人家工作已經很多年了，有的人家他只去過一次，下回再從那經過，房屋已經成爲廢墟了。有的他曾去過兩、三次，後來經過那裡，發現也成爲廢墟了。他向鄰居打聽，有的人說：「屋主被判刑殺掉了。」有的人說：「屋主已經死了，可惜子孫不能守住遺產。」也有的人說：「人死了，財產都充公了。」

幾年下來，王承福眞的看清了世情，也看淡了人間的變化無常。

他對韓愈說道：「那些人的遭遇，不正是偷懶怠惰，所以遭到天降的災禍嗎？不正是勉強自己去做才智達不到的事，選擇與才能不相稱的工作，卻要占據高位的結果嗎？不正是做了虧心事，明知不行，卻勉強去做的結果嗎？也可能是富貴難以保住，少貢獻卻多享受造成的結果吧！也許是富貴貧賤都有一定的時運，來來去去，不能經常擁有吧？我憐憫這些人，所以選擇自己能做得到的事情去做。喜愛富貴，悲傷貧賤，我難道與一般人不同嗎？」

他又道：「貢獻大的人，用來供養自己的東西多，妻子兒女都能自己養活。我能力小，貢獻少，沒有妻子兒女也可以。再說我是個靠體力工作的人，如果成家而能力不夠養活妻子兒女，那也夠操心了。一個人既要勞力，又要勞心，就算聖人也做不到啊！」說完，王承福安靜了片刻，又繼續拿起油漆刷子工作去了。

韓愈聽了這番獨特的觀點，忽然有所醒悟，每個人都該做自己適合的事情，並敬業的去完成，於是決定爲泥水匠王承福作傳。

第三十二課

童區寄傳

柳宗元

經典原文

柳先生曰：越人少恩①，生男女，必貨視之②。自毀齒③已上，父兄鬻賣④以覬其利。不足，則盜取他室⑤束縛鉗梏⑥之。至有鬚鬣者⑦，力不勝⑧，皆屈爲僮。當道相賊殺⑨以爲俗。幸⑩得壯大，則縛取么弱者。漢官因爲已利，苟得僮，恣所爲⑪，不問。以是越中戶口滋耗⑫，少得自脫⑬。惟童區寄以十一歲勝，斯亦奇矣。

桂部從事⑭杜周士爲余言之。童寄者，郴州⑮蕘牧兒⑯也。行牧且蕘⑰，二豪賊劫持反接⑱，布囊其口⑲，去，逾四十里之虛所⑳賣之。寄僞㉑兒啼恐慄㉒，爲兒恒狀㉓。賊易㉔之，對飲酒，醉。一人去爲市㉕，一人臥。植刃道上㉖。童微伺㉗其睡，以縛背刃㉘，力下上得絕㉙。因取刃殺之，逃。未及遠，市者還，得童，大駭，將殺童。遽㉚曰：「爲兩郎㉛僮，孰若㉜爲一郎僮耶？彼不我恩㉝也。郎誠見完與恩㉞，無所不可。」市者良久，計㉟曰：「與其殺是僮，孰若賣之。與其賣而分，孰若吾得專焉㊱。幸而殺彼，甚善。」即藏其尸，持僮抵主人㊲所。愈束縛，牢甚。夜半，童自轉，以縛即㊳爐火燒絕之。雖瘡㊴手勿憚。復取刃殺市者。因大號[40]。一虛皆驚。童曰：「我區氏兒也，不當為僮。賊二人得我，我幸皆殺之矣。願以聞於官[41]。」

虛吏白州[42]，州白大府[43]，大府召視兒，幼愿[44]耳。刺史顏證[45]奇之，留為小吏，不肯。與衣裳，吏護還之鄉[46]。鄉之行劫縛者[47]，側目[48]莫敢過其門，皆曰：「是兒少秦武陽[50]二歲，而討殺二豪，豈可近耶！」

作者

柳宗元（西元七七三年—八一九年），字子厚，唐代河東郡（今山西省永濟市）人，著名文學家、思想家，唐宋八大家之一。作品有〈永州八記〉等六百多篇文章，經後人輯為《柳河東集》。因為是河東人，故人稱柳河東，又因逝於柳州刺史任上，又稱柳柳州。與韓愈同為中唐古文運動的領導人物，並稱「韓柳」。

題解

選自《柳河東集》。敘述一個眞實的故事：年僅十一、二歲的少年區寄被兩個強盜劫持後，憑著自己的勇敢機智，終於親手除掉盜賊，保全了自己的性命。作者掌握住人物的性格特徵，從區寄、盜賊、官吏等不同的角度有層次地刻畫，將一個勇敢的小英雄形象描寫得細膩而深刻。

注釋

① 越人：指嶺南一帶的少數民族，百越族人。恩：慈愛。

② 貨視之：把他們當作貨物看待。
③ 毀齒：換去乳牙。兒童至七八歲乳牙脫落，換生恆齒。指孩子長大後。
④ 鬻賣：出賣。鬻，音ㄩˋ，賣。
⑤ 他室：人家的孩子。
⑥ 鉗梏：用鐵箍套頸，木銬銬手。指綑縛、控制。梏，音ㄍㄨˋ。
⑦ 至有鬚鬣者：甚至有因拘禁年久而長了鬍鬚的成年人。
⑧ 力不勝：體力支援不住。勝，音ㄕㄥ。
⑨ 當道相賊殺：明目張膽相殘殺。當道，在大路上，指明火執仗。賊殺，傷害殘殺。
⑩ 幸：僥倖。
⑪ 恣所為：放任他們胡作非為。
⑫ 滋耗：指死亡人數增多，人口減少。滋，加多。
⑬ 少得自脫：很少有人能逃脫被劫持、殺害的命運。
⑭ 桂部：即管經略觀察史的衙門。從事：官名，州都地方長官的副手。
⑮ 郴州：今湖南郴縣。郴，音ㄔㄣ。
⑯ 蕘牧兒：打柴放牧的孩子。蕘，音ㄖㄠˊ，打柴。
⑰ 行牧且蕘：一面放牧，一面打柴。行，從事。
⑱ 反接：把雙手反綁。
⑲ 布囊其口：用布封住他的口。囊，口袋，意為蒙住。
⑳ 虛所：市集、市場。同「墟」。
㉑ 偽：假裝。
㉒ 恐慄：恐懼發抖。慄，音ㄌㄧˋ。
㉓ 恒狀：常有的模樣。恒，音ㄏㄣˊ。
㉔ 易：輕忽，不在意。

㉕為市：去做人口買賣，談生意，指尋找買主。
㉖植刃道上：把刀插在路上。
㉗微伺：暗地等候。
㉘以縛背刃：把綑人的繩子靠在刀刃上。
㉙絕：斷。
㉚遽：急忙。
㉛郎：當時奴僕稱主人為郎。
㉜孰若：何如，哪裡比得上。
㉝不我恩：「不恩我」的倒裝句。不好好對待我。
㉞誠見完與恩：真的能不殺我並好好對待我。完，保全。
㉟計：盤算。
㊱得專：獨占。
㊲主人：指墟所窩藏豪賊的人。
㊳即：靠近。
㊴瘡：音ㄔㄨㄤ，創傷，外傷。
㊵大號：大聲呼叫。號，音ㄏㄠˊ。
㊶願以聞於官：願意把此事報告給官府。聞，音ㄨㄣˊ，傳達。
㊷白州：報告指州官。白，告訴。
㊸大府：州的上級官府。
㊹愿：音ㄩㄢˋ，謹慎。
㊺顏證：唐代大臣和書法家顏真卿的從侄，曾任桂州刺史、桂管觀察使。
㊻護還之鄉：護送回鄉。
㊼行劫縛者：從事綁架和盜賣兒童勾當的人。

㊽ 側目：不敢正視，形容敬畏的樣子。
㊾ 秦武陽：戰國時燕國的少年勇士，傳說他十三歲時就能殺盜賊，曾隨荊軻刺秦王。

評析

自古英雄出少年，區寄是個勇敢的孩子，他善於抓住時機，利用強盜「黑吃黑」的矛盾心理，以利誘之，殺盜自救，表現機智勇敢的性格和不畏強暴的戰鬥精神，也反映出當時唐代黑暗腐敗的社會現象。柳宗元被貶到柳州時，當地人煙稀少，是個民不聊生和落後的地方，社會非常不平等，許多人為了生存，不惜販賣自己的孩子給人當奴隸，然而當政者卻只顧私利而不顧百姓的痛苦，柳宗元的這篇文章，寄託的正是對英雄撥亂反正的期待。

經典故事

區寄醒來時，發現自己被綁在椅子上，四周一片黑暗。他環顧四周，這房間非常陰暗和破舊，他心想：「我只能靠自己逃出去了。」

區寄是個砍柴放牧的孩童。某天，他一邊放牧，一邊砍柴時，忽然有兩個強盜竄出來將他綁架，把他的雙手反綁到背後纏起來，並迅速地塞了一塊布堵住他的嘴，打算帶到四十多里以外的市場上賣掉。

區寄雖然擔心害怕，但也從小就對本地的惡劣治安相當熟悉。越地的人民天性薄情，父母往往將孩子當作貨物看待。當孩子七八歲以後，許多父母就為了貪圖錢財而賣掉孩子，假如這些錢不能滿足貪欲，就去偷別人的小孩來賣，所以越地的人口越來越少，很少有孩子能逃得過當奴隸的悲慘命運。

於是區寄很快的冷靜下來，他開始假裝啼哭，做出恐懼發抖的模樣。兩個強盜看他弱小的樣子，就不把他放在眼裡。他們面對面喝起酒來，大聲談笑、划拳，終於喝得醉醺醺地。

其中一個人拍拍衣服站起來，說要去找買主，就出門了；另一個人喝醉了，便躺下來睡覺，把明晃晃的刀順手插在路邊，距離區寄很近。

區寄默默的觀察，等強盜睡著了，就把綁手的繩子靠在刀刃上，用力上下來回的割，忙得滿頭大汗，終於割斷了繩子。於是，他毫不猶豫就拿刀殺死睡夢中的強盜，拔腿就跑。可惜區寄才逃走不久，又被回來的另一個強盜抓住了。

這強盜見同伴死了，大吃一驚，立刻就要殺死區寄。區寄急忙說：「一個主人獨占一個僕人，比兩個主人使喚一個僕人好多了。死了的強盜對我不好，如果你能保全我的性命，好好對待我，我就隨你怎麼處置。」

強盜心想：「與其殺了這個孩子，不如賣掉他；與其賣掉他，兩個人分錢，不如我一個人獨得。幸虧這孩子殺了他，很好！很好！」於是強盜埋葬了同伴，押著區寄到旅館住下，準備隔天將他賣了，爲防萬一，還將區寄綁得更緊。

好不容易熬到深夜，區寄偷偷的轉動身體移近爐火，將綁手的繩子燒斷，也不管手被燒傷，顧不得疼痛了。他輕輕的接近強盜，迅速地取刀，手起刀落就殺死強盜，然後大聲呼叫，把整個集市的人都驚醒了，大家紛紛跑來看究竟。

區寄對圍觀的人說：「我是區家的小孩，不應該做奴隸。有兩個強盜綁架我，幸好我已經殺掉他們了，希望能通知官府。」所有的人都很驚訝。

官吏就把這件事情報告州官，州官又報告到上級官府。官府的長官見到區寄時，也很驚奇，想不到殺死兩名強盜又成功脱困的，竟是這樣年幼老實的孩子！刺史顏證認爲這孩子很了不起，想留他做個小吏，但區寄不肯，刺史只好送衣服給他，然後派官吏護送他回家。

後來越地的強盜們聽説這件事，都嚇得不敢從區家的門口經過，江湖上紛紛流傳：「這孩子比跟隨荊軻刺秦王的秦武陽還小了兩歲，竟然殺了兩個強盜，我們怎能去招惹他呢？」

從此，十一歲的少年區寄，就憑著勇氣與智謀，成爲越地的傳奇人物。

第三十三課

捕蛇者說

柳宗元

經典原文

永州之野產異蛇，黑質而白章①，觸草木盡死。以齧②人，無禦之者。然得而腊③之以爲餌④，可以已大風⑤、攣踠⑥、瘻、癘⑦，去死肌⑧，殺三蟲⑨。其始，太醫以王命聚之⑩，歲賦其二⑪；募有能捕之者，當其租入⑫。永之人爭奔走焉。

有蔣氏者，專⑬其利三世矣。問之，則曰：「吾祖死於是⑭，吾父死於是，今吾嗣⑮爲之十二年，幾死者數矣。」言之，貌若甚戚⑯者。余悲之，且曰：「若⑰毒之乎？余將告於蒞事者⑱，更若役，復若賦，則何如？」

蔣氏大戚，汪然⑲出涕，曰：「君將哀而生之乎？則吾斯役之不幸，未若復吾賦不幸之甚也。嚮⑳吾不爲斯役，則久已病㉑矣。自吾氏三世居是鄉，積於今六十歲矣，而鄉鄰之生日蹙㉒。殫㉓其地之出，竭其廬㉔之入。號呼而轉徙㉕，飢渴而頓踣㉖，觸風雨，犯寒暑，呼噓毒癘㉗，往往而死者，相藉㉘也。曩㉙與吾祖居者，今其室十無一焉；與吾父居者，今其室十無二三焉；與吾居十二年者，今其室十無四五焉。非死則徙爾，而吾以捕蛇獨存。悍吏之來吾鄉，叫囂乎東西，隳突㉚乎南北，譁然而駭者，雖雞狗不得寧焉。吾恂恂㉛而起，視其缶㉜，而吾蛇尚存，則弛然㉝而臥。謹食㉞之，時㉟而獻焉。退而甘食其土之有，以盡吾齒㊱。蓋一歲之犯死者二焉，其餘則熙熙㊲而樂，豈若吾鄉鄰之旦旦有是㊳哉？今雖死乎此，比吾鄉鄰之死則已後矣，又安敢毒耶？」

余聞而愈悲。孔子曰：「苛政猛於虎㊴也！」吾嘗㊵疑乎是，今以蔣氏觀之，猶信㊶。嗚呼！孰知賦斂之毒，有甚是蛇者乎！故爲之說，以俟夫觀人風者㊷得焉。

作者

柳宗元。

題解

〈捕蛇者說〉這篇文章，透過蔣氏三代冒死捕蛇以抵償租稅的痛苦經歷，以及鄰居們被賦稅逼走，紛紛離開故鄉的事例，揭露賦稅之毒甚於毒蛇的社會現實，寓意深刻。作者首先從批判現實的角度選取人物，然後選擇其重要事件，加以適當的剪裁，因而使人物具有典型性。

注釋

①黑質而白章：黑色蛇身，有白色的花紋。質，質地，指蛇身的底色。

②齧：音ㄋㄧㄝˋ，咬。

③腊：音ㄒㄧˊ，乾肉。作動詞用，指製成乾肉。

④餌：藥餅。

⑤已大風：治癒痲瘋。已，病癒。

⑥攣踠：手腳不能屈伸。攣，音ㄌㄩㄢˊ，手腳不能伸直。

⑦瘻、癘：瘻，音ㄌㄡˋ，脖子腫。癘，音ㄌㄧˋ，惡瘡。

⑧去死肌：去，去除、治癒。死肌：腐爛壞死的肌肉。

⑨三蟲：三尸蟲，道家傳說寄生在人體內，使人病死的寄生蟲。

⑩以王命聚之：由朝廷下令蒐集。

⑪歲賦其二：每年徵收兩次。賦，徵收。

⑫當其租入：抵免田租。當，音ㄉㄤˋ，抵免。

⑬專：占、享有。

⑭是：此，指捕蛇之事。

⑮嗣：繼承。音ㄙˋ。

⑯戚：憂愁、悲傷。

⑰若：你。

⑱蒞事者：管事的人，主管徵收毒蛇的官。蒞，音ㄌㄧˋ。

⑲汪然：眼淚湧出的樣子。

⑳嚮：以往。

㉑病：困苦。

㉒蹙：音ㄘㄨˋ，窘迫。

㉓殫：音ㄉㄢ，竭盡。

㉔廬：房舍，指家庭。

㉕轉徙：輾轉遷徙，不得安居。

㉖頓踣：仆倒在地。頓，跌倒。踣，音ㄅㄛˊ，倒斃、跌倒。
㉗呼噓毒癘：呼吸瘴疫毒氣。
㉘相藉：交相枕藉，指死者很多。
㉙曩：音ㄋㄤˇ，從前。
㉚隳突：騷擾、破壞。隳，音ㄏㄨㄟ，毀壞、破壞。突，音ㄊㄨˊ，衝撞。
㉛恂恂：小心謹慎的樣子。恂，音ㄒㄩㄣˊ。
㉜缶：音ㄈㄡˇ，瓦器。
㉝弛然：輕鬆的樣子。弛，音ㄔˊ。
㉞食：音ㄙˋ，同「飼」，餵食。
㉟時：按時。
㊱盡吾齒：盡吾天年。齒，指年齡。
㊲熙熙：快樂的樣子。
㊳旦旦有是：天天有田賦之苦、差吏之騷擾。旦旦，天天。是，指捕蛇。
㊴苛政猛於虎：典故出自《禮記‧檀弓》記載。孔子過泰山下，遇到一婦人哀哭，詢問以後知道她的公公、丈夫、兒子先後都被老虎咬死。孔子問婦人：「為什麼不離開這裡？」婦人回答：「這裡沒有苛政騷擾。」孔子感嘆地說：「苛政猛於虎。」
㊵嘗：曾經。
㊶信：可靠、可信。
㊷觀人風者：視察民俗、民情的人。

評析

官吏的剝削，迫使百姓們冒著生命的危險接受捕蛇工作，他們寧可活在死亡的威脅下，也不願活在暴政的統治下。「毒蛇」是個比喻，暗示當時還有比毒蛇更毒的東西——就是嚴苛的賦稅，間接反映了中唐時期人民的悲慘生活。柳宗元爲蔣氏一家的不幸深感悲痛，好心地提出解決的辦法，但出乎意料的是蔣氏不願意接受，因爲毒蛇雖然可怕，但是「賦稅之毒」更可怕！可見當政者不當的施政，對老百姓將造成巨大的危害。

經典故事

永州野外有一種奇異的蛇，黑底、白花紋，碰到草木，草木全都乾枯而死，如果咬了人，就沒有治療的辦法。但是捉住它以後，將它晾乾做成藥餌，可以治療痲瘋病、手腳彎曲不能伸展的病、脖子腫大的病和惡瘡，還可以去除壞死的腐肉，殺死人體內的各種寄生蟲。

宮中太醫遵照皇帝的命令，向民間徵收這種蛇，每年兩次，還招募能夠捉蛇的人，准許他們用蛇來抵稅。於是，永州的人都爭先恐後地捕蛇去了。

蔣家人獨享捕蛇而不納稅的好處，已經三代了。

我問蔣先生這件事，他卻低頭不語，過了好一會才說：「我祖父死在捕蛇這差事，我父親也死在這件事。現在我繼承祖業也已經十二年了，好幾次差點被毒蛇咬死。」他說話時的神情很悲傷。

我很同情他，就說：「你怨恨這差事嗎？我打算告訴管這事的官吏，讓他更換你的差事，恢復你的賦稅，怎麼樣？」

蔣先生聽了更加悲傷，滿眼含淚地說：「您這不是讓我活不下去嗎？我捕蛇的不幸，還比不上恢復賦税的不幸啊！如果當初我不做這差事，早已困苦不堪了。」說著說著，就痛哭流涕起來。

他接著說：「我家三代住在這地方，已經六十年了，眼見鄉鄰的生活一天天地窘迫，把他們土地上生產出來的、家裡的收入全部拿去交税，仍然不夠，只好被迫哭著搬家。他們又饑又渴，勞累地跌倒在地上，一路上頂著狂風暴雨，冒著嚴寒酷暑，呼吸瘟疫毒氣，死人的屍體一個個疊著。

「從前和我祖父同住在這裡的，十家中只剩不到一家；和我父親住在一起的，十家剩下不到兩三家了；和我一起住了十二年的鄰居，十家中只剩不到四五家。他們不是死了，就是逃走了，可是我卻因爲捕蛇活了下來。兇暴的官吏來我的家鄉，到處吵嚷叫喊，衝撞破壞，酷吏驚擾鄉間，連雞犬也不能安寧！」

「每晚，我小心謹慎的起身看看瓦罐，見蛇還在，就放心躺下了。我小心地餵養蛇，到規定獻蛇的時候，把它獻上去，回來就可以吃著我土地上生產的東西，過我的日子。我一年只有兩次面對死亡的威脅，其餘的日子都能快樂地渡過，哪裡像鄉鄰這樣得天天面對死亡！現在我即使死在這差事上，已經比鄉鄰好了，怎麼還敢怨恨呢？」

我聽了蔣先生的訴說，心裡更沉重、更悲傷了。

孔子說：「殘酷的統治比老虎還要兇惡啊！」我曾懷疑過這句話，現在從蔣先生的遭遇來看，確實是眞實可信的。唉，誰知道苛税的毒害，比這毒蛇更厲害呢！所以我寫下這篇文章，期待朝廷派出考察民情的人，能得到反省。

第三十四課

黔之驢

柳宗元

經典原文

黔①無驢，有好事者②船載以入③，至，則④無可用，放之山下。虎見之，尨然⑤大物也，以爲神⑥。蔽林間窺之⑦，稍出近之⑧。慭慭然⑨莫相知⑩。他日，驢一鳴，虎大駭⑪，遠遁⑫，以爲且⑬噬己也，甚恐。然⑭往來視之，覺無異能者⑮。益習⑯其聲。又近出前後，終不敢搏⑰。稍近，益狎⑱，蕩倚衝冒⑲。驢不勝⑳怒，蹄㉑之。虎因㉒喜，計之㉓曰：「技止此耳㉔！」因跳踉㉕大㘎㉖，斷其喉，盡其肉，乃去。

噫！形之尨也類有德，聲之宏也類有能，向不出其技，虎雖猛，疑畏卒不敢取。今若是焉，悲夫！

作者

柳宗元。

題解

〈黔之驢〉爲一篇寓言，選自《柳河東集・三戒》，是作者被貶官至柳州所寫。三戒，是指值得引起人們警戒的三件事，作者分別以麋、驢和鼠三種動物的故事，揭露人心與社會的陰暗面，對社會上那些倚仗人勢、作威作福的人進行辛辣的諷刺，具有反映社會現實的意義。

注釋

①黔：音ㄑㄧㄢˊ。唐代黔中道，在今貴州省一帶，簡稱為「黔」。
②好事者：喜歡多事的人。好，音ㄏㄠˋ，喜愛。
③船載以入：用船裝運進黔。船，用船的意思。
④則：卻。
⑤尨然：巨大、龐大的樣子。尨，音ㄆㄤˊ。
⑥以為神：以為，以（之）為。以，把。為，作為。神，神奇的東西。以為驢子是神奇的東西。
⑦蔽林間窺之：藏在樹林裡偷偷看它。蔽，隱蔽，躲藏。窺，偷看。
⑧稍出近之：漸漸的接近它。稍：逐漸。
⑨慭慭然：小心謹慎的樣子。慭，音ㄧㄣˋ。
⑩莫相知：不知道驢子是什麼。莫，副詞，表示推測。相，代名詞，表示動作偏指一方，此處指驢。
⑪大駭：非常害怕。
⑫遠遁：逃到遠處。遁：逃走。
⑬且：將要。
⑭然：然而，但是。
⑮覺無異能：覺得沒有什麼特別的本領。
⑯益習其聲：更加習慣了驢的叫聲。習，同「悉」，熟悉。益，更加。

⑰終不敢搏：始終不敢撲擊牠。
⑱狎：音ㄒㄧㄚˊ，態度親近而不莊重。
⑲蕩倚衝冒：碰撞靠近衝擊冒犯，形容老虎戲弄驢子的樣子。蕩，碰撞。倚，靠近。衝，衝擊，衝撞。冒，冒犯。
⑳勝：能夠承擔或承受。音ㄕㄥ。
㉑蹄：名詞作動詞，用蹄子踢。
㉒因：於是，就。
㉓計之：盤算這件事。
㉔耳：語末助詞，罷了。
㉕跳踉：跳躍。踉，音ㄌㄧㄤˊ。
㉖㘚：音ㄏㄢˇ，怒吼。

評析

朝廷的高官顯要，仗勢欺人卻無才無德，醜態畢露，本文將這些人影射爲驢子，描述虛有其表的驢子被老虎吃掉的悲劇。最後，虛張聲勢的驢子終於成了老虎的食物，那些虛有其表的人會有什麼下場呢？就可想而知了。故事警戒世人：如果毫無自知之明，必然招來禍患，必須注重眞材實學。我們也可以從老虎的角度去理解寓意，對老虎來說，貌似強大的東西並不可怕，只要敢於冒險、深入觀察及良好的謀略，就能戰勝更強大的事物。

經典故事

如果你是這頭面對老虎的驢子，你會怎麼做呢？是愚蠢無知的使出幼稚的伎倆？還是坐以待斃？——雖然結果可能是一樣的。

黔這個地方，從來就沒有驢子這種動物，有好事的人某天突發奇想，用大船載了一頭驢子進入黔地，但是送到之後，卻發現驢子在本地毫無用處，當地人都以馬或牛等動物，作爲主要的交通工具，於是就在山腳下把驢子放生。

驢子每天無聊的在山裡頭走來走去。

有一頭老虎出來獵食，無意間看到驢子，嚇了一跳。老虎仔細觀察驢子，心想：「這眞是個巨大的動物！看牠的體型和馬相似，但是耳朵很長，尾巴有尾柄，像是牛的尾巴。這個不像牛也不像馬的怪物，眞可怕！」

老虎很害怕，以爲是什麼神奇的東西，於是就藏在樹林中偷偷地觀察驢子。過了一會兒，老虎才慢慢地走出來接近牠，十分小心謹愼，但仍然想不透牠究竟是什麼東西。

一天一天過去了，老虎經常這麼窺視著驢子。

有一天，驢子忽然叫了一聲，像是慘叫聲一般非常難聽。老虎驚慌地奔逃，跑得遠遠的，以爲驢子要從後面追上來吃掉自己，牠非常害怕。可是當老虎停下腳步回頭望，卻發現驢子還站在原地沒有追上來，老虎又來來回回地觀察牠，覺得驢子好像沒有什麼特殊的本領，心裡就稍微放心了。

幾次之後，老虎逐漸聽習慣驢子的叫聲，就一天比一天更靠近觀察牠，而且時常在驢子的附近走動，但終究不敢發動攻擊。

又過了幾天，老虎的膽子越來越大，越來越敢靠近驢子，而且態度更加隨便，經常戲弄驢子，或者是碰撞、斜靠、衝撞、頂住牠。

驢子終於忍不住發怒了，提起牠的蹄子就往老虎踢去。老虎的行動矯健，這一腳自然踢不到牠，老虎更因此高興起來，牠在心裡盤算著：「驢子的本領只有這樣而已啊！」

於是老虎肆無忌憚的跳起來，大聲吼叫，聲音在山林間迴盪，震撼力十足。老虎迅速的撲上去咬斷驢子的喉嚨，吃光牠的肉，才飽足的離開。

驢子的體形高大，看上去似乎很有本事的模樣，而且與生俱來洪亮的聲音，讓牠給人有本領的印象，如果驢子不露出自己拙劣的本事，老虎雖然勇猛，也會因爲心懷疑懼而不敢吃掉牠。現在落到這樣的下場，眞可悲啊！但是仔細想想，驢子面對老虎的威脅，如果坐以待斃，恐怕連存活的可能性都沒有，同時更令老虎瞧不起了。

宋

第三十五課

新五代史伶官傳序

歐陽修《新五代史》

經典原文

嗚呼!盛衰之理,雖曰天命,豈非人事哉?原莊宗①之所以得天下與其所以失之者,可以知之矣。

世言晉王②之將終也,以三矢賜莊宗,而告之曰:「梁,吾仇也③。燕王,吾所立④;契丹,與吾約爲兄弟⑤,而皆背晉以歸梁。此三者,吾之遺恨也。與爾三矢,爾其無忘乃父⑥之志!」莊宗受而藏之於廟。其後用兵,則遣從事以一少牢告廟⑦,請其矢,盛以錦囊,負而前驅,及凱旋而納之。

方其係燕父子以組⑧,而函梁君臣之首⑨入於太廟,還矢先王,而告以成功,其意氣之盛,可謂壯哉!及仇讎已滅,天下已定,一夫夜呼,亂者四應⑩。倉皇東出,未及見賊而士卒離散。君臣相顧,不知所歸。至於誓天、斷髮、泣下沾襟⑪,何其衰也!豈得之難而失之易歟?抑本其成敗之迹而皆自於人歟?

《書》⑫曰:「滿招損,謙受益。」憂勞可以興國,逸豫⑬可以亡⑭身,自然之理也。故方其盛也,舉天下之豪傑莫能與之爭;及其衰也,數十伶人⑮困之而身死國滅,爲天下笑。夫禍患常積於忽微⑯,而智勇多困於所溺⑰,豈獨

伶人也哉？作〈伶官傳〉。

作者

歐陽修（西元一〇〇七年—一〇七二年），字永叔，自號醉翁，晚年號六一居士，諡文忠，世稱歐陽文忠公，吉安永豐（今屬江西）人，北宋時政治家、文學家、史學家和詩人。歐陽修與唐代韓愈、柳宗元，宋代王安石、蘇洵、蘇軾、蘇轍、曾鞏合稱「唐宋八大家」，是北宋詩文革新運動的領導者。喜獎掖後進，蘇軾父子及曾鞏、王安石皆出其門下，負責修《新五代史》。《五代史》記載後梁、後唐、後晉、後漢、後周五個王朝，有新、舊兩部。

題解

選自《新五代史》。歐陽修從後唐莊宗李存勗得天下後，又失去天下的興亡史，得出「憂勞可以興國，逸豫可以亡身」的結論，這既是對當時朝廷和統治者的警示，也對後人產生了很大的影響。文章表現出歐陽修對歷史與政治具有深刻的洞察力。

注釋

① 莊宗：五時代後唐莊宗李存勗，寵用伶官，任其橫行不法，釀成兵變。勗，音ㄒㄩˋ。

② 晉王：莊宗之父李克用，西突厥沙陀族人，曾參與鎮壓黃巢起義有功，封晉王。

③ 梁，吾仇也：指後梁太祖朱溫，僖宗賜名朱全忠，曾追隨黃巢，後降唐，成為軍閥。朱企圖謀害李克用，與李長期對峙，李亦屢次上書請求討伐朱全忠，因此結下世仇。

④ 燕王，吾所立：指劉仁恭與其子劉守光，劉守光受梁封為燕王。劉仁恭因李克用的推薦而擔任盧龍軍節度使，

據幽州，但之後叛晉歸梁，李克用發兵爭討，大敗，於是雙方結下深仇。

⑤契丹，與吾約為兄弟：指遼太祖耶律阿保機，曾與李克用結盟，共同起兵攻梁，但不久阿保機又與朱全忠聯合攻晉，因此與李反目成仇。

⑥乃父：汝父，你的父親。此為李克用對李存勗自稱。

⑦少牢告廟：祭拜祖廟。古代祭祀，單用豬、羊稱「少牢」。「廟」，指祖廟。古代自天子至諸侯，凡即位、出征、出獵等事，必稟告於供奉祖先神位的祖廟。

⑧係燕父子以組：李存勗破幽州，擒獲劉仁恭。劉守光出走，不久亦被擒。係，綁縛，同「繫」。組，繩索。

⑨函梁君臣之首：李存勗滅梁，梁末帝朱友貞及大臣皇甫麟自殺，詔漆其首裝入盒中，藏於太廟。函，匣子，此指用匣子裝著。

⑩一夫夜呼，亂者四應：軍士皇甫暉起兵於夜間，故稱「一夫夜呼」。皇號召黨羽作亂，唐軍相繼叛變，李存勗出京避亂，所部二萬五千人不久即散，李被亂兵殺死。

⑪至於誓天、斷髮、泣下沾襟：李存勗倉皇逃回，行至石橋西，置酒悲泣，跟隨他的將士百餘人都相對哭泣，隨從百餘人皆拔刀斷髮，誓言追隨至死。

⑫書：指《偽古文尚書》。

⑬逸豫：逸樂，放縱享樂。

⑭亡：喪失生命。

⑮伶人：演員、戲子。李存勗滅後梁以後，縱情聲色，能自度曲，寵信伶人宦官，朝政日益敗壞，導致最後伶官景進、郭門高等作亂，李存勗中流矢而死。伶，音ㄌㄧㄥˊ。

⑯忽微：指細小的事情。忽，寸的十萬分之一。微，寸的百萬分之一。

⑰溺：音ㄋㄧˋ，沉迷無節制。

評析

李存勗，一個墮落的英雄，倉皇地在人生舞台上謝幕。有句話說：「盡人事，聽天命。」國家盛衰、事業成敗，關鍵就在於「人事」，就是主事者的思想行爲。歐陽修藉著談論後唐莊宗李存勗先盛後衰、先成後敗的歷史事實，來說明這個道理，相當具有說服力。透過盛衰、興亡、得失、成敗的強烈對比，探討這樁悲劇的原因，也達到警醒世人的作用。

經典故事

「曾宴桃源深洞，一曲清歌舞鳳。長記別伊時，和淚出門相送。如夢，如夢，殘月落花煙重。……」

空曠的宮殿響起悅耳的絲竹歌聲，樂聲鏗鏘揚起，像一抹微風澆來了清涼。低吟淺唱中，歌女長袖一揮，隨著節奏翩然起舞。

李存勗斜倚龍座，閉目欣賞這曲由他親手寫成的〈憶仙姿〉，出眾的才華，使他自小就受到皇帝的賞識。十一歲時，他跟隨父親出征得勝回來，進宮見唐昭宗，昭宗非常驚訝，直呼：「這孩子相貌不凡！」然後輕撫著他的背：「小兒日後必定是國家的棟梁，不要忘了爲我唐盡忠！」

果如皇帝所言，當年十一歲的小兒，很快就長成出色的棟梁。李存勗自幼就喜歡騎馬射箭，膽識過人，體貌出眾，經常隨父親李克用作戰，同時也喜好樂曲、歌舞、戲劇，是個文武雙全的少年英雄。

「後來父親生病，快死了……」絲竹歌聲忽然轉爲哭腔悲調。

李克用臨死前，抖著雙手，親自交給兒子三支箭，說：「梁王朱溫是我的仇家，一直企圖謀害我。燕王劉仁恭是我提拔的，卻背叛我而歸順梁國。契丹耶律阿保機曾與我結爲兄弟，後來也投靠梁來攻打我。這三件事是我一生的遺恨。現在爲父交給你三枝箭，不要忘記爲你父親報仇。」不久就與世長辭。

李存勗將箭收藏在祖廟，只要出兵打仗便派遣屬下祭告祖先，恭敬地取出箭來，裝在錦繡織成的錦囊裡，背在背後，在大軍前方開路。

他先打敗梁王的五十萬大軍。接著攻破燕地，將燕王父子活捉回太原，用繩子綁住。最後用小木匣裝著梁國君臣的頭，走進祖廟，將箭交還到父親的牌位前。他那神情氣概多麼威風！九年後又大破契丹，將耶律阿保機趕回北方。

此時，後唐莊宗李存勗端坐在龍座上，睥睨天下，他已經完成了父親的遺命統一北方，後唐時代正式開始。

鏗鏗鏘鏘，鑼鼓絲竹響起。戲台上，生旦淨末丑賣力搬演，最耀眼的就是「李天下」。只見李天下面塗粉墨，簇新的戲服襯托出魁偉的身段，待樂聲稍歇，他提起渾厚的嗓音喊道：「李天下，李天下！」另一個伶人敬新磨忽然伸手打了他耳光，台下的觀眾都嚇出一身冷汗，樂工停止奏樂，伶人們更是僵住不敢亂動，原來這「李天下」不是別人，正是莊宗所扮。

莊宗見戲演不下去了，感到無趣，就問敬新磨爲何打他。

敬新磨說：「李（理）天下的只有皇帝，你叫了兩聲，還有一人是誰呢？」莊宗大笑：「有道理，但到了這台上，我就只是『李天下』。」立刻命人賞賜敬新磨，接著下令：「咱們再演下去吧！奏樂！」

戲台上，伶人繼續搬演小人物的悲歡離合；戲臺下，伶人受到皇帝寵幸，時常和皇帝打打鬧鬧、侮辱戲弄朝臣，群臣皆敢怒不敢言，還爭著送禮巴結。莊宗又派伶人、宦官搶民女入宮，使得眾叛親離，怨聲四起。

軍士皇甫暉終於在夜裡率先發難，人們紛紛響應。莊宗慌張地出兵，但還沒見到亂賊，兵士就四處逃散了。君臣你看我，我看你，不知到哪裡去，只能抱頭痛哭，最後十幾個樂官就將他們困住，終究，莊宗身死國滅，被天下人恥笑。

第三十六課

傷仲永

王安石

經典原文

金谿①民方仲永，世隸耕②。仲永生五年，未嘗識書具③，忽啼求之。父異焉，借旁近④與之。即書詩四句，并自爲其名。其詩以養父母、收族⑤爲意，傳一鄉，秀才⑥觀之。自是指物作詩立就，其文理⑦皆有可觀者。邑人⑧奇之，稍稍賓客⑨其父。或以錢幣乞之，父利其然⑩也。日扳⑪仲永環謁於邑人，不使⑫學。

予聞之也久。明道⑬中，從先人⑭還家。於舅家見之，十二三矣。令作詩，不能稱前時之聞⑮。又七年，還自揚州。復到舅家，問焉。曰：「泯然眾人⑯矣。」

王子⑰曰：「仲永之通悟⑱，受之天也。其受之天也，賢於材人⑲遠矣。卒⑳之爲眾人，則其受於人㉑者不至也。彼其受之天也，如此其賢也，不受之人且㉒爲眾人。今夫不受之天，固㉓眾人。又不受之人，得爲眾人而已邪㉔？」

作者

王安石（西元一〇二一年—一〇八六年），字介甫，號半山，諡文，封荊國公，後稱王荊公。江西省撫州市東鄉縣上池村人，北宋的宰相、文學家、思想家。文思敏捷，是唐宋八大家之一。著有《王臨川集》、《臨川集拾遺》等存世。亦擅長詩詞，最爲人熟知的有〈泊船瓜洲〉：「春風又綠江南岸，明月何時照我還。」

題解

傷，哀傷、嘆息的意思。本文選自《王臨川集》。一個名叫方仲永的神童，五歲就能指物作詩，才華出衆，因爲父親不讓他讀書學習，又被父親當作賺錢工具，最後成了普通人。作者藉仲永的遭遇，告訴我們不斷地學習才是最重要的，人不能只依靠天分，必須注重後天的教育和學習。

注釋

①金谿：縣名，現在江西金溪。谿，音ㄒㄧ。
②世隸耕：世代耕田。隸耕，指佃農，向他人租地耕種的農家。
③書具：書寫的工具（筆、墨、紙、硯等）。在此指沒有機會就學。
④借旁近：就近借來。
⑤收族：團結宗族。
⑥秀才：指有學問的人。
⑦文理：文采、道理。
⑧邑人：同鄉的人。
⑨稍稍賓客：漸漸以賓客之禮相待。賓，名詞作動詞用，招待。

⑩利其然：認為這樣是有利可圖的。利，貪。
⑪扳：音ㄆㄢ，同「攀」，牽，引，攀附。
⑫使：讓。
⑬明道：宋仁宗趙禎年號（西元一〇三二年—一〇三三年）。
⑭先人：指王安石死去的父親王益。王安石於明道二年隨父回鄉，時年十三，路過舅家時，見過方仲永。
⑮前時之聞：以前的名聲。
⑯泯然眾人：和普通人沒有分別。泯然，不能分辨的樣子。泯，音ㄇㄧㄣˇ。
⑰王子：王安石的自稱。
⑱通悟：通達聰慧。
⑲賢於材人：勝過後天培養的人才。賢，勝過，超過。材，同「才」，才能。
⑳卒：最終。
㉑受於人：接受人為的教育。
㉒且：尚且。
㉓固：本來。
㉔邪：音ㄧㄝˊ，表示反問，相當於句末感嘆的「嗎」、「呢」。

評析

傷，是可惜的意思，仲永有過人的天資，只可惜未能受教育。王安石透過故鄉的神童方仲永的故事，說明人的資質並非永恆不變，而是與後天的教育、學習息息相關。一生務農的方父見錢眼開，不讓孩子入學接受教育，使得仲永最後成了「小時了了，大未必佳」的泛泛之輩。這例子告訴我們：即使是天才，倘若不重視學習，依然只是個平常人，那麼一般資質的人又怎能不努力學習呢？本書「經典故事」以「第一人稱」改寫，透過仲永的自白擬想其成長的心路歷程。

這是一個神童的自白：

我的名字叫方仲永，從小就被當作天才。我出生在務農的家庭，祖先世世代代都是農家子弟，過著勤儉忙碌的生活。從出生後直到五歲，我都沒有機會見到書紙筆墨，更不用說入學讀書了。

在我五歲的那年，不知受誰的影響，我忽然哭著向爹娘要筆墨紙硯。父親見我這般哭鬧，覺得很驚訝，又拗不過我，只好就近向鄰居借了一套文房四寶。沒想到，我一提筆就立刻寫了四句詩，還題上詩的題目和自己的名字。詩的內容主要是勸人奉養父母、團結族人。很快的，我的文章就被同鄉的讀書人傳閱，每個人都佩服我的才氣。

從那天開始，我家就變得異常熱鬧，整天拜訪的人、車川流不息，經常有大人因爲好奇心的驅使前來看我；有些人則是隨便指定某件物品，要求我作詩，而我總能一揮而就，從不令人失望。大人都說我寫的詩內容深刻，文采絢麗，裡面講的道理都有可取之處。我因此獲得眾人的讚賞。

這種天生的才能很快就傳到縣裡去了，縣裡的人同樣感到驚奇，就給我「神童」的封號，對我父親也另眼相看，尤其是那些紳士、名流之輩，都十分欣賞我。漸漸的，有些附庸風雅的大人，會招待我和父親吃吃喝喝，或是給點金錢，請我爲他們寫詩。父親認爲有利可圖，就時常帶我去拜見那些富豪，我家的農田就一天天的荒廢了。

父親非常喜歡四處炫耀我的才華，就放棄送我上學的念頭。至於我呢，小小孩兒哪裡懂什麼，大人要我怎麼做，我就怎麼做，而且成天被人誇獎，是多麼榮耀的事啊！我的天分很高，這就是我的靠山，哪會想到上學讀書呢？

幾年後，我宋朝的文學家王安石先生聽見我的事情，就趁著回到故鄉的機會，在他舅父家裡和我見面，當時我已經十二、三歲了。王先生是詩人，他便叫我作首詩來給他瞧瞧。我仍然一下子就完成了，但仔細一看，這些詩卻沒有像過去傳聞的那麼出色。我從王先生臉上的表情看到他的失望，而我內心也對自己失望透頂。

又過了幾年，當我二十歲時，才華已經全部消失，跟一般人沒什麼不同了，所有人都爲我感到遺憾，他們惋惜一個天才變成平庸的人。這時王安石先生又從揚州回來舅父家，他向家人問起我，大家都搖著頭說：「方仲永已經和平常人差不多了。」消息傳到我耳裡，令我相當的失落。

後來，王先生寫了一篇〈傷仲永〉的文章講述此事，他認爲我的聰明穎悟，是天生的好資質，這叫做「天才」，勝過普通有才能的人太多了，但仍然不幸成爲普通人，都是因爲爹娘沒有讓我受教育的緣故。他又說，那麼一般人既沒天賦，又不受教育，就只能當個平庸之輩了。

讀完王先生的文章，我感到懊悔不已，終於徹底了解自己爲何會變成平常人。從今天起，我要努力讀書、求學，希望能找回失落已久的天分。

第三十七課 方山子傳

蘇軾

經典原文

方山子，光、黃①間隱人也。少時，慕朱家、郭解②爲人，閭里之俠皆宗之③。稍壯，折節④讀書，欲以此馳騁當世，然終不遇。晚乃遯⑤於光、黃間，曰岐亭⑥。庵居蔬食⑦，不與世相聞，棄車馬，毀冠服，徒步往來山中，人莫識也。見其所著帽，方聳而高，曰：「此豈古方山冠⑧之遺像乎？」因謂之方山子。

余謫⑨居於黃，過岐亭，適見焉，曰：「嗚虖！此吾故人陳慥季常⑩也，何爲而在此？」方山子亦矍然⑪問余所以至此者，余告之故。俯而不答，仰而笑，呼余宿其家。環堵蕭然⑫，而妻子奴婢，皆有自得之意⑬。余既聳然⑭異之。

獨念方山子少時，使酒⑮好劍，用財如糞土。前十有九年⑯，余在岐山⑰，見方山子從兩騎，挾二矢，游西山。鵲起於前，使騎逐而射之，不獲；方山子怒馬⑱獨出，一發得之。因與余馬上論用兵，及古今成敗，自謂一世豪傑。今幾日耳，精悍之色，猶見⑲於眉間，而豈山中之人哉？

然方山子世有勛閥⑳，當得官，使從事於其間，今已顯聞。而其家在洛陽，園宅壯麗，與公侯等，河北有田，歲得帛千匹，亦足富樂。皆棄不取，獨來窮山中，此豈無得而然哉？余聞光、黃間多異人，往往佯狂[21]垢污，不可得而見。方山子儻[22]見之歟？

作者

蘇軾（西元一〇三七年—一一〇一年），北宋文學家。字子瞻，號東坡居士。眉州眉山（今屬四川）人。一生仕途坎坷，但是學識淵博，天資極高，精通詩文書畫。其文章與歐陽修並稱「歐蘇」，爲唐宋八大家之一；詩則清新豪健，善用誇張、比喻，與黃庭堅並稱「蘇黃」；詞開豪放一派，對後世有重要影響，與辛棄疾並稱「蘇辛」。著有《蘇東坡全集》和《東坡樂府》等。

題解

〈方山子傳〉透過作者與方山子的相遇與相交，了解作者的人生經歷，並且經由這些對於人生起伏跌宕的描述，表達他對方山子特立獨行的性格和人生取向的讚賞。同時，透過這兩個人物的對比，側面地道出作者在飽經憂患之後，終於看破世事的心情。

注釋

① 光、黃：光州和黃州。光州和黃州鄰接，宋時同屬淮南西路。
② 朱家、郭解：二人都是西漢時的遊俠，喜替人排憂解難。朱家，曾暗中解救季布，卻終身不與季相見，時人賢之。郭解，若朋友有難，必助其報仇；若不願報仇，則捐錢使其安居。見《史記．游俠列傳》。
③ 宗之：尊崇他為領袖。

④折節：改變志向。
⑤遯：音ㄉㄨㄣˋ，同「遁」，隱匿、逃。
⑥岐亭：宋代鎮名，在今湖北麻城。
⑦庵居蔬食：住在小茅屋，吃粗茶淡飯。庵，音ㄢ。
⑧方山冠：漢代祭祀宗廟時樂師所戴的帽子。唐宋時隱者常喜戴之。
⑨謫：音ㄓㄜˊ，降職，貶官。蘇軾在元豐三年貶到黃州，今湖北黃岡。
⑩陳慥季常：陳慥，字季常，自號龍丘居士，宋眉州青神人。晚年棄第宅，庵居蔬食，戴方形高冠，人稱方山子。妻子柳氏性妒悍，慥以懼內聞於世。慥，音ㄗㄠˋ。
⑪矍然：驚奇注視的樣子。矍，音ㄐㄩㄝˊ。
⑫環堵蕭然：家中除了四面的土牆，別無他物。形容居室簡陋。
⑬自得之意：自得其樂。
⑭聳然：驚奇的樣子。
⑮使酒：酗酒任性。
⑯前十有九年：即嘉祐八年，作者任鳳翔府簽判。有，音ㄧㄡˋ，同「又」。
⑰岐山：地名，指陝西鳳翔。
⑱怒馬：快馬，即縱馬向前。
⑲見：音ㄒㄧㄢˋ，同「現」，顯現。
⑳世有勛閥：世代有功勳，屬世襲門第。古時仕宦之家，大門外立兩柱以貼其功名，左柱稱閥，右柱稱閱。
㉑佯狂：假裝瘋狂。佯，ㄧㄤˊ。
㉒儻：音ㄊㄤˇ，或許。同「倘」。

評析

遊俠和隱士，是歷史上各具特色的族群，他們的言行超凡脫俗，不拘常規，而方山子兩種特質都有。蘇軾描述與方山子相遇、相識的經過，我們從方山子的人生經歷，得見蘇軾很讚賞他的人生觀。蘇軾更將自己與方山子對照：方山子文武雙全，抱負遠大，卻得不到任用而退隱明志；蘇軾雖然憑著才學爲官，卻受到小人陷害，險些丟了性命，貶官到黃州，兩人遭遇類似，但方山子已遠離是非地，蘇軾仍在官場遭到迫害。蘇軾藉此抒發懷才不遇的感慨，也間接道出他在飽經憂患之後，看破世事的心情。

經典故事

方山子逍遙自在地徒步在深山裡，沒有人認識他。幽深的林子裡，那個窄小的茅草屋，就是方山子的房舍。他平日吃素，總是獨來獨往，不與人往來。他的頭上帶著高帽子，形狀方方正正的，人們紛紛說：「這很像是古代樂師戴的方山冠呢！」於是就稱他爲「方山子」。

回想方山子年輕時，很愛喝酒，縱情任性，非常仰慕漢代的遊俠朱家、郭解的爲人行事，他自己也是個喜歡使劍、揮金如土的遊俠，鄉里的遊俠都推崇他。等他年紀大了就改變志趣，開始發奮讀書，想憑著文學來成名，可惜一直沒有遇到賞識的人。

記得十九年前，我在岐這個地方，見到方山子帶著兩名隨從，神氣的騎著駿馬，身上藏著箭，在西山遊獵。只見前方有一隻鵲鳥沖天飛起，他便命令隨從追趕射鵲，但是隨從沒有射中。

方山子見狀，立刻拉緊韁繩，一人一騎躍馬奔馳，飛快地拉弓搭箭，一箭就射中了飛鵲，神技驚人。我們騎著馬，聊起了用兵之道及古今興衰，談話之間，他流露出充滿自信的神情，自認爲一代豪傑。

方山子本名陳慥，字季常，出身在功勳之家，照道理來說，他應該有官可做，如果他願意置身官場，到現在已經聲名顯赫了。

洛陽城裡那棟園林宅舍雄偉富麗，規模與公侯之家相同，就是方山子原來的住所。他家在河北還有田地，每年擁有上千匹的絲帛收入，足以讓他的生活富裕安樂了。

然而他將這些名利財富都拋開，來到這個窮鄉僻壤，是不是因爲他對人生有獨到的體會呢？

我因爲「烏臺詩案」被貶官，住在黃州，有一次經過岐亭，正巧遇到了方山子。乍見到他，我不敢相信自己的眼睛，說：「哎，這是我的老朋友陳季常呀！怎麼會出現在這裡呢？」

方山子也很驚訝：「這不是子瞻嗎？你又爲什麼到這裡來？」

我嘆了口氣，無奈的說：「朝廷有人從我寫的幾首詩，編造了罪名給我，說我諷刺皇上，差點就被定了死罪。現在是被貶到黃州來啦！」

方山子低頭不答，過了一會兒，忽然仰天大笑起來，請我到他家去住。他家四壁蕭條，陳設簡單，但是他的妻兒、僕人都是怡然自得的神態，似乎很甘於貧賤。我感到十分驚異。

再回頭看方山子，從年輕到現在，過了多少日子，他臉上那股英氣勃勃的神色，依然在眉宇之間顯現。我心想，這怎會是一個甘心在山中隱居的人呢？難道他眞的看破世事，對官場厭倦了麼？

方山子晚年隱居在光州、黃州的岐亭，放棄坐車騎馬的富貴生活，拋棄過去穿戴的書生衣帽，眞正做了隱士。我聽說那附近有很多奇人異士，穿著破爛的衣衫，看似瘋顛，其實深藏不露，方山子或許能見到他們吧！

明

第三十八課 司馬季主論卜

劉基

經典原文

東陵侯既廢①，過司馬季主而卜焉。季主曰：「君侯何卜也？」東陵侯曰：「久臥者思起，久蟄者思啓，久懣者思嚏②。吾聞之：『蓄極則洩，閟③極則達，熱極則風，壅極則通。一冬一春，靡屈不伸；一起一伏，無往不復。』僕竊有疑，願受教焉。」季主曰：「若是，則君侯已喻④之矣，又何卜爲？」東陵侯曰：「僕未究其奧也，願先生卒⑤教之。」

季主乃言曰：「嗚呼！天道何親？惟德之親⑥。鬼神何靈？因人而靈。夫蓍⑦，枯草也；龜⑧，枯骨也；物也。人，靈於物者也，何不自聽而聽於物乎？且君侯何不思昔者⑨也？有昔者必有今日。是故碎瓦頹垣，昔日之歌樓舞館也；荒榛斷梗⑩，昔日之瓊蕤玉樹⑪也；露蠶風蟬，昔日之鳳笙龍笛⑫也；鬼燐螢火，昔日之金釭華燭⑬也；秋荼春薺⑭，昔日之象白駝峰⑮也；丹楓白荻，昔日之蜀錦齊紈⑯也。昔日之所無，今日有之不爲過；昔日之所有，今日無之不爲不足。是故一晝一夜，華⑰開者謝；一春一秋，物故者新。激湍之下，必有深潭；高邱之下，必有浚谷⑱。君侯亦知之矣，何以卜爲？」

作者

劉基（西元一三一一年—一三七五年），字伯溫，浙江青田（今文成縣）人，南宋抗金將領劉光世後人。元末明初的軍事家、政治家及詩人，精通經史、曉天文、懂兵法。輔佐明太祖朱元璋完成帝業，開創明朝，並維持國家安定，被後人比爲諸葛亮。朱元璋多次稱劉基爲：「吾之子房也。」所爲文章氣昌而奇，與宋濂齊名，著有《郁離子》、《覆瓿集》、《犁眉公集》傳於世。

題解

司馬季主，漢時楚人，隱於長安東市占卜，曾向宋忠、賈誼談論對國政的看法，被認爲是賢者。作者藉司馬季主論卜一事，談論古今榮枯、貴賤、興廢、虛實、有無等相對應的哲理，以說明人生際遇有起有落的道理。作者一生艱苦，前半生鬱鬱不得志，後半生則享有權位尊寵，卻深知富貴有如浮雲，因此利用這個故事來闡述天道，以提醒人們不要忽略了反省自己的作爲，進而順應自然，坦然地面對人生際遇。

注釋

①東陵侯：指召平。秦朝時為東陵侯，秦朝滅亡後，為布衣，在長安城東種瓜，瓜的味道很甜美，稱為東陵瓜。見《史記．蕭相國世家》。廢，指失去封號。

②久蟄者思啓，久懣者思嚏：蟄伏已久的人想要出來，鬱悶很久的人想打個噴嚏。蟄，音ㄓˊ，隱藏潛伏。懣，音ㄇㄣˋ，憂鬱、煩悶。

③閟：音ㄅㄧˋ，閉塞、封閉。
④喻：明白、知曉。
⑤卒：盡，引申為澈底的意思。
⑥天道何親，惟德之親：天道親近什麼？只親近有德的人。《尚書．蔡仲之命》：「皇天無親，惟德是輔。」
⑦蓍：音ㄕ，多年生草本植物，古人用其莖來占卜。
⑧龜：古代取龜的腹甲用來占卜。
⑨昔者：指為官之日。下句「今日」指被廢之日。
⑩荒榛斷梗：遍地荒蕪。荒榛，指灌木叢生。榛，音ㄓㄣ。斷梗，草木的斷枝。
⑪瓊蕤玉樹：指珍貴美好的花草樹木。瓊，美玉。蕤，音ㄖㄨㄟˊ，草木的花下垂的樣子。
⑫鳳笙龍笛：指珍貴的樂器。鳳笙，笙的別稱。龍笛，笛的一種，笛管的前端用龍頭來裝飾。
⑬金釭華燭：指華麗的燈火。釭，音ㄍㄤ，燈。
⑭秋荼春薺：秋天茅、蘆的白花與春天的薺菜。荼，音ㄊㄨˊ。薺，音ㄐㄧˋ。
⑮象白駝峰：大象的脂肪和駱駝背上的肉峰，都是名貴食品。
⑯蜀錦齊紈：珍貴的布帛。蜀錦，四川出產的彩錦。齊紈，山東出產細緻而有光澤的白色細絹。紈，音ㄨㄢˊ。
⑰華：花。音ㄏㄨㄚ。
⑱浚谷：深谷。浚，音ㄐㄩㄣˋ。

評析

司馬季主是一位算命先生，他不說自己的占卜有多靈驗，反而一開始就自我否定，說人比占卜之物還要「靈」，鬼神之說不足信，這是他在思想上的進步，也是文章令人耳目一新的開場方式。接著，季主告訴東陵侯對眼前的困境要採取順應自然的態度，不必困惑，也不必刻意逆勢而為，這就是順應自然的生存哲學。人生中有意氣風發的精采，但也不能避免有低潮的時候，人應當瞭解這個道理，不要迷信命運，才不會忽略了自己應有的反省和作爲。

經典故事

東陵侯在秦朝滅亡以後，就被廢爲平民了，家境貧困，靠種瓜維生，他的「東陵瓜」有五種平凡的顏色，滋味甜美，遠近馳名。

但是這種平凡的日子過久了，東陵侯便不甘寂寞起來，很想尋求東山再起的機會，於是去拜訪司馬季主，請他卜卦算命。司馬季主不只是名氣響亮的算命師，他爲人賢明，相貌才華都相當出色。

東陵侯見了司馬季主，就嘆口氣說：「人啊，躺臥時間長了就想起來，沉潛獨居久了就想出去走走，胸中氣悶了就想打個噴嚏。聽說，任何事物累積太多就要宣洩。冬去，春來；有起，就有伏，這些都是自然的現象。但是我卻還有一些疑問，希望得到你的建議。」

季主微微一笑，說道：「既然您已經明白萬物變化的道理，又何必算命呢？」

東陵侯連忙搖手說道：「不，我還沒了解其中的奧妙，希望先生盡力開導。」其實東陵侯想了解自己被廢爲平民後，是否還有機會再起？

季主沉吟了一會兒，嘆口氣說道：「唉！天道和誰親近呢？只和有德的人親近。鬼神怎麼會靈？是靠著人們相信才靈。算命用的蓍草是枯草，龜甲只是枯骨，都是沒有生命的物。但是人是萬物之靈，爲什麼不相信自己，卻要聽從這些占卜之物呢？況且，您爲什麼不想想過去？有過去的因，就有今天的果。現在所擁有的很美好，但未來總有凋零的一天。」

司馬季主柔和的語聲，喚起了東陵侯的想像，他的眼前彷彿出現華麗的歌樓舞館，倏忽之間崩塌了，成爲斷壁殘垣；過去自家庭院繁花似錦的園林，顏色漸漸淡了，蕭條了，陳舊而荒廢。

東陵侯似乎聽見風露中的蟲鳴，過去耳邊聆聽的是樂隊演奏的美妙佳音，而今只剩下蟲聲，那是何等悽涼。想到自己過去富貴時享受的金燈華燭，餐餐食用的象脂駝峰等名貴食物，以及身上穿的綾羅綢緞，他不禁感嘆而有所領悟：是啊！過去沒有的而現在擁有，並不算過分；過去曾經有過但現在失去，也不能算是欠缺，這都是自然現象。

想到這裡，東陵侯的心逐漸平靜下來了。

司馬季主微笑說道：「這些道理您已經知道了，何必還要我占卜呢？」

第三十九課　賣柑者言

劉基

經典原文

杭有賣果者，善藏柑，涉寒暑不潰[1]；出之燁然[2]，玉質而金色[3]；置于市，賈[4]十倍，人爭鬻[5]之。予貿[6]得其一。剖之，如有煙撲口鼻，視其中，則乾若敗絮[7]。予怪而問之曰：「若[8]所市於人者，將以實籩豆[9]奉祭祀、供賓客乎？將衒[10]外以惑愚瞽[11]乎？甚矣哉，爲欺也[12]！」

賣者笑曰：「吾業是有年矣。吾賴是以食吾軀。吾售之，人取之，未聞有言，而獨不足子所乎？世之爲欺者，不寡矣，而獨我也乎？吾子未之思也。今夫[13]佩虎符、坐皋比者[14]，洸洸[15]乎干城之具[16]也，果能授孫吳之略[17]耶？峨大冠、佗長紳[18]者，昂昂[19]乎廟堂之器[20]也，果能建伊皋[21]之業耶？盜起而不知御，民困而不知救，吏奸而不知禁，法斁[22]而不知理，坐糜廩粟[23]而不知恥；觀其坐高堂、騎大馬、醉醇醴而飫肥鮮[24]者，孰不巍巍[25]乎可畏、赫赫[26]乎可象[27]也？又何往而不金玉其外、敗絮其中[28]也哉？今子，是之不察，而以察吾柑！」

予默然無以應。退而思其言，類東方生滑稽之流[29]。豈其忿世嫉[30]邪者耶？而託於柑以諷耶？

作者

劉基。

題解

柑，就是甜橙，橘類。作者由買賣一個壞的柑橘開始，假託賣柑者之言引起議論，揭示當時盜賊四起、官吏貪汙的社會狀況，以諷刺那些外表冠冕堂皇的文官、武將，其本質上都是「金玉其外，敗絮其中」的欺世盜名之輩，藉此抨擊當時政府的腐敗與無能。

注釋

① 涉寒暑不潰：經過寒暑的季節氣候也不會腐爛。涉，經過、經歷。潰，音ㄎㄨㄟˋ，腐爛、腐敗。
② 燁然：光彩燦爛的樣子。燁，音ㄧㄝˋ，火光盛大的樣子。
③ 玉質而金色：質地像玉而顏色像黃金一樣。
④ 賈：同「價」，價錢。
⑤ 鬻：音ㄩˋ，本義是賣，這裡是買的意思。古代「賣」有買、賣兩義。
⑥ 貿：買賣、交易，這裡是買的意思。
⑦ 敗絮：破敗的棉絮。
⑧ 若：你。
⑨ 實籩豆：填滿祭祀燕享時盛祭品用的禮器。實，填滿。籩，音ㄅㄧㄢ，古代祭祀用竹製的食器。豆，木製、陶製或銅製的食器。
⑩ 衒：同「炫」，炫耀，誇耀。
⑪ 愚瞽：愚蠢的人和瞎子。瞽，音ㄍㄨˇ，瞎子。

⑫甚矣哉，為欺也：做這種騙人的事情，太過分了！是「為欺也，甚矣哉」的倒裝句。為，做。
⑬夫：那些。
⑭虎符皋比：比喻帶兵者。虎符，虎形的兵符，古代軍中用的信物。皋比，皋，音ㄍㄠ，虎皮，將軍的坐席。比，同「皮」，毛皮。
⑮洸洸：音ㄍㄨㄤ ㄍㄨㄤ，威武的樣子。
⑯干城之具：捍衛國家城池的將才。干，盾牌。干和城都用以防禦。具，人才。
⑰授孫吳之略：拿出孫武、吳起這樣的謀略。授，拿出。
⑱峨大冠、佗長紳：帶著高帽、垂著細長腰帶的士大夫。峨，高，指高戴。佗長紳，垂著長長的腰帶。佗，音ㄊㄨㄛ，這裡是垂的意思。紳，古代士大夫束在外衣上的帶子。
⑲昂昂：器宇軒昂的樣子。
⑳廟堂之器：比喻有作事才能的人。廟堂，指朝廷。器，才也。
㉑伊皋：古代的政治家伊尹和皋陶。伊尹，商代賢相，輔佐商湯伐桀。皋陶，舜的刑官。
㉒斁：音ㄧˋ，敗壞。
㉓坐糜廩粟：白白領國家給的奉祿。坐，白白的。糜：同「靡」，浪費。廩粟，公家庫藏之糧，意指國家給的奉祿。
㉔醉醇醴而飫肥鮮：喝著美酒、飽食著鮮美的食物。醇醴，音ㄔㄨㄣˊ ㄌㄧˇ，味厚而純和的美酒。飫，音ㄩˋ，飽食。
㉕巍巍：高大威嚴的樣子。音ㄨㄟˊ ㄨㄟˊ。
㉖赫赫：顯赫的樣子。
㉗象：模仿。
㉘金玉其外、敗絮其中：比喻外表華美，內質破敗。
㉙類東方生滑稽之流：像東方朔這樣機智善辯的人。類，像。東方生，指東方朔。漢武帝時任太中大夫，性格詼諧，善於以詼諧滑稽之言談寓含諷諫。
㉚嫉：憤恨。音ㄐㄧˊ。

評析

那些欺世盜名的文武官員，就如同賣柑者所賣的爛橘：「金玉其外，敗絮其中」，人們應注意在光鮮亮麗底下的眞相，往往是腐敗不堪的。劉基的寫法別開生面，他先描述自己悠閒自在的買水果，因爲買到爛橘而生氣，進而逼出賣柑者的「眞心話」，自然而然地揭露當時盜賊四起、官吏昏庸、民不聊生的社會現象。不禁使人深深地反思：如果沒有迷戀表相、追逐流行的消費者，又怎會有製造假相的攤販？如果人民都擁有看清眞實的洞察力，就不會有腐敗無能的官吏橫行了。

經典故事

杭州有個賣水果的攤販，很擅長貯藏橘子，使它們經過一年也不會腐爛，把它拿出來，依然是色彩鮮豔的樣子，玉石般的質地，黃金似的顏色，在市場上賣，售價比一般橘子高出十倍，人們都爭相購買。

我也買了一個想嘗嘗。把它剖開，卻像有一股白煙撲向口鼻；再看裡面，乾枯得像破爛的棉絮。

我感到奇怪，就問攤販：「你賣的橘子，是要用來盛在祭器裡祭祀上天、在家招待賓客？還是用美麗的外表來愚弄那些傻子和盲人呢？太過分了，幹這騙人的勾當！」我越說越生氣。

但賣橘子的人卻笑著說：「我賣橘子已經有好多年了，就靠它養活自己。我賣它，別人買它，從來不曾有人說過什麼，怎麼只有您覺得不滿意呢？世上有欺騙行爲的人不少，難道只有我一個嗎？您眞的沒有好好思考這件事啊！」

攤販不但不肯自我檢討，竟然還指摘我。

我正要發作，只聽那攤販又說：「現在那些佩戴兵符、坐虎皮椅子的軍人，一副威武的樣子，好像是保衛國家的人才，但他們眞的有孫武和吳起的謀略嗎？那些戴著高帽子，繫著大腰帶的官員，一副高傲神氣的模樣，好像坐在高堂上英明地做決策，但他們眞的能夠建立伊尹和皋陶的功業嗎？」

我感到驚訝，聽出這攤販說的話似乎頗有道理，氣就漸漸消了。

攤販又說：「現在盜賊四起，他們卻不懂該怎麼抵禦；百姓陷入困境，他們也不懂怎樣救助；官吏狡詐不懂怎樣禁止，法度敗壞不懂怎樣整頓，白白浪費國家糧食卻不知羞恥。」

他生氣的說：「看看那些坐在高堂上，騎著高頭大馬，喝著美酒、飽食的人，哪一個不是外表威風凜凜令人害怕，又顯赫得讓人羨慕？他們哪一個不是金玉其外、敗絮其中呢？您怎麼不看這些，卻來指責我？」

我聽了只能沉默，實在找不出話來回應。回家後思考這攤販說的話，感覺他像是東方朔那種詼諧機智的人，難道他也是對世事憤慨，所以假借橘子來諷刺的嗎？

第四十課

指喻

方孝孺

經典原文

浦陽鄭君仲辨，其容闐然①，其色渥然②，其氣充然③，未嘗有疾也。他日，左手之拇有疹④焉，隆起而粟⑤，君疑之，以示人。人大笑，以爲不足患。既三日，聚而如錢，憂之滋甚，又以示人。笑者如初。又三日，拇之大盈握⑥，近拇之指，皆爲之痛，若剟⑦刺狀，肢體心膂⑧無不病者。懼而謀諸醫。

醫視之，驚曰：「此疾之奇者，雖病在指，其實一身病也，不速治，且能傷生。然始發之時，終日可愈；三日，越旬可愈；今疾且成，非三月不能瘳⑨。終日而愈，艾可治也；越旬而愈，藥可治也；至於既成，其將延乎肝膈⑩，否亦將爲一臂之憂。非有以禦其內，其勢不止；非有以治其外，疾未易爲⑪也。」君從其言，日服湯劑，而傅⑫以善藥。果至二月而後瘳，三月而神色始復。

余因是思之：天下之事，常發於至微，而終爲大患；始以爲不足治，而終至於不可爲。當其易也，惜旦夕之力，忽之而不顧；及其既成也，積歲月，疲思慮，而僅克⑬之，如此指者多矣。蓋眾人之所可知者，眾人之所能治也，其勢雖危，而未足深畏；惟萌⑭於不必憂之地，而寓⑮於不可見之初，眾人笑而忽之者，此則君子之所深畏也。

作者

方孝孺（西元一三五七年—一四〇二年），字希直，又字希古，南明安宗追諡文正，明朝江浙行省台州路寧海縣（今屬浙江寧波市）人。以文章和理學著稱，其書齋名「遜志」，蜀獻王改爲正學，世稱「正學先生」。明朝建文年間的重臣，後因爲參與組織削藩，靖難之變後，又反對並拒絕與燕王朱棣合作，最後不屈而亡。

題解

〈指喻〉是明代文學家方孝孺的一篇散文。文中藉鄭君的手指生病而未能及時醫治，幾乎釀成大錯的故事，說明防微杜漸的重要性，是一篇典型的以小喻大、借事說理的文章。

注釋

①閫然：強壯、豐滿的樣子。閫，音ㄊㄧㄢˊ。
②渥然：紅潤的樣子。渥，音ㄨㄛˋ。
③充然：充盛的樣子。
④疹：音ㄓㄣˇ，皮膚上起的紅色小顆粒。
⑤隆起而粟：像小米粒那麼大。粟，音ㄙㄨˋ。
⑥盈握：拇指腫大到手掌可以握住。

⑦ 剟：音ㄉㄨㄛˊ，用刀刺或割。
⑧ 膂：音ㄌㄩˇ，脊梁骨。
⑨ 瘳：音ㄔㄡ，病癒。
⑩ 肝膈：泛指人體的內臟。膈，音ㄍㄜˊ。體腔中分隔胸腔與腹腔的膜狀肌肉。
⑪ 為：治。
⑫ 傅：敷。
⑬ 克：制服，壓制。
⑭ 萌：發生。
⑮ 寓：寄居、寄託。

評析

指喻，就是「以指病爲喻」，透過鄭仲辨的拇指生病，未能及時治療，差點釀成大患，說明錯誤往往在人們最容易忽略的地方發生，最後造成大災害，那是因爲在禍患最容易被處理的階段，人們總不肯多花一點的心思去關心，反倒疏忽不管；等到禍患形成了，甚至擴大了，就必須耗費許多時間和腦力才能勉強克服。其實只要能及時處理，或許問題就可能得到解決的機會。

經典故事

浦陽縣青年鄭仲辨，就像一尊高聳英挺的雕像，擁有健美壯碩的身材，臉色紅潤而有光澤，一副氣色飽滿的樣子，從未生過病。

有一天，他發現左手的拇指竟然冒出一粒紅色的小疹子，突起來有如米粒般大小，他感到疑惑，於是到處問人。人們見了疹子的反應，卻都是指著他哈哈大笑，認爲那是不重要的小毛病。他也就算了。

過了三天，鄭仲辨手指上的紅疹越長越多，漸漸聚集起來宛若錢幣大小，如暗瘡般的紅疹，就像打在手指頭上的紅印子，令人觸目心驚。

鄭仲辨心裡更加恐慌，於是又到處詢問別人的意見，但人們看了疹子後的反應，依舊是滿不在乎的大笑，覺得他眞是個「窮緊張」。

又過了三天，鄭仲辨的拇指腫得極大，大到手掌幾乎可以將它握滿的程度，而且靠近拇指的食指指頭，也跟著疼痛起來。

鄭仲辨痛苦極了，手指患部如同被針刺、被刀割那樣，他每天受著苦刑，四肢、心臟、脊椎骨無處不痛。他害怕極了，這才去請教醫生。

醫生看診完畢，皺起眉頭，非常擔心地對鄭仲辨說：「這種病最奇特的地方，就是症狀雖然出現在手指，但其實病人早就一身都是病了，如果不盡快治療，可能會危及生命。」鄭仲辨嚇得傻了。

接著醫生半認眞、半恐嚇似的說：「這病啊！剛發病時治療，一天就可以治好；發病三天再治療，大約過十天就能治癒；但現在病症已經形成了，沒有三個月是不能治癒的。病發一天的療法，用艾草就可以醫治；過十天，用藥物也可治好；等到病症形成，甚至將要蔓延到肝膈等內臟時，恐怕會導致你的一條手臂殘廢啊！必須內外兼治，才能徹底解決問題。」

醫生的這番話，只聽得鄭仲辨滿頭汗水涔涔流下。

從這天開始，鄭仲辨聽從醫生的診斷，每天内服湯藥、外敷藥物，兩個月後果然痊癒了，三個月以後，終於恢復原有的氣色與精神。

小病不醫，就成大病，類似鄭仲辨的例子實在太多了，人們應該要引以爲鑑啊！

第四十一課

秦士錄

宋濂

經典原文

鄧弼，字伯翊，秦①人也。身長七尺，雙目有紫棱②，開闔閃閃如電。能以力雄人。鄰牛方鬥，不可擘③，拳其脊，折仆地；市門石鼓，十人舁④，弗能舉，兩手持之行。然好使酒⑤，怒視人，人見輒避曰：「狂生不可近，近則必有奇辱。」

一日獨飲娼樓，蕭、馮兩書生過其下，急牽入共飲；兩生素賤其人，力拒之。弼怒曰：「君終不我從⑥，必殺君！亡命走山澤耳，不能忍君苦⑦也！」兩生不得已從之。弼自據中筵，指左右，揖兩生坐，呼酒嘯歌以爲樂；酒酣解衣箕踞⑧，拔刀置案上，鏗然鳴；兩生雅聞其酒狂，欲起走，弼止之曰：「勿走也，弼亦粗知書，君何至相視如涕唾？今日非速君飲，欲稍吐胸中不平氣耳！四庫書⑨從君問，即不能答，當血是刃。」兩生曰：「有是哉！」遽摘七經⑩數十義扣之，弼歷舉傳疏⑪，不遺一言；復詢歷代史，上下三千年，纚纚⑫如貫珠。弼笑曰：「君等伏乎未也？」兩生相顧慘沮，不敢再有問。弼索酒被髮跳叫曰：「吾今日壓倒老生矣！古者學在養氣，今人一服儒衣，反奄奄欲絕，徒欲馳騁文墨，兒撫一世豪傑[13]，此何可哉？此何可哉？君等休矣[14]。」兩生素負多才藝，聞弼言大愧，下樓足不得成步，歸詢其所與遊，亦未嘗見其挾冊呻吟也[15]。

泰定[16]末，德王[17]執法西御史臺，弼造書數千言袖謁之，閽卒[18]不爲通。弼曰：「若不知關中有鄧伯翊耶？」連擊踣[19]數人，聲聞於王，王令隸人捽入[20]，欲鞭之。弼盛氣曰：「公奈何不禮壯士？今天下雖號無事，東海島夷[21]，尚未臣順，間者駕海艦互市於鄞[22]，即不滿所欲，出火刀斫柱[23]，殺傷我中國民，諸將軍控弦引矢[24]，追至大洋，且戰且卻，其虧國體爲已甚。西南諸蠻[25]，雖曰稱臣奉貢，乘黃屋左纛[26]，稱制[27]與中國等，尤志士所同憤。誠得如弼者一二輩，驅十萬橫磨劍[28]伐之，則東西止日所出入，莫非王土矣！公奈何不禮壯士？」庭中人聞之，皆縮頸吐舌，舌久不能收。王曰：「爾自號壯士，解持矛鼓譟[29]，前登堅城乎？」曰：「能！」「百萬軍中可刺大將乎？」曰：「能！」「突圍潰陣得保首領乎？」曰：「能！」王顧左右曰：「姑試之。」問所需，曰：「鐵鎗良馬各一，雌雄劍二。」王即命給予。陰戒[30]善槊[31]者五十人，馳馬出東門外，然後遣弼往。王自臨觀，空一府[32]隨之。暨弼至，眾槊並進；弼虎吼而奔，人馬辟易[33]五十步，面目無色；已而煙塵漲天，但見雙劍飛舞雲霧中，連斫馬首墮地，血涔涔滴。王撫髀[34]驩[35]曰：「誠壯士！誠壯士！」命酌酒勞弼，弼立飲不拜。由是狂名振一時，至比之王鐵鎗[36]云。

王上章薦諸天子，會丞相[37]與王有隙，格[38]其事不下。弼環視四體，歎曰：

「天生一具銅觔鐵肋，不使立勳萬里外，乃槁死三尺蒿下[39]，命也，亦時也。尚何言！」遂入王屋山爲道士；後十年終。

史官曰：「弼死未二十年，天下大亂，中原數千里，人影殆絕。玄鳥來[40]，亦失其家，競棲林木間。使弼在，必當有以自見。惜哉！弼鬼不靈則已，若有靈，吾知其怒髮上衝[41]也。」

作者

宋濂（西元一三一〇年—一三八一年），字景濂，號潛溪，又號玄眞子，諡文憲，浙江省浦江縣人。明初大臣、文學家、史學家。方孝孺的老師，曾任翰林，參與修《元史》。後因故被明太祖朱元璋謫死蜀地。宋濂與劉基、高啓並列爲「明初詩文三大家」，且爲「明代開國文臣之首」。他以繼承儒家道統爲己任，爲文主張「宗經」、「師古」，取法唐宋，著作甚豐。其散文風格質樸簡潔，雍容典雅。

題解

選自《宋文憲公全集》。本文是一篇人物傳記，講述秦士鄧弼的事蹟和遭遇。作者截取鄧弼在酒樓獨飲時強拉儒生較量文學、獨闖王府陳述見識、比武藝等片段爲題材，動作描寫細膩，將鄧弼不同凡俗的性情、文武才能，以及不爲時所用的憤懣心態，生動地表現了出來。

注釋

①秦：今陝西省，又稱關中。

②雙目有紫稜：形容眼光銳利有神，有如紫石中散發出光芒。稜，音ㄌㄥˊ，木材的四角交接處。

③擘：剖，用手分開。音ㄅㄛˋ。

④舁：音ㄩˊ，共同舉起。

⑤使酒：藉酒意而任性使氣。

⑥不我從：不從我。

⑦不能忍君苦：不能忍受你們的輕視。苦，困辱。

⑧箕踞：即箕倨，兩腿前伸而坐，手據膝，形如箕狀。傲慢不敬之姿。箕，音ㄐㄧ。

⑨四庫書：唐玄宗於長安、洛陽兩都各聚書四部，以甲、乙、丙、丁為次，列為經、史、子、集四部。後稱為四庫書。

⑩七經：漢代以來推崇的七種儒家經典。文中泛指儒家經典。

⑪傳疏：闡明經義的文字叫「傳」，音ㄓㄨㄢˋ，解釋傳文的叫「疏」。

⑫纚纚：洋洋灑灑，次序井然。纚，音ㄕˇ。

⑬兒撫一世豪傑：把一世豪傑當小兒一樣看待。

⑭休矣：罷了，算了。

⑮挾冊呻吟：拿著書籍吟詠誦讀。

⑯泰定：元代泰定帝年號。

⑰德王：即馬札兒台，西元一三二七年（泰定四年）拜陝西行台治書侍御史。西元一三四〇年（至元六年）封忠王，死後改封德王。

⑱閽卒：負責守門的兵士。閽，音ㄏㄨㄣ。

⑲擊踣：擊倒。踣，音ㄅㄛˊ，仆倒。

⑳捽：音ㄗㄨˊ，揪、持也。

㉑東海島夷：指日本人。

㉒鄞：鄞縣，屬寧波。

㉓火刀斫柱：指裝備精良。火刀，倭刀，一種兵器。斫，音ㄓㄨㄛˊ，用刀斧砍削。

㉔控弦引矢：拉弓射箭。

㉕諸蠻：各種少數民族。蠻，古代對南方少數民族的泛稱。

㉖黃屋左纛：古代帝王所乘的車上以黃繒為裡的車蓋，名黃屋。帝王車上立在車衡左邊的大旗，以犛牛尾或雉尾裝飾，名左纛。纛，音ㄉㄠˋ，軍中大旗。

㉗稱制：行使天子的權利，猶言「稱帝」。

㉘橫磨劍：長而大的利劍，比喻精銳善戰的士卒。

㉙持矛鼓譟：手持武器，鳴鼓喧噪。激勵士氣之意。

㉚陰戒：暗中命令。陰，暗地的、偷偷的。

㉛槊：音ㄕㄨㄛˋ，長矛。

㉜空一府：一府的人全部出動。

㉝辟易：驚退、退卻。辟，同「避」。

㉞撫髀：拍著大腿。髀，音ㄅㄧˋ，大腿外側。

㉟驩：同「歡」。

㊱王鐵鎗：王彥章，字子明，五代後梁人。驍勇有力，每戰持鐵鎗，皆重百斤，馳騁如飛，軍中號王鐵鎗。

㊲丞相：其時左丞相為倒剌沙，右丞相為塔思帖木兒。

㊳格：阻止。

㊴槁死三尺蒿下：枯而死葬於三尺高之蒿草下。指不得志，寂寞而死。槁，枯。蒿，音ㄏㄠ。

㊵玄鳥：燕子。因毛色黑而得名。

㊶怒髮上衝：即怒髮衝冠，形容極為憤怒的樣子。

評析

眞正的豪傑重視自己的人格氣節，他們深藏不露，從不膚淺炫才。許多自認爲很強的人，在與人爭鬥之中獲得勝利，其實也只是雙方之間的勝利；但是豪傑的胸中藏著雄心壯志，有朝一日必能突破一切障礙，達到他想要達到的境界，這才是眞豪傑！鄧弼是文武雙全的人才，生性剛直，不幸遇到官場上的勾心鬥角，使得原本想報效國家的鄧弼，只能黯然地遁入山中當道士。宋濂此文，正是爲有志之士受到輕賤而抱不平。

經典故事

「嗤、嗤」，兩頭牛正在格鬥，鼻孔外掀，粗魯的噴出熱氣，兩對牛角緊緊的糾纏，誰也不肯放過誰。人們只能遠遠地觀望，不敢分開牠們，唯恐畜牲不長眼，一不小心就被牛踢死或是重傷。

此時，鄧弼忽然跳了出來，他身高七尺，目光銳利如電般散發紫色的光芒。只見他將雙拳重重地打在牛背上，牛立刻筋骨斷裂，身軀仆倒在地，人們看了都駭異不已。

陝西人鄧弼是個豪俠之士，天生勇力過人，市場門前有個鼓形的大石，十個人一起抬都抬不動，可是他光靠兩隻手，就可以舉起大石來回走動，像沒事一樣。

有一天，鄧弼獨自坐在酒樓喝酒，仗著酒意便開始亂發脾氣，怒目橫眉的模樣，每個人見了都嚇得躲開。

鄧弼正想找人麻煩，恰巧此時蕭、馮兩位書生從樓下經過。鄧弼見到他們，不禁「怒從心頭起」，立刻下樓將兩人拉進去，逼他們喝酒。

兩個書生平時就看不起鄧弼，極力抗拒。鄧弼憤怒地喝道：「你們若不肯依從我，我一定殺了你們，再改名換姓、亡命天涯，絕不能忍受你們的輕視。」兩人只好順從他。

鄧弼自己先坐上中間的座位，指著左右的空位，要兩個書生坐下，他一面喝酒，一面唱歌，自得其樂，書生則在旁邊嚇得簌簌發抖。喝到醺醺然的時候，鄧弼便把上衣解開來，伸直了兩腿坐著，「嗆」的一聲拔出明晃晃的刀來，放在桌上，嚇得店內所有人紛紛走避。

書生兩人也驚得魂飛天外，他們平常就知道鄧弼酒後會任性使氣，便想站起來逃走。

鄧弼卻將手一伸，制止他們說：「別走！我好歹也讀過書，你們憑什麼把我看得這麼卑賤？今天我不是找你們喝酒的，只是想發洩心裡的悶氣！現在經史子集隨便你們問，我如果答不出來，就用這把刀自殺！」

蕭、馮兩人面面相覷，說：「真有這種事？」他們心想這莽漢哪裡讀過書，於是選取七部經典中的數十條經義來問他，鄧弼卻把七經的傳文和注疏列舉出來，毫無遺漏；書生又考鄧弼歷代的史事，他竟能將古今三千年的歷史，滔滔不絕地答出來了。

鄧弼笑著說：「你們服不服啊？」兩書生神情沮喪的相互對視。

鄧弼仰頭將酒一飲而盡，把碗摔在地上，披頭散髮狀似瘋人，跳著叫說：「我今天勝過飽學的書生了！古時學者讀書的目的是培養正氣，現代人穿上讀書人的衣服反而死樣活氣，只知道在文章上競爭，卻輕視當代豪傑，這怎麼可以呢？你們走吧！」

兩書生一向自視甚高，聽了鄧弼的話，非常慚愧，連滾帶爬的逃下樓，回去後向鄧弼的朋友打聽，卻從來也沒人看過他拿著書本誦讀。

清

第四十二課

逆旅小子

方苞

經典原文

戊戌秋九月①，余歸自塞上②，宿石槽③。逆旅④小子形苦羸⑤，敝布單衣⑥，不襪不履，而主人撻擊之甚猛，泣甚悲。叩之東西家，曰：「是其兄之孤⑦也。有田一區，畜產什器粗具⑧，恐孺子長而與之分，故不恤其寒饑而苦役之；夜則閉之戶外。嚴風⑨起，弗活矣。」余至京師，再書告京兆尹⑩，宜檄縣捕詰⑪，俾鄉鄰保任而後釋之。

逾歲四月，復過此里。人曰：「孺子果以是冬死，而某亦暴死，其妻子、田宅、畜產皆爲他人有矣。」叩以：「吏曾呵詰乎？」則未也。

昔先王以道明民，猶恐頑者不喻，故「以鄉八刑糾萬民」⑫，其不孝、不弟⑬、不睦、不婣⑭、不任⑮、不恤者，則刑隨之，而五家相保，「有罪奇衺則相及」⑯，所以閉其塗⑰，使民無由動於邪惡也。管子之法⑱，則自鄉師以至什伍之長⑲，轉相督察，而罪皆及於所司。蓋周公所慮者⑳，民俗之偷㉑而已，至管子而又患吏情之遁㉒焉，此可以觀世變㉓矣。

作者

方苞（西元一六六八年—一七四九年），清代散文家。字鳳九，號靈皋，晚年又號望溪，桐城（今安徽桐城）人。康熙五十年，因文字獄牽連入獄，得人營救，兩年後出獄。後官至禮部侍郎。桐城派古文創始人。主張寫文章應講究義法，「義」指文章內容，要符合傳統的倫理綱常；「法」指文章的形式技巧，要結構條理，語言雅潔，從而做到「言之有物，言之有序」。提倡義理、考據、詞章三者並重。著有《方望溪先生全集》。

題解

逆旅小子，指客店裡的小佣人。本文選自《方望溪先生全集》，不僅揭露當時社會的黑暗，表現作者對百姓的同情，並且對官吏怠忽職守表示了不滿，加以抨擊。方苞主張為官應能去除百姓的疾苦，否則與貪官汙吏沒有兩樣，因此官吏不能盡職，朝廷就應嚴加督查，官員也應該彼此監督，才能改變風俗，澄清吏治。

注釋

①戊戌：康熙五十七年，西元一七一八年。音ㄨˋ ㄒㄩ。
②塞上：塞外，邊疆地區。方苞曾多次隨康熙皇帝到塞外承德的避暑山莊。塞，音ㄙㄞˋ。
③宿石槽：住在石槽。石槽，清代順天府順義縣，今北京順義縣。
④逆旅：迎賓客棧。逆，迎。
⑤羸：音ㄌㄟˊ，瘦弱。
⑥敝布單衣：破舊、單層的布質衣服。敝，音ㄅㄧˋ，破的、舊的。

⑦其兄之孤：店主的哥哥死後留下的孤兒。孤，父親去世者為孤。
⑧粗具：大體具備。
⑨嚴風：寒風，指冬季來臨。
⑩京兆尹：原指古代京師地區的行政長官，這裡是說清代的順天府尹，石槽屬順天府管轄。
⑪宜檄縣捕詰：應該行文到順義縣，將店主捉來偵訊。檄，音ㄒㄧˊ，用檄文告知。保任，擔保責任。
⑫以鄉八刑糾萬民：用在鄉野實施的八種刑法來糾正百姓的錯誤行為。八刑，對不孝、不弟、不睦、不姻、不任、不恤、造言、亂民等八種行為的刑罰。
⑬不弟：不順從兄長。弟，音ㄊㄧˋ，同「悌」。
⑭不婣：不和姻親和好親近。婣，音ㄧㄣ，同「姻」。
⑮不任：朋友間不講信用。
⑯有罪奇衺則相及：如果有人犯罪或從事邪惡的行徑，彼此都要連帶受罰。衺，音ㄒㄧㄝˊ，同「邪」。
⑰閉其塗：杜絕掉犯罪的途徑。
⑱管子之法：管子，即管仲，名夷吾，春秋時齊國政治家，被齊桓公任命為卿，改革政治，加強法制，在他的管理下使齊國迅速地強大起來。
⑲鄉師以至什伍之長：鄉師與什伍之長為監察與負責地方事務的官吏。鄉師為周代司徒的下屬，是監察地方事務和鄉民的官員。什伍之長，古代的戶籍編制五家為伍置伍長，十家為什置什長。
⑳周公所慮者：方苞認為八刑是周公深思熟慮所設的。
㉑民俗之偷：人民的品德低下。偷，澆薄。
㉒吏情之遁：官吏欺下瞞上的風氣。遁，欺瞞。
㉓觀世變：考察社會風氣的轉變。

評析

方苞認爲，從前先王用「道義」開導百姓，擔心愚昧的人不明白，所以用「八刑」來督察百姓守法，對那些不孝順父母、不順從兄長、家庭不和睦、姻親不和善、對朋友不講信用、見別人有危難而不幫助的人，按照刑法給予處罰，還要五戶人家相互擔保，有犯罪的話，五家都會受到牽連，藉此達到互相監督的目的。春秋時，管仲治國，也規定若有犯罪發生，就要追究官吏的責任。從逆旅小子的事，與方苞提出用嚴格的手段管理治安，就可看出當時清代世道的墮落。

經典故事

夜深了，旅館依稀傳來小孩子的哭聲，一陣一陣地，哭得很悽慘，夾著大人的聲音，在寒風中更加淒厲。旅館裡的客人被驚醒了。

那時正是秋九月，這位客人奉命出使邊塞，才剛從塞上返回京師，就在石槽這個地方過夜。

客人躺在床上，輾轉反側，無法入眠，因爲這哭聲實在令人揪心的疼。於是他披上外衣走出旅館，看到隔壁有幾位鄰居擺了張桌子，坐在門口喝茶乘涼，就過去向他們詢問：「不知哭泣的孩子是誰？有什麼可憐的身世？」

一位比較年長的鄰居嘆了口氣，說：「這是店主人的哥哥留下的孤兒。他們有一小塊田地，牲口、農具和生活用品大體都具備，但是店主人怕這小孩兒長大會來分家產，所以不管他受冷挨餓，天天差遣他做苦工。到夜裡就把他關在門外，寒風這麼一刮，恐怕就活不成囉。」

這件事讓客人一夜無眠。到了第二天早上，客人早早起床，故意繞到旅館後面散步，果然見到昨晚哭泣的小孩。

這小男孩身體蒼白瘦弱，模樣可憐，身上穿著破布單衣，沒有鞋襪，赤著一雙腳，腳趾和腳底都磨破了。再看看皮膚露出來的地方，青一塊、紫一塊，昨晚店主人凶狠地用鞭子抽打，難怪小孩哭得這樣淒慘。

客人感到忿忿不平，到了京師，就寫了兩封信告訴京兆尹：「應該發下公文，命令縣裡將店主人捉拿審問，讓鄉鄰擔保他以後要好好地對待小孩，然後再放他出去。」

信送出去以後，客人又奉命到別的地方辦公了，也不知道京兆尹是否採納他的意見，更不知道小男孩後來怎樣了。

第二年的四月，客人再次路過這裡，向鄉里人打聽那家旅館。鄉里人卻說：「這孩子在那年冬天就死去了，店主人也突然死了，他的妻子兒女、田地房屋、牲口財物，通通歸別人所有了。」

客人相當震驚，問他們：「那麼，縣裡的官吏曾經審問過店主人嗎？」

鄉人回說：「從來沒有聽說過。」

客人大嘆：「唉，小小孩兒的性命就葬送在這些無能的官吏手中了。店主人爲了謀奪財產，狠心害死哥哥留下的孤兒，到頭來，還不是得將財產拱手讓人？」

第四十三課

左忠毅公軼事

方苞

經典原文

先君子①嘗言：鄉先輩左忠毅公，視學京畿②。一日，風雪嚴寒，從數騎③出，微行④入古寺。廡下⑤，一生伏案臥，文方成草。公閱畢，即解貂覆生，爲掩戶⑥。叩⑦之僧寺，則史公可法也。及試，吏呼名至史公，公瞿然⑧注視，呈卷，即面署第一。召入，使拜夫人曰：「吾諸兒碌碌⑨，他日繼吾志事，惟此生耳。」

及左公下廠獄⑩，史朝夕窺獄門外。逆閹防伺⑪甚嚴，雖家僕不得近。久之，聞左公被炮烙⑫，旦夕且死⑬，持五十金，涕泣謀於禁卒⑭。卒感焉。一日，使史更敝衣草屨，背筐，手長鑱⑮，爲除不潔者⑯，引入。微指左公處，則席地倚牆而坐，面額焦爛，不可辨，左膝以下，筋骨盡脫⑰矣。史前跪，抱公膝而嗚咽。公辨其聲，而目不可開，乃奮臂以指撥眥⑱，目光如炬，怒曰：「庸奴⑲！此何地也？而汝來前。國家之事，糜爛至此，老夫已矣！汝復輕身而昧大義⑳，天下事誰可支拄者？不速去，無俟姦人構陷㉑，吾今即撲殺汝！」因摸地上刑械，作投擊勢。史噤㉒不敢發聲，趨㉓而出。後常流涕述其事，以語人曰：「吾師肺肝，皆鐵石所鑄造也。」

崇禎末，流賊張獻忠㉔出沒蘄、黃、潛、桐㉕間，史公以鳳廬道㉖奉檄㉗守禦。每有警，輒數月不就寢。使將士更休㉘，而自坐幄幕㉙外，擇健卒十人，令二人蹲踞而背倚之，漏鼓移則番代㉚。每寒夜起立，振衣裳，甲上冰霜迸落，鏗然有聲。或勸以少休，公曰：「吾上恐負朝廷，下恐愧吾師也。」史公治兵，往來桐城，必躬造㉛左公第㉜，候太公太母㉝起居，拜夫人於堂上。

余宗老塗山㉞，左公甥也，與先君子善，謂獄中語乃親得之於史公云。

作者

方苞。

題解

左忠毅公（西元一五七五年—一六二五年），名光斗，字遺直，號浮丘，明朝桐城人。萬曆進士，曾任大理少卿，左僉都御史。天啓四年，左光斗上奏彈劾魏閹黨三十二條斬罪，被魏忠賢誣陷下獄，受酷刑死於獄中。魏忠賢死後，左被追謚爲「忠毅」，贈太子少保。軼事，不被世人所知的事蹟。

注釋

① 先君子：兒子對已故父親的敬稱。

②視學京畿：在京城地區擔任考官，時為天啓初年。古代稱擔任考官為視學。畿，音ㄐㄧ，京城的轄區。

③從數騎：帶著幾個騎馬的隨從。騎，音ㄐㄧˋ。

④微行：隱藏身分改裝出行。

⑤廡：廂房、廊屋。音ㄨˇ。

⑥掩戶：關門。

⑦叩：詢問。

⑧瞿然：驚慌而恐懼的樣子。瞿，音ㄐㄩˋ。

⑨碌碌：平庸、無能。

⑩廠獄：明朝東廠所設的監獄。東廠，負責緝查謀反等案件，由太監掌管，為皇帝的特務機關。魏忠賢擅權時期掌管東廠，正直的官吏多受陷害，左光斗也被誣下獄。

⑪逆閹防伺：防範謀逆的宦官窺視。閹，音ㄧㄢ，宦官。

⑫炮烙：以金屬燒紅，燒燙人身的酷刑。音ㄆㄠˊ ㄌㄨㄛˋ。

⑬旦夕且死：命在旦夕。

⑭禁卒：獄卒。

⑮手長鑱：手拿著長柄鏟子。鑱，音ㄔㄢˊ，鏟子。

⑯為除不潔者：裝作打掃糞便的人。為，裝作，同「偽」。

⑰盡脫：全部露出。

⑱以指撥眥：用手指撥開眼眶。眥，音ㄗˋ，眼眶。

⑲庸奴：不識大體的奴才。

⑳昧大義：不明事理。昧，音ㄇㄟˋ，不明白，糊塗。

㉑構陷：編造罪名來陷害。

㉒噤：閉口。

㉓趨：小步走。

㉔流賊張獻忠：明末流寇，後為清兵所殺。

㉕蘄、黃、潛、桐：蘄，蘄州府，今湖北蘄春一帶。黃，黃州府。潛，今安徽潛山。桐，今安徽桐城。

㉖鳳廬道：管理鳳陽府、廬州府的官。明朝在省下設分巡道、兵巡道、兵備道等官，管轄幾個府的軍政等事。鳳陽府，今安徽鳳陽一帶。廬州府，今安徽合肥一帶。

㉗奉檄：奉上級命令。檄，古代官府用以徵召、曉諭或聲討的公文。

㉘更休：輪流休息。

㉙幄幕：軍用的帳幕。

㉚漏鼓移則番代：過了一更鼓時間就輪流替換。漏，古代用滴水計時的器具，名銅壺滴漏。鼓，打更的鼓。番代，輪換。

㉛造：到，往。

㉜第：宅第。

㉝太公太母：指左光斗的父母。

㉞宗老塗山：同族的長輩中號塗山的。塗山，名文，方苞的同族祖父。宗老，同族中輩分高的。

評析

如果你是左光斗，你會不會提攜這位學生？史可法刻苦學習，在風雪嚴寒的日子裡，仍在古寺中苦讀不輟；他尊敬師長，爲老師被捕入獄而擔憂，更冒險進入黑牢探望老師，足見對恩師的關心；他有情有義，在老師不幸死後，仍然經常到老師的家中問候老師的家人；他盡忠職守，工作的時候盡心盡力，時常幾個月不上床睡覺，更能體恤下屬，以身作則。這樣爭氣、努力的史可法，難怪左光斗願意重用他。從這些事件片段中，我們也得以見到左光斗剛強不屈、愛才惜才，以及忠貞爲國的人格精神。作者將左光斗與史可法互相烘托，彼此投射，寫法高妙。

生命的遇合在於「交集」，可以改變人的命運。

左光斗到京城附近督察學政，負責那裡的科舉考試。這晚風雪交加，大街上空無一人，左光斗帶著幾個隨從騎馬出門，暗中進行查訪。

一行人經過一座古寺，見古寺環境十分清幽，便決定進去參訪。古寺的廂房陳設簡單，但頗爲雅致。左公經過一間廂房，看到房裡有個書生趴在桌上睡著了，旁邊放著一篇文章，才剛打好草稿。

一時好奇，左公便拿起卷子來看，越看越驚奇，隨即脫下自己穿的貂皮大衣蓋在書生身上，還替他關上門。出來後詢問和尚，才知道那書生名喚「史可法」。

左公暗暗地將名字記在心裡。考試那天，考場官員對考生一一點名，點到史可法的時候，左公特別注意看他，果然是那晚見到的書生，生得儀表堂堂；再細看卷子，文筆也是第一，就當面簽署爲狀元。

左公請史可法來家中作客，讓他拜見夫人，還當著夫人的面誇獎說：「我的幾個兒子都很平庸，將來能繼承我的志向和事業的，只有這位學生了。」

史可法深深感謝老師對他的賞識與恩情。

當時宦官魏忠賢掌握東廠，壞事作盡，左公和其他人反對魏忠賢，卻不幸被捏造罪名陷害入獄。左公被拘禁到監獄時，史可法每天早晚都到門外偷看，可是宦官們戒備得很嚴密，令史可法相當著急。

很久之後，壞消息傳來了，史可法聽說左公受了酷刑，就快死了，連忙拿了五十兩銀子，哭著向獄卒請求入見。獄卒被感動了，教他換上破衣草鞋，背著竹筐，拿著長鏟子，打扮成清除垃圾的工人，帶他進去探視左公。

史可法一進去，就看到左公靠著牆壁坐在地上，他的面頰、額頭都已經焦黑潰爛，變成一團血肉模糊，左腿膝蓋以下的筋骨都脫離了。

史可法難過得上前跪下，抱著左公的膝蓋便哭泣起來。

左公聽出是史可法的聲音，可是眼睛被血黏住了張不開，就努力舉起胳臂，用手指撥開眼眶，眼神有如火炬般明亮，憤怒地說：「蠢材！這是什麼地方？你敢來！國家的政事敗壞到這個地步，我已經沒希望了，你卻輕忽自己的生命，天下大事還能依靠誰！快走！不用等壞人陷害，我現在就打死你！」

左公隨即摸取地上的刑具，作出要丟擊的樣子。史可法閉口不敢發出聲音，便跑了出來。後來他常流著眼淚說：「老師眞是鐵石心腸啊！」

崇禎末年，史可法去打流寇張獻忠，奉令防守鳳廬道。每當有緊急狀況，就幾個月不上床睡覺，讓將士們輪流休息，自己坐在營帳外面擔任守衛，或者挑選十個健壯的士兵，讓他們兩人一組蹲坐在地上，背靠著他們；一個時辰過去，就換另一組來替代。

這種體恤士兵的心，令人感動。有人勸史可法休息，他就說：「不行！我怕辜負朝廷，更怕對不起我的老師啊！」

史可法感念老師的恩情，每當帶領軍隊經過彭城時，一定親自到左公的府上拜訪，問候太公、太母的生活，並在廳堂上拜見左夫人。

第四十四課

湖之魚

林紓

經典原文

林子①啜茗②於湖濱之肆③，叢柳蔽窗，湖水皆黯碧④若染，小魚百數來會其下。

戲嚼豆脯⑤唾之，群魚爭喋⑥；然隨喋隨逝，繼而存者，三四魚焉。再唾之，墜綴葑⑦草之上，不食矣。始謂魚之逝者皆飽也。尋⑧丈之外，水紋攢動⑨，爭喋他物如故。

余方悟：釣者將下鉤，必先投食以引之。魚圖食而併吞鉤。久乃知，凡下食者皆將有鉤矣。然則名利之藪⑩，獨無鉤乎？不及其盛下食之時而去之，其能脫鉤而逝⑪者幾何也？

作者

林紓（西元一八五二年—一九二四年），近代文學家、翻譯家。原名群玉、秉輝，字琴南，號畏廬、畏廬居士，別署冷紅生。晚稱蠡叟、踐卓翁、六橋補柳翁、春覺齋主人等。福建閩縣（今福州）人。擅長詩詞古文，以翻譯外國名家小說著名。著有《畏廬文集》、詩集、春覺齋題畫跋及小說筆記等。

題解

選自《畏廬文集》。作者從餵魚、觀察魚兒爭食等小事，思考現實中人們爭名奪利的現狀，因而興起感悟，他提醒世人要學聰明的魚，不要貪戀一時的利益，應該即時醒悟，回頭是岸，才是處世的大智慧。

注釋

①林子：林紓自稱。紓，音ㄕㄨ。
②啜茗：喝茶。茗：本指較晚採取的茶葉，現為茶的通稱。
③肆：市集貿易的地方、店鋪。這裡指茶館。
④黯碧：深青綠色。黯，深黑。
⑤豆脯：也就是「豆腐」。脯，音ㄈㄨˇ。
⑥喋：音ㄉㄧㄝˊ，形容成群的魚吃東西的聲音。
⑦葑：音ㄈㄥ。草本植物名。即蕪菁。十字花科蕓薹屬。根扁球形，白色肉質。根和嫩葉可供食用。
⑧尋：古代八尺稱「一尋」。
⑨攢動：形容聚集的樣子。攢，音ㄘㄨㄢˊ，聚合。
⑩藪：音ㄙㄡˇ，原指水少而草木茂盛的湖澤，後比喻人物聚集的地方。
⑪逝：離開。

評析

魚兒爭食是出於生存的需要，然而魚不貪戀一處吃食，也是在險惡的自然環境中發展出來的生存法則。魚兒還有警覺之心，何況是萬物之靈的人？貪官汙吏應該及早懸崖勒馬，才不至落得身陷囹圄的下場。林紓在不到一百五十字的篇幅內，從觀魚搶食而興起感悟，抒發對現實人生的感慨，目的是提醒追逐名利的人，不要被名利誘惑而吞下釣鉤，成為他人的俎上肉。故事寓意深遠，發人深省。

經典故事

林先生坐在西湖邊上的茶館裡喝茶。

坐在窗戶旁，看得到西湖的春波碧草。四周淡雅、幽靜的氣氛，使所有的嘈雜似乎都沉靜下來了。他聽著南屏晚鐘，觀賞雷峰夕照，望向蘇堤春曉。

下垂的柳枝條兒半遮著窗口，眼前那一汪湖水深蒼碧綠，宛若明鏡，猶如被綠染過一樣，底下有百餘條小魚正聚集在窗戶下的水面之中，搖頭擺尾的動作著，十分可愛。

林先生試著將豆脯嚼碎，朝水面吐去，想要餵食這些魚兒，藉以取樂。

魚兒紛紛聚攏過來爭著搶食，一隻疊一隻，互相推擠，你爭我奪好不熱鬧。可是牠們一邊爭食，卻一邊游開了，只有三、四條小魚一直在原地覓食而不走。

林先生覺得很奇怪，不懂那些魚為什麼要游開？於是便再次嚼碎豆脯唾下，這次食物碎片緩緩的沉入水底，而且黏結在茭白的根上，魚兒就不再去吃了。

他一開始以爲魚群游開是因爲都吃飽了的緣故，可是他看見距離窗下一丈左右的地方，水面又泛起一圈圈的漣漪，湖水不住地晃動，那些小魚又像剛剛那樣在爭食其他的東西。

水底下熱鬧非凡。

林先生見了這番景象，頓時想到：

釣魚的人在垂下魚鉤的時候，必定先以魚餌來引誘魚，如果魚兒要想吃食，就會同時吞下釣鉤，那就難逃一死了。但是時間久了，魚兒便看穿這些伎倆，牠們知道凡是有餌的地方多半有釣鉤。魚兒眞聰明啊！

林先生忍不住從「魚」聯想到「人」了：

在那些名利聚集的地方，人們也像魚兒搶食一樣，對功名利祿你爭我奪，難道這其中沒有一種「釣鉤」，專門釣這些人「上鉤」麼？

如果不趁著別人拼命爭奪時，及時逃走，遠離名利是非，最後可能就會遭到不幸。只不過能夠脫鉤而遠走他方的，又有幾個人呢？

第四十五課 費宮人傳

陸次雲

經典原文

費宮人，年十六，未詳其何地人。德容莊麗①。懷宗②語周后，命侍公主③，主絕憐④之。

宮人見上憂寇氛昌熾⑤，未嘗不竊⑥抱杞人憂也。王承恩⑦者，懷宗之近侍也，宮人私向之問寇警。承恩曰：「若⑧居深禁，何用知此？」宮人曰：「惟居深禁，不可不知而豫⑨為計也。」承恩奇之。

寇愈熾，懷宗憂愈深，宮人之問承恩者愈數⑩。承恩曰：「若何不詢諸他人，而惟予數數也？」宮人曰：「人皆泄泄⑪，孰是以君國為意者？吾見公忠誠，故相問耳。」承恩益奇之，曰：「若云『豫為計』，計安出？」宮人曰：「設不幸，計惟有死；要不可徒死耳。」承恩曰：「古人云：『使生者死，死者復生，生者不食其言⑫，可謂信矣。』若能之乎？」宮人曰：「請驗之異日！」

有魏宮人者，年差⑬長於費，亦端麗，素與費善，聞其言，曰：「卿⑭計甚難。吾不能為難者，當其時，惟一死以伸吾志耳！」承恩並奇之。

甲申⑮三月十九日，李自成⑯破都城；王承恩走報帝，帝與后泣別，宮中之人皆環泣。后自縊，袁貴妃亦自縊⑰。帝拔劍刃嬪妃⑱數人，召公主至，曰：「爾年十五矣，何不幸生我家！」左袖掩面，右手揮刃，斷左臂，未死，手慄⑲而止。隨與承恩至南宮，登萬歲山⑳之壽皇亭自縊；帝居中而承恩右，承恩且從容拜命而相隨於鼎湖㉑也。

時尚衣監㉒何新者，趨入宮見帝，不得；見公主仆地，他宮人悉散走，惟費宮人哭侍其側；相與救之而甦。公主曰：「父皇賜我死，我何敢偷生？且賊至，必索宮眷，我終難匿也。」宮人曰：「請以主服賜婢，婢當誑賊以脫主；顧㉓安所往乎？」何新曰：「國丈㉔第可也。」主授衣與婢泣而與之別。新倉皇負主出。

李自成射承天門㉕，將入宮，魏宮人大呼曰：「賊人入大內㉖，我輩必受辱，有志者早爲計！」奮身躍入御河㉗。須臾，從之者盈三百，翠積脂凝㉘，河水爲之不流，而香且數日也。

費宮人目送其死而還，服主服，匿智井㉙中。賊鉤而出，見李自成，曰：「我，長公主也，若不得無禮！」自成見其豐豔，心欲納之，而每陞御座，輒神搖目眩，見白衣人長數丈者在前立，又恍如帝之辟易㉚於其左右也，心畏之而不敢，以賜其愛將羅姓者。羅於闖衛陷攻取，居首功，故自成賜之以酬勳。羅甚喜。宮人曰：「闖命，吾不敢違矣！然我，帝子㉛也。爾能設祭祭先帝，而祔㉜從難太監王承恩於其側，從容盡禮，則從子矣。」羅更喜甚，從其請。宮人泣拜先帝畢，併拜承恩，曰：「王公！王公！爾能死而復生以驗吾言乎？

吾將踐平生言矣！」

諸賊大張樂，爲羅賀。羅痛飲大醉。入內，宮人亦具酒，爲同牢巹酌㉝，又以大觥㉞連飲羅。羅曰：「吾得子，欲草一疏㉟謝闖王，而愧無文。」宮人曰：「是何難？我能之。君盍㊱寢，俟我撰就語君也。」羅愈喜，陶然㊲就臥，鼾如雷。

宮人屏去㊳侍女，挑燈㊴獨坐。聞中外之籟㊵俱靜，於是以纖指挾匕首，睨羅賊之喉，力刺之。羅頸裂，負痛躍起；屢仆屢躍而始僵。賊眾驚起，排闥㊶救之，已無及。時華燭㊷尚明，眾見宮人盛妝端坐而無語，審視之，則已刎㊸粉項㊹而悠然逝矣！聞於自成，自成駭歎而禮葬之，遂以爲公主已死而不復索。

作者

陸次雲，生卒年不詳，約康熙年間人。字雲士，人號北墅。浙江錢塘人。康熙十八年（西元一六七九年）舉「博學鴻儒」，可惜並未中選。次年，授郟縣（今屬河南）知縣。因父喪而辭去。後又擔任江蘇江陰知縣，有德政。擅長詩文，著作有《澄江集》一卷、《八紘譯史》四卷、《圓圓傳》等，內容多荒誕迷信的題材。

題解

明末時，闖王李自成攻進北京，崇禎皇帝自縊，大臣棄主逃走，當時宮中有長平公主、太子永王及宮人費貞娥。費宮人出生在天津東門里大費家胡同，是天津僉事費敬的族人，從小機智靈敏。

事發當晚，她要公主和太子急速逃走，自己扮成公主。當闖王進宮，費宮人被抓，她自稱長平公主，闖王見她相貌出眾，就將她賜與羅將軍。洞房花燭夜，費宮人用酒將羅灌醉後，用利刃刺死，自己也自盡而死。

注釋

①德容莊麗：形容女子品德端莊，容貌美麗。
②懷宗：明崇禎皇帝，即朱由檢，在位十七年，李自成攻入北京後，自縊而死。諡思宗。
③公主：懷宗的次女，周后所生，稱坤興公主，清朝追諡為長平公主。被懷宗以劍砍斷左臂後，藏匿於民間。清順治二年上書清廷，願削髮為尼，清廷不許，命她仍和未婚夫周顯成婚。順治三年病死。
④絕憐：很喜愛。絕，很。憐，愛。
⑤氛昌熾：氣勢昌盛。熾，音ㄔˋ，旺盛。
⑥竊：私下。
⑦王承恩：懷宗時為司禮秉筆太監，極獲信任。城破，隨懷宗自縊身亡。
⑧若：你。
⑨豫：同「預」，預先。
⑩數：音ㄕㄨㄛˋ，常常。
⑪泄泄：音ㄧˋㄧˋ，從容自在的樣子。
⑫不食其言：不會違背諾言。
⑬差：音ㄘ，略，稍。
⑭卿：你。
⑮甲申：明懷宗崇禎十七年，西元一六四四年。
⑯李自成：明陝西米脂人，崇禎初年自立為闖王，又稱李闖。崇禎十七年三月十九日攻陷北京城，懷宗自縊而死。

吳三桂引清兵入關後，李往西遁走，清順治二年九月，在湖北通城九宮山被村民所困，自殺而死。

⑰ 袁貴妃亦自縊：袁貴妃自縊時繩斷未死，懷宗拔劍殺之，仍未死。清廷命有司給其錢穀，贍養終身。

⑱ 刃嬪妃：砍殺宮妃。刃，動詞，殺。嬪：音ㄆㄧㄣˊ，古代帝王身邊的侍妾或宮女。

⑲ 慄：顫抖。音ㄌㄧˋ。

⑳ 萬歲山：指景山，相傳明永樂年間修築宮殿時曾在此堆煤，又稱煤山，在今北京神武門外。

㉑ 鼎湖：傳說古代黃帝乘龍昇天的地方，後來指帝王之死。

㉒ 尚衣監：明代官名，掌供天子衣服，由宦官擔任。

㉓ 顧：但，只是。

㉔ 國丈：指周后的父親周奎。

㉕ 承天門：在北京舊紫禁城午門內，明朝皇極殿的正門，現已沒有此門名。

㉖ 大內：皇宮。

㉗ 御河：皇宮裡的河。

㉘ 翠積脂凝：形容宮女的屍體堆滿了河中。翠，首飾。脂，音ㄓ，脂粉。

㉙ 眢井：枯井。眢，音ㄩㄢ，枯井無水。

㉚ 辟易：同「避移」，形容懷宗身影閃躲的樣子。

㉛ 子：指女兒。古人稱子兼指男女。

㉜ 祔：音ㄈㄨˋ，原指新死者與祖先合享的祭祀，此指王承恩附隨懷宗一起受祭。

㉝ 同牢巹酌：古代婚禮中夫婦共食一牲並合飲交杯酒。牢，祭祀用的牲畜。巹，音ㄐㄧㄣˇ，古代婚禮用的酒器。

㉞ 觥：音ㄍㄨㄥ，用兕牛角製成的酒器。

㉟ 疏：音ㄕㄨ，奏章。

㊱ 盍：音ㄏㄜˊ，何不。

㊲ 陶然：這裡形容醉飲而怡然自得的樣子。

㊳ 屏去：遣走，支開。

㊴挑燈：撥動燈芯，使燈火更明亮。
㊵籟：聲響。
㊶排闥：推開門。闥：音ㄊㄚˋ，門。宋．王安石有詩句：「一水護田將綠繞，兩山排闥送青來。」（〈書湖陰先生壁〉）
㊷華燭：花燭。
㊸刭：音ㄐㄧㄥˇ，以刀割頸。
㊹粉項：形容女子頸子的柔白，好像粉一樣。

評析

本文出現的兩位女性費宮人與魏宮人，在國破家亡後選擇的路並不同：魏宮人衡量自己沒有報仇的能耐，選擇跳河自盡；費宮人則謀劃報仇的計畫，等到仇報了才自盡殉國。兩者都需要莫大的勇氣，但是費宮人又多了智謀，是有勇有謀的奇女子。太監王承恩也是有始有終的人，陪伴崇禎到最後，上吊殉國。作者利用對比的方式，突顯了兩位女性、忠臣、昏君、流寇的形象，人物栩栩如生。

經典故事

莊重美麗的費宮人，是崇禎皇帝賜給公主的侍女，今年才十六歲，照理說，還在天真稚氣的時期，然而現在她卻蹙著眉頭，臉上充滿了擔憂。

近來流寇猖獗，皇帝非常憂心，費宮人便也跟著擔心。有一天，她忍不住拉了皇帝的近侍王承恩問長問短。王承恩說：「像妳這樣住在深宮的人，哪用得著知道。」費宮人卻說：「就是因爲住在深宮，才必須提前知道啊！」王承恩感到訝異，認爲費宮人不是普通的女子。

賊寇越來越猖獗，皇帝更擔心了，費宮人問王承恩的次數也更多了。王承恩有些不耐煩，說：「妳爲什麼只問我呢？」費宮人說：「因爲別人都不關心皇上與政事，只有您盡忠職守，所以才問您。」

王承恩更加認爲費宮人是奇女子，就問：「上回妳說要提前知道，是爲什麼？」費宮人說：「假如眞的發生不幸，當然只有一死殉國，不過我要報仇了才能死。」王承恩奇道：「此話當眞？」費宮人說：「以後就知道了。」

另一個魏宮人，年紀比費宮人大些，也很端莊美麗，聽她這樣說便道：「報仇很難，我怕做不到，如果大難眞的來臨，我只能一死表明心跡了。」王承恩暗暗納罕，認爲魏宮人也是奇女子。

闖王李自成終於攻破皇城。王承恩將噩耗報告上來，崇禎皇帝與周皇后哭著告別，所有人都哭了，周皇后與袁貴妃上吊自盡，皇帝拿劍殺了許多妃子，又把長平公主叫來說：「妳爲何要生在帝王家！」說完，就用左袖擋住臉，右手提劍砍去，如同切豆腐般砍斷了公主的左臂。

公主躺在血泊中一時沒死，皇帝看見親生女兒的慘狀，手不禁顫抖起來，沒有力氣再砍，於是出宮在景山上吊自殺。王承恩從容地拜了幾拜，也殉死了。

宮中一片死寂，費宮人的哭聲在走廊間迴盪，十分淒涼，她和太監何新把公主救醒。公主虛弱的說：「父皇讓我死，我怎麼敢偷生？等下賊人入宮，我終究會被找到的。」

費宮人溫柔但是堅定的說：「請把您的衣服賜給我，我冒充您，好讓您逃走。」公主就把衣服給了費宮人。何新背著公主匆匆逃走了。

終於，李自成從承天門入宮來了。魏宮人大聲喊：「賊人來了！妳我必定受到汙辱，該做最後的打算了！」說完就跳河自盡，跟她跳河的宮女超過三百人，女子的裝飾和脂粉鋪滿了河面，河水還因此阻塞，香味幾天也散不去。

費宮人目送魏宮人自盡後，就轉身回去換上公主的衣服，將自己藏在井中。闖王的軍隊進來後，大肆搜索，把她強行拉了上來。

費宮人見到李自成，嚴正的說：「我是長公主，不可無禮！」

李自成見到她的花容月貌，便想將她收爲妻妾，但是每次坐在龍椅上，就覺得頭暈眼花，看到好幾丈高的白衣人站在前面，彷彿看到崇禎皇帝趕他走。李自成心裡害怕，於是把她賜給了羅將軍。

羅將軍自然非常歡喜。費宮人卻說：「我畢竟是公主，如果你讓我祭拜父皇，我就心甘情願的嫁給你。」羅將軍很高興，便聽從了她的請求。

新婚之夜，羅將軍在喜筵上喝到大醉。回新房後，打扮得如花似玉的費宮人也準備好筵席，不停勸酒。羅將軍高興得喝醉了，就躺下來睡覺，鼾聲大作。費宮人便打發掉侍女，聽到周圍都沒聲音了，就拿出刀來，往羅將軍的喉嚨砍下，他痛得從床上跳起來，掙扎了幾下就死了。

屋外的人大驚，連忙推門進來搶救，但已經晚了，只見費宮人盛裝打扮好，低頭沉默的坐在床上。侍衛上前一看，才知道她已經刎頸自盡。

這件事傳到李自成那裡，李自成相當驚嘆，就將「公主」以禮安葬，於是賊人都以爲公主已死，從此不再追緝，眞正的長平公主才能逃過此劫。

第四十六課

偷靴

袁枚

經典原文

或著①新靴行市上，一人向之長揖②，握手寒暄，著靴者茫然曰：「素不相識。」其人怒罵曰：「汝著新靴便忘故人③！」掀其帽擲瓦④上去。著靴者疑此人醉，故酗酒。方彷徨間，又一人來，笑曰：「前客何惡戲耶！尊頭暴烈日中，何不上瓦取帽？」著靴者曰：「無梯，奈何？」其人曰：「我慣作好事，以肩當梯，與汝踏上瓦，何如？」著靴者感謝。乃蹲地上，聳其肩。著靴者將上，則又怒曰：「汝太性急矣！汝帽宜惜，我衫亦宜惜。汝靴雖新，靴底泥土不少，忍汙我肩上衫乎？」著靴者愧謝，脫靴交彼，以襪踏肩而上，其人持靴徑⑤奔，取帽者高居瓦上，勢不能下。市人以爲兩人交好，故相戲也，無過問者。失靴人哀告街鄰，尋覓得梯才下，持靴者不知何處去矣。

作者

袁枚（西元一七一六年—一七九七年），清代詩人。字子才，號簡齋，又號隨園老人，浙江錢塘（今浙江杭州市）人。曾任知縣。辭官後定居江寧，在小倉山下購築「隨園」隱居。袁枚在《隨園詩話》中說：「詩人者，不失其赤子之心者也。」強調作詩要有眞性情、有個性。詩作多寫性靈，抒發閒情逸致，有關民生社會的題材不多，卻別具清新靈巧。著有《小倉山房詩文集》、詩評《隨園詩話》、筆記小說《子不語》等。

題解

選自《子不語》，是一篇筆記小說。筆記小說，是內容以異聞、瑣事、雜事爲主的文言短篇小說。本文敍述一個穿新靴的人在街上行走，被兩個歹徒連哄帶騙地拿走靴子，手法猶如現代的「金光黨」。文章雖短，但作者用對話和動作描摹人物靈活生動，結局令人啼笑皆非，而且具有警世意義。

注釋

① 著：音ㄓㄨㄛˊ，穿上。
② 長揖：拱手高舉，自上而下的相見禮。
③ 故人：老友。
④ 瓦：覆於屋頂上，用以遮蔽風雨的建築材料。此指屋頂。
⑤ 徑：直接。

評析

袁枚曾說：「作人貴直，作詩文貴曲。」這篇〈偷靴〉便是用「曲折」的方式說故事。第一個丟帽子的騙子，讓人誤以爲他只是惡作劇。第二個騙子，則讓人以爲是善心人。直到最後，讀者才發現：原來是兩個騙子串謀設計的偷靴方法。騙子是洞察人性的詐騙者，他們善於洞察人性，往往利用人性的弱點達到詐騙的目的，現今社會中也有許多這類的拐騙事件，本文正有警惕人心的作用。下文「經典故事」以第一人稱改寫文章，透過騙子的角度來書寫，描寫騙子的心理，可製造懸疑的戲劇效果。

經典故事

我從事的這行業很辛苦，就像一般人需要努力工作才能豐衣足食。這工作特別的是很需要團隊合作，所以我和同事們培養出很好的默契。

今天我走在街上，準備工作了，忽然見到一個人穿著新靴子在街上走，那是一雙經典的黃色圓頭靴，簇新的料子柔軟服貼的包裹在腿上，輕便又保暖。

我朝著他走去，對他拱手行禮，拉著手親切問候：「老兄，咱們好久不見，真巧在這裡遇到你。」

他一臉茫然的看著我，說：「我和你不認識啊！」他緊皺著眉，像要從腦中搜索關於我的記憶。

我還是笑著對他說：「老兄，你穿上新靴就忘了老朋友嗎？」我打算捉弄他，就掀起他的帽子，丟上旁邊房屋的屋頂，又怕被責怪，就迅速的跑走了。

跑了一小段路，回頭看看，穿靴的並沒有追上來，我就偷偷的從另一條路溜回原來的地方，一看，他果然還在那裡，正抬頭望著屋頂上的帽子，不知該如何是好。

我偷偷地笑了，他一定是懷疑我喝醉了藉酒鬧事，才這樣捉弄他。我便留在附近看好戲。

這時候，又有一個人走了過來，那人的長相斯文，頭上戴著讀書人的頭巾，衣著十分整潔，他笑著對穿靴的說：「剛才那人怎麼對你惡作劇呢？現在你的頭暴露在大太陽底下，恐怕會被晒暈，爲什麼不爬上屋頂拿回帽子呢？」

穿靴的苦著一張臉，說：「唉，算我倒了楣！這下沒有梯子該怎麼辦？」

讀書人搖著頭，嘆口氣說：「算了算了！我經常做好事，那就用我的肩膀當作梯子，讓你踏上去屋頂拿帽子，怎麼樣？」

穿靴的很感謝，高興的對讀書人行禮。讀書人就蹲下去，聳起肩頭。

穿靴的正要踏上去，讀書人卻生氣的說：「你太性急了吧！你珍惜你的帽子，我也珍惜我的衣服啊！你的靴子雖然很新，但是鞋底的泥土也不少，你忍心弄髒我的衣服嗎？」

穿靴的非常不好意思，羞愧地道歉，便急急忙忙脫下靴子交給他，只穿襪子踏著讀書人的肩頭，順利的爬上了屋頂。

穿靴的很輕鬆就拿到他的帽子，當他要下來地面時，卻見讀書人拿著他的靴子跑走了。他愣住了，站在屋頂上無法下來，只能看著那人的身影越來越遠，最後終於看不見了。

街上的行人以爲他們是好朋友，只是故意戲弄對方而已，因此也沒人理會。失去靴子的人，只好在屋頂上苦苦哀求街坊鄰居找來梯子救他，弄了老半天才下來地面，而拿走靴子的人已經不知去向了。

我看到這裡，忽然背後有一隻手輕輕的拍我肩膀，回頭看，那個讀書人手上拎著一雙新靴子，得意的對我說：「這靴子很值錢呢，咱們拿到城裡賣，一個月吃穿都不是問題啦！」

我也得意的笑了。這行很辛苦，得大傷腦筋才能有收穫，而且如果「目標」太精明，防備心太高，可能就做白工了，但幸好愚昧的人多，而聰明的人少，看來這份工作可以持續下去了，哈哈！

第四十七課

芋老人傳

周容

經典原文

芋老人者，慈水祝渡①人也。子傭出②，獨與嫗居渡口。一日，有書生避雨檐下，衣濕袖單，影③乃爲瘦。老人延入座，知從郡城就童子試④歸。老人略知書，與語久，命嫗煮芋以進，盡一器，再進，腹爲之飽，笑曰：「他日不忘老人芋也。」雨止，別去。

十餘年，書生用甲第爲相國⑤，偶命廚者進芋，輟箸歎曰：「何向者祝渡老人之芋之香而甘也！」使人訪其夫婦，載以來。丞、尉⑥聞之，謂老人與相國有舊⑦，邀見，講鈞禮⑧。子不傭矣。

至京，相國慰勞曰：「不忘老人芋，今乃煩爾嫗一煮芋也。」已而嫗煮芋進，相國亦輟箸曰：「何向者之香而甘也！」老人前曰：「猶是⑨芋也，而向之香且甘者，非調和⑩之有異，時位之移人⑪也。相公昔自郡城走數十里，困於雨，不擇食矣。今者堂有鍊珍⑫，朝分尚食⑬，張筵列鼎⑭，尚何芋是甘乎？老人猶喜相國之止於芋⑮也。老人老矣，所聞實多。村南有夫婦守貧者⑯，織紡井臼⑰，佐讀勤苦，幸獲成名，遂寵妾媵，棄其婦，致鬱鬱死。是芋視乃婦⑱也。城東有甲乙同學者，一硯一燈、一窗一榻，晨起不辨衣履。乙先得舉⑲，登仕路，聞甲落魄，笑不顧，交以絕。是芋視乃友也。更聞誰氏子⑳讀書時，願他日得志，廉幹如古人某，忠孝如古人某；及爲吏，以汙賄不飭㉑罷。是芋視乃學也。是猶可言也。老人鄰有西塾㉒，聞其師爲弟子説前代事，有將相，有卿尹㉓，有刺史守令㉔，或綰黄紆紫㉕，或攬褰裳帷㉖，一旦事變中起㉗，釁孽外乘㉘，輒屈膝叩首，迎款㉙唯恐或後，竟以宗廟社稷、身名君寵，無不同于芋焉。然則世之以今日而忘其昔日，豈獨一箸間哉！」

老人語未畢，相國遽懼謝曰：「老人知道㉚者。」厚資而遣之，于是老人之名大著。

作者

周容（西元一六一九年—一六七九年），字鄮山，一字茂三，一作茂山。號躄堂，鄞（今浙江寧波）人。明亡後曾落髮爲僧，後因奉養母親而還俗。周容負才名，有俠氣，曾受到戴殿臣御史的提攜，戴被海寇所掠時，他便以身爲質，代替受刑，以致足跛。康熙十八年，清廷開設詞科，召周容入京，他堅辭不就。於詩文書畫用工皆勤，時人稱他「畫勝於文，詩勝於畫，書勝於詩」。著有《春涵堂集》。

題解

選自《春涵堂集》。講述一位老人以煮芋頭招待貧寒的書生，書生覺得芋頭的味道十分香甜，立誓不忘老人的恩情。後來書生當上宰相，一日，吃廚師煮的芋頭，卻覺得沒有從前吃過的香甜，便將老人接來問究竟。老翁說，味道的好壞不是由於烹調方式，而是由於時空環境和個人際遇，人不能因爲眼前的榮華而忘掉過去。文章蘊含深刻的道理，發人省思。

注釋

① 慈水祝渡：浙江慈溪縣祝家渡，在慈溪縣西南約三十華里。
② 傭出：外出做傭工。
③ 影：身影，指體形。
④ 童子試：明清科舉時代童生的進學考試。
⑤ 用甲第為相國：由考取一甲進士而官至宰相。
⑥ 丞、尉：縣官的副職和助理官員。
⑦ 舊：舊誼、舊交。
⑧ 講鈞禮：行平等之禮，免除了尊貴上下之禮。鈞，同「均」。
⑨ 是：此。
⑩ 調和：烹調的意思。
⑪ 移人：改變人的性情。
⑫ 錬珍：烹製精美的食品。
⑬ 朝分尚食：於朝廷中分得皇帝賞賜的食品。尚食，官名，掌皇帝飲食。
⑭ 列鼎：比喻聲譽崇高，享有尊榮的地位。古時王侯公卿列鼎而食。鼎是青銅鑄成的炊器，後表示饌食豐美。
⑮ 止於芋：只是食芋時味覺有了改變。
⑯ 有夫婦守貧者：有一對貧苦的夫婦。強調「守貧」，含褒意。
⑰ 織紡井臼：操辦衣食，勤苦度日。井臼，汲水、舂（ㄔㄨㄥ）米。

⑱是芋視乃婦：這芋頭如同其妻子。是，此。乃，他的，其。指文中相國食芋昔甘今厭的態度。
⑲得舉：科舉及第。
⑳誰氏子：不知名的人，猶某家子。
㉑不飭：不守規矩，行為不軌。飭，音ㄔˋ。
㉒西塾：學塾。古時禮儀，主位在東，賓位在西。所以稱塾師為西賓，稱學塾為西塾。
㉓尹：京尹，京城地方長官。音ㄧㄣˇ。
㉔刺史守令：指府、州、縣三級地方長官。
㉕綰黃紆紫：形容官員身繫官印。綰，音ㄨㄢˇ，繫。黃，指代金印。紆，音ㄩ，繫戴，佩帶。紫，指代繫印的紫色絲帶。
㉖攬褰裳帷：撩起車轎的簾幔，形容官員做出要匡世濟民的模樣。褰，音ㄑㄧㄢ。裳，音ㄔㄤˊ。
㉗事變中起：宮廷中發生政治變故。
㉘釁孽外乘：外來的禍患乘機發生。釁，音ㄒㄧㄣˋ，爭端。孽，音ㄋㄧㄝˋ，災禍。乘，音ㄔㄥˊ，趁機。
㉙迎款：迎降歸順。
㉚知道者：懂得道理的人。

評析

荀子說過：「時位移人。」意思是隨著時間的推移、個人地位的變化，將使人在思想和品格等方面跟著改變。又有句話說：「換了位子就換了腦袋。」世上有太多因爲地位改變而改變初衷的例子，周容借賣芋老人之口揭露了這些現象。其實人的思想本來就不斷在變化，「時位移人」是自然，也是必然的。賣芋老人提出「莫忘初衷」，提醒相國要回到最初的心意，他想喚醒的，其實是人性中純樸與善良的一面，同時也是提醒享受榮華富貴的爲官者，不要忘記爲官的初衷是勤政愛民、清廉自持。

賣芋的老人與妻子是一對獨居老人，他們的兒子出外工作，只剩下老夫婦住在渡口相依爲命。

那天老人和平常一樣在家裡，忽然發現有位書生站在外頭的屋簷下躲雨，他身上的衣裳單薄，而且被雨水淋濕了，看起來弱不禁風的樣子。

老人便請書生進來坐坐，一問之下，才知道原來書生剛從城裡參加考試回來。老人略懂些詩書，談吐不凡，兩人談了好一陣子，老人就要求妻子煮芋頭請書生吃。

不久芋頭煮好，端出來時香味四溢，書生禁不住吃了一碗又一碗，十分飽足，他摸著肚子笑說：「將來一定不忘您老人家請的這頓芋頭！」等雨停了，書生就告辭離去。

時光飛逝，轉眼十多年過去了，書生已經擔任相國，富貴至極。

有一回相國心血來潮，要廚師煮好芋頭呈上，但他吃沒兩口就放下筷子嘆道：「爲什麼從前老人請的芋頭那麼香甜呢？」於是派人將老夫婦請過來敘舊。

相國高興的見過老人，寒暄後，終於開口要求：「我一直無法忘記您家的芋頭，今天想請老太太爲我煮芋。」老夫婦很乾脆的答應了。

不久老太太再度端上芬芳的芋頭，但相國嚐了幾口，還是失望的放下筷子，嘆道：「爲什麼從前吃過的芋頭比較甜美呢？」

老人眼神柔和的看著他，說：「那是因爲您的地位改變了呀！您當時只是個窮書生，淋雨後飢不擇食，吃什麼都覺得香，但現在天天有精美的佳餚可品嘗，怎能再體會芋頭的甜美呢？芋頭沒變，變的是人，但我還是很高興您只有口味改變而已。」相國聽了，一時半刻說不出話來。

老人又悠悠的說：「我年紀大了，聽過不少故事。村子南邊有對貧苦夫妻，妻子辛苦的操持家務幫助丈夫讀書，丈夫功成名就後，卻拋棄糟糠之妻而寵愛小老婆，害妻子憂鬱而死。城東有甲、乙兩位同學，他們一起苦讀，不分彼此，後來乙先做官，聽說甲潦倒了卻袖手不管，全忘了過去的友情。又聽說某人的孩子讀書時，家人對他殷切期待，指望他廉潔、有操守，但是他做官後，卻因爲貪汙被免職，所學的道理被拋在腦後。鄰居的私塾老師爲學生講故事，說到前朝高官得到朝廷俸祿、君王寵愛，卻在異族入侵時背叛國家，將往日的恩義拋棄。人有了今天就忘記昨天，豈止這頓芋頭而已！」老人語重心長的說著。

相國聽了老人的這番話，內心十分感動，連忙向老人行禮道謝。此後，老人賢明的名聲便傳揚開來，而相國不忘當初的芋頭和老人的恩情，也表現出他的賢達。

鵝籠夫人傳

周容

經典原文

鵝籠①夫人者，毗陵②某氏女也。幼時，父知女必貴，慎卜③婿，得鵝籠文，即婿之。母曰：「家云何？」曰：「吾恃④其文爲家也。」家果貧，數年猶不能展一禮⑤。妹許某，家故豪⑥，遽行聘⑦。僮僕高帽束絛⑧者將百人，筐篚⑨亙里許。媒簪花曳彩，嘿⑩部署，次第⑪充庭戺⑫，錦繡、縠⑬、珠釧⑭，金碧光照屋梁。門外雕鞍駿騎，起驕嘶聲。宗戚壓肩視，或且曰：「乃姊家何似矣？」媼婢共圍其妹，歡笑吃吃。夫人靜坐治針⿰米束黹⑮，無少異容。一日，母出妹所聘幣⑯，裁爲妹服，忽愠曰：「爾姊勿復望此也！身屬布矣！」夫人聞之，即屏⑰去絲帛，內外惟布。再數年，鵝籠益落魄⑱。夫人妹已結鴛鴦枕，大鼓吹，簇鳳輿⑲出閣去。夫人靜坐治針黹，無少異容。

壬子⑳秋，鵝籠歲二十四，舉於鄉。夫人母謂已出意外，即鵝籠亦急告娶，夫人謂母曰：「總遲矣。」於是鵝籠愧而赴京。中兩榜㉑，俱第一人，名哄天下。南京兆㉒聞狀元貧，移公帑㉓金代行聘，官吏奔走執事㉔，宗戚媼婢間，視妹時加甚。夫人仍靜坐治針黹，無少異容。已而鵝籠奉特恩賜歸，以命服㉕娶。撫、按[26]使者已下及郡守，俱集驛庭候，鵝籠親迎。自毗陵抵鵝籠家，絳紗併兩岸數十里，縣令角帶[27]出郊，伏道左。女子顯榮，聞見夫有也。十年爲相，夫人常以禮規放佚[28]，故鵝籠當時猶用[29]寡過聞。壬申，夫人卒於京邸[30]，朝廷賜祭者七，遣官護喪歸，敕[31]有司營葬。紼引[32]日，公卿勳貴，尊幄[33]鱗次，東郊如雲。水陸南經二十餘里，幾筵相接。卒時語鵝籠曰：「地高墜重，公可休矣！妾不自如何故，以今日死爲幸。」

閱歲，鵝籠予告[34]回里。久之，復夤緣[35]再相，縱淫恣亂政，賜死。

贊[36]曰：予至燕，聞鵝籠小帽青衫死古廟中，刑部錦衣諸官鑰門，覆命去。屍掛三日，旨下始殮，牛車載柳棺出郭[37]，無一視者。未死時，京師盛傳「十子謠」，十子者，如葉子[38]、附子[39]類。葉子戲初起，鵝籠篤好之，偕客鬥，恆通曙。直宿內閣[40]，輒攜女子男妝入。予友徐心水時爲侍御，嘗語予曰：「鵝籠善啖附子，對客不去口，故面如紅玉。」其賄也，厭銀矣，以金；金厭矣，以珠，俗稱金球俱親之以子，故與在十子，餘子予偶忘焉。鵝籠再相如此，知夫人卒時所言，固已窺其微也。嗚呼！夫夫[41]之得罪於國也，固先得罪於婦矣。

作者

周容。

題解

本文的鵝籠，據說影射明崇禎的宰相周延儒。作者藉著鵝籠夫人的言行與鵝籠對比，諷刺鵝籠的墮落。周延儒，字玉繩，號挹齋，江蘇宜興人。癸丑科連中會元、狀元。崇禎二年，命入內閣爲首輔。崇禎六年，周被溫體仁逐出京城；崇禎十年，溫體仁被罷免，周又入閣。崇禎十六年，清軍大兵壓境，周請求帶兵抗清，但出了京城後卻駐軍不敢迎戰，每日與部屬飲酒作樂，向朝廷謊報軍情。後來清軍兵退，錦衣衛指揮使駱養性上疏揭發眞相，其他官員也彈劾周。崇禎十七年，周被削職安置正陽門外古廟，賜自盡。

注釋

① 鵝籠：據《續齊諧記》記載，宜興人許彥遇一書生腳痛，要求坐進許彥的鵝籠裡，許彥讓書生入籠，負之不覺重。書生又從口中吐出佳餚器皿與許共飲。情節與幻術有關。這裡鵝籠喻宜興書生，借指周延儒。
② 毗陵：古縣名，即江蘇省武進縣。毗，音ㄆㄧˊ。
③ 卜：選擇。
④ 恃：音ㄕˋ，依靠。
⑤ 一禮：古代在確立婚姻過程中的六種禮儀。即納采、問名、納吉、納徵、請期、親迎。一禮指其中之一。
⑥ 豪：奢侈。
⑦ 行聘：下聘訂婚。
⑧ 絛：音ㄊㄠ，用絲編成的繩帶。
⑨ 篚：音ㄈㄟˇ，古代盛物用的圓形竹器。
⑩ 嘿：音ㄇㄛˋ，同「默」，閉口不說話。
⑪ 次第：轉眼，頃刻。

⑫戺：音ㄕˋ，堂前階旁所砌的斜石。
⑬縠：音ㄏㄨˊ，縐紗。
⑭珠釧：珠寶首飾。釧，音ㄔㄨㄢˋ，手鐲。
⑮針黹：縫紉、刺繡等工作。黹，音ㄓˇ，女紅的通稱。指刺繡、縫紉等事。
⑯幣：禮物，財物。
⑰屏：音ㄅㄧㄥˇ，除去。
⑱落魄：失意，窮困。
⑲鳳輿：花轎。輿，音ㄩˊ，轎子。
⑳壬子：萬曆四十年（西元一六一二年）。
㉑中兩榜：會試、殿試皆考中。明萬曆四十一年，周延儒會試、殿試均為第一名。
㉒南京兆：南京的京兆尹。
㉓帑：音ㄊㄤˇ，國有的錢財、公款。
㉔執事：擔任工作，從事勞役。
㉕命服：古代官員按其等級所穿著的衣服。
㉖按：巡按。明代派監察御史分視各省區，考核吏治，稱巡按。
㉗角帶：裝束打扮。角，結髮為飾。帶，束衣帶。
㉘放佚：放縱享樂。佚，音ㄧˋ，同「逸」，放蕩的、放縱的。
㉙用：以，因此。
㉚邸：音ㄉㄧˇ，府第。
㉛敕：音ㄔˋ，命令。
㉜紼引：牽引靈車的繩索。此指靈柩啓程。紼，音ㄈㄨˊ，下葬時拉引靈柩入墓穴的繩索。
㉝尊幄：舉行祭奠的帷帳。
㉞予告：准予休假。告，官吏請假回家稱告歸。

㉟夤緣：比喻攀附權貴以求進身。夤，音 ㄧㄣˊ，攀附求進。

㊱贊：評語。

㊲郭：城牆。

㊳葉子：一種紙牌，可作為賭具。

㊴附子：中藥名。具有回陽祛寒等功效。

㊵直宿內閣：於內閣值夜班。直宿，守夜。內閣，官署名。入閣者多為尚書、侍郎，實際掌握宰相權力。

㊶夫夫：音 ㄈㄨˊ ㄈㄨ。第一個「夫」，發語詞。第二個「夫」，丈夫。

評析

鵝籠夫人出嫁前就不慕榮利，成爲宰相夫人後，也沒有得意忘形，繼續嚴以律己，用她不同凡俗的見識與德行，當丈夫的賢內助。她對丈夫有深刻的了解，知道鵝籠雖然有才華，個性卻極有問題，得勢後，也將因爲行爲驕奢而走向敗亡，文中描寫迎娶及送葬的盛大場面，就暗示了鵝籠好大喜功的性格。夫人因此勸退鵝籠。鵝籠夫婦一個賢明、一個墮落，形成強烈的對比，揭示驕奢必敗的道理。

經典故事

鵝籠死了，用七尺白綾結束了一生。他頭戴小帽，身穿青衫，身體懸掛在古廟的梁上，足足三天之久。據說他自盡前聲聲喊著：「夫人，我對不起妳！」但夫人已聽不見了。

鵝籠夫人是毗陵某户人家的女兒。小時侯，父親懷抱聰慧的她，慈愛地說：

「妳將來肯定貴不可言。」便慎重地選擇女婿。某次得到書生鵝籠的文章，驚爲天人，立刻就定他爲女婿。母親問：「他家境怎樣？」父親回答：「我把他的文章當作他的家產。」鵝籠家的確很窮，幾年來都還不能下聘迎娶。

夫人的妹妹則許配給有錢人家，很快就要下聘。那天，護送聘禮的僮僕將近百人，他們頭戴高帽繫絲帶，光是裝聘禮的籮筐就綿延了約一里路。媒人周身插花掛彩，喜氣洋洋地，聘禮擺滿了庭院的臺階。各類絹絲及珠子串成的手鐲，耀眼奪目，照亮了整間屋子。門外的駿馬也驕傲地長聲嘶鳴。

親友們擠成一團圍觀。有人問妹妹：「妳姐夫家也像這樣嗎？」丫頭們圍住妹妹，掩著嘴兒吃吃笑。鵝籠夫人仍靜靜地做針線活，一點也不爲所動。

有一天，母親拿出妹妹的聘禮準備製作新衣，忽然扔下針線生氣地說：「妳姐姐沒指望了！這輩子只能穿粗布衣服了吧！」鵝籠夫人聽見，馬上進房脫去絲織衣服，裡外都換上了粗布衣裳，以表明心志。

又過幾年，鵝籠更加不得志，也更加不敢想娶妻的事。但夫人的妹妹卻要出嫁了，出閣那天鑼鼓喧天，熱鬧非凡，妹妹乘坐紮成鳳形的車駕離開家門。但鵝籠夫人仍靜靜地做針線活，一點也不爲所動。

鵝籠二十四歲時，在鄉試中了舉人。夫人的母親驚訝不已，鵝籠急忙請求迎娶。鵝籠夫人卻淡淡的對母親說：「反正已經遲了。」鵝籠知道後深感愧疚，便立即進京趕考，在會試、殿試考取狀元，名聞天下。

南京府尹聽說狀元家裡很窮，便私自動用公款爲他準備聘禮，大小官吏總動員，都前來幫忙，親友及丫頭比圍觀妹妹受聘禮時還要興奮。然而鵝龍夫人仍靜靜地做針線活，一點也不爲所動。

不久，皇帝特別恩賜鵝籠回家娶妻。巡撫等官員到驛站等候，縣官盛裝伏道迎接，河岸數十里都是迎親的絳紗。一個女人如此顯貴，實在從沒見過。

「十年了，」夫人望著宰相丈夫，說道：「您要改掉放縱驕逸的行爲啊！」十年來在夫人的規勸下，鵝籠成爲有名的清官。然而夫人病了，她伸出蒼白細瘦的手，握著丈夫說：「站得越高，摔得越重，夫君可以退下了。不知什麼緣故，我感到今天死了才是幸運。」但鵝籠不能理解妻子的話。

夫人蒼白的手，終於向人間揮手告別。朝廷賞賜祭祀的禮儀，爲夫人舉行了盛大的葬禮，連續進行了七天七夜，比她的婚禮更隆重鋪張。

過了一年，鵝籠辭官請假回鄉。又過了幾年，他攀附權貴再度當上宰相，此時他開始縱欲專權，紊亂朝政，終於獲罪被皇帝賜死，屍體懸掛了三天才入殮，牛車將柳木薄棺抬出城外時，沒有人觀看。

風嘘溜溜的掠過了棺木。

唉，一個人對不起他的國家，肯定先前就對不起他的夫人了。

第四十九課

口技

林嗣環

經典原文

京中有善①口技者。會②賓客大宴，於廳事③之東北角，施八尺屏障，口技人坐屏障中，一桌、一椅、一扇、一撫尺④而已。眾賓團坐。少頃⑤，但聞屏障中撫尺一下，滿坐寂然，無敢嘩者。

遙聞深巷中犬吠，便有婦人驚覺欠伸⑥，其夫囈語⑦。既而⑧兒醒，大啼。夫亦醒。婦撫兒乳⑨，兒含乳啼，婦拍而嗚之⑩。又一大兒醒，絮絮⑪不止。當是時⑫，婦手拍兒聲，口中嗚聲，兒含乳啼聲，大兒初醒聲，夫叱大兒聲，一時齊發，眾妙畢備⑬。滿坐賓客無不伸頸，側目⑭，微笑，默嘆，以爲妙絕⑮。

未幾⑯，夫齁聲⑰起，婦拍兒亦漸拍漸止。微聞有鼠作作索索⑱，盆器傾側⑲，婦夢中咳嗽。賓客意少舒⑳，稍稍正坐。

忽一人大呼「火起」，夫起大呼，婦亦起大呼。兩兒齊哭。俄而㉑百千人大呼，百千兒哭，百千犬吠。中間力拉崩倒㉒之聲，火爆聲㉓，呼呼風聲，百千齊作；又夾百千求救聲，曳屋許許聲㉔，搶奪聲，潑水聲。凡所應有，無所不有㉕。雖㉖人有百手，手有百指，不能指其一端㉗；人有百口，口有百舌，不能名其一處也。於是賓客無不變色㉘離席，奮袖出臂，兩股戰戰㉙，幾欲先走。

忽然撫尺一下，群響畢絕㉚。撤屏視之，一人、一桌、一椅、一扇、一撫尺而已。

作者

林嗣環（西元一六〇七年—一六六二年），字起八，號鐵崖。福建安溪赤嶺後畲人（現安溪縣官橋鎮赤嶺村）。自幼聰穎，七歲能寫文章。早年應試，因文字出色，被主考官誤以爲他人代筆，因而落榜。順治六年己丑科進士，授大中大夫，調任廣東瓊州府先憲兼提督學政。康熙初年，擔任山西左參政道，口碑甚佳。死於西湖寓所，家貧無法爲其入斂，好友將他葬在昭慶寺西五里龍潭。著有《鐵崖文集》、《海漁編》、《嶺南紀略》、《荔枝話》、《湖舫集》、《過渡詩集》、〈口技〉等。

題解

〈口技〉選自清代張潮所輯的《虞初新志．秋聲詩自序》。本文原是林嗣環的〈秋聲詩〉的序言，作者原意是藉描寫口技者的「善畫聲」，說明〈秋聲詩〉亦是善於描寫的作品。口技是一種傳統技藝，是藝人長期在生活中觀察、揣摩、勤學苦練而得的，本文的絕妙處，就在藝人能用嘴巴和簡單的道具，摹擬出各種聲響，讓聽者如臨其境、如聞其聲；而作者的描寫技巧也如同故事中的藝人，出神入化，令讀者讚嘆不已。

注釋

①善：擅長，善於。

②會：適逢。

③廳事：大廳，客廳。本為衙署裡的大堂，後私人房屋稱之。

④撫尺：藝人表演用的道具，也叫「醒木」。撫，音ㄈㄨˇ。

⑤少頃：音ㄕㄠˇ ㄑㄧㄥˇ，一會兒。

⑥驚覺欠伸：驚醒後打哈欠，伸懶腰。

⑦囈語：說夢話。囈，音ㄧˋ。

⑧既而：不久。

⑨乳：餵奶。

⑩嗚之：輕聲哼唱著哄小孩入睡。

⑪絮絮：連續不斷地說話。

⑫當是時：在這時候。

⑬衆妙畢備：各種妙處都具備，指各種聲音都模仿得極像。

⑭側目：斜眼旁視。

⑮妙絕：奇妙極了。

⑯未幾：不多久。

⑰齁聲：打鼾的聲音。齁，音ㄏㄡ。

⑱作作索索：狀聲詞，老鼠活動的聲音。

⑲傾側：偏斜。傾，音ㄑㄧㄥ。

⑳意少舒：心情稍微放鬆了些。

㉑俄而：一會兒。

㉒力拉崩倒：劈里啪啦，房屋倒塌。
㉓火爆聲：烈火燃燒物品爆裂的聲音。
㉔曳屋許許聲：衆人拉倒燃燒的房屋時，一齊用力呼喊的聲音。曳，音ㄧˋ，拉。許許，音ㄏㄨˇ ㄏㄨˇ，狀聲詞。
㉕凡所應有，無所不有：凡是在這種情況下應該有的聲音，沒有不具備的。形容聲音之雜。
㉖雖：即使。
㉗不能指其一端：不能指明其中的一種聲音。
㉘變色：面色改變。
㉙戰戰：打哆嗦，發抖。
㉚群響畢絶：各種聲音都沒有了。

評析

口技是雜技的一種，包含了腹語術，口技藝人運用嘴、舌、喉、鼻等發音技巧，模仿出各種聲音，不論是活著的人、動物或是無生命的物體都能模仿，使聲音歷歷在耳，更藉由聲音激發出無限的想像力。上古時候，人類爲了狩獵而模仿各種鳥獸的聲音，藉此引誘鳥獸；直至數千年前，發展成口技與腹語術等表演。讀者在故事中所「聽」到的聲音，都是口技藝人模仿出來的，作者描述得十分細膩而有層次。

經典故事

今晚，京城裡的官宦人家大宴賓客，請知名的口技藝人來演出。府中處處張燈結綵，語笑喧譁，眼見天色已暗，僕人便點燃了紅燭，大廳被燭火映照得紅豔豔的，流露出官宦人家的富貴風流。

大廳的東北角落，張設著寬約八尺的大紅繡花細紗帳幕，圍得密密嚴嚴的，口技藝人就坐在裡面。帳幕中只有一張桌子、一把椅子、一面扇子和一塊醒木而已。所有賓客團團圍坐在帳幕外。一會兒，就聽到帳幕裡頭一聲醒木響起，所有人精神一振，四下靜悄悄的，沒人敢大聲喧鬧。

就在屏氣凝神之際，遠遠地，聽見深巷裡有狗兒「汪汪」吠叫，有婦人驚醒了，邊「哎」地打呵欠、邊伸懶腰。她的丈夫正喃喃說著夢話。

不久婦人的孩子醒了過來，「哇哇」大聲哭了；丈夫也跟著醒了過來。婦人一邊安慰小孩、一邊餵小孩吃奶，她輕拍小孩並輕聲地哼唱，很溫柔的。又有個較大的孩子醒過來了，童言童語地說個不停。

這時，婦人用手拍拍小孩、嘴裡唱歌的聲音，小孩邊吸奶、邊哭的聲音，大孩子剛醒過來絮叨的說話聲音，人在床上動的聲音，丈夫粗聲斥責大孩子的聲音，尿瓶的叮噹聲，尿尿在尿桶裡的聲音，全部在同一時間發了出來，具備了各種聲音的巧妙，描繪出鮮活的家庭故事。

在座賓客，沒有人不伸長了脖子、側著頭注意聆聽，臉上微微含笑，心頭默默讚嘆著，認爲這口技藝人的表演眞是妙極了！

沒多久，丈夫發出了陣陣的鼾聲，婦人拍孩子也漸漸地停下來了。房屋的一角，似乎有老鼠正在窸窸窣窣地活動，盆盆罐罐傾斜翻倒，都是細細微小的雜音。

婦人在睡夢中輕輕咳嗽了。

賓客的心情也跟著這些細小日常的聲音，稍微放鬆了些，也稍稍地坐正了。

忽然有個人大喊：「失火了！」丈夫起來大叫，婦人也起來大叫，兩個小孩一起哭了。不久便有幾千幾百人大叫，幾千幾百個小孩在哭，幾千幾百條狗吠叫。當中混雜著房屋崩倒、瓦石掉落的聲音，火燒爆裂的聲音，呼呼的風聲，幾千幾百種聲音同時發出來，又夾雜著幾千幾百人的求救聲，眾人拉倒房屋「許許」的聲音，搶救東西和潑水的聲音。

凡是火場該有的聲音，帳幕中通通都有了。即使一個人有百隻手，一隻手有百枝指頭，也不能夠一樣樣地指出這些聲音；即使一個人有百張嘴，一張嘴有百條舌頭，也不能夠一樣樣地形容出來。此刻卻聽得分明。

於是，所有的賓客無不被「火災」嚇得變了臉色，他們離開座位，甩甩袖子，伸出手臂，兩腿發抖，差點就想搶先逃離「火場」。

忽然帳幕裡敲了一下醒木，聲音全部停止了。等僕人撤走屏帳，賓客們仔細一看，裡頭不過是一個人、一張桌子、一把椅子、一面扇子和一塊醒木而已。

第五十課

兒時記趣

沈復

經典原文

余憶童稚時，能張目對日，明察秋毫①。見藐小微物，必細查其紋理，故時有物外之趣②。

夏蚊成雷③，私擬④作群鶴舞空。心之所向⑤，則或千或百，果然鶴也；昂首⑥觀之，項爲之強⑦。又留蚊於素帳中，徐噴以煙⑧，使之沖煙飛鳴，作青雲白鶴觀；果如鶴唳⑨雲端，爲之怡然稱快⑩。

又常於土牆凹凸處、花臺小草叢雜處，蹲其身，使與臺齊；定神細視，以叢草爲林⑪，蟲蟻爲獸；以土礫⑫凸者爲丘，凹者爲壑⑬；神遊⑭其中，怡然自得。

一日，見二蟲鬥草間，觀之，興正濃，忽有龐然⑮大物，拔山倒樹而來，蓋⑯一癩蝦蟆⑰也。舌一吐而二蟲盡爲所吞⑱。余年幼，方出神，不覺呀然⑲驚恐。神定，捉蝦蟆，鞭⑳數十，驅㉑之別院。

作者

沈復（西元一七六三年—一八二五年），字三白，號梅逸，蘇州人。年輕時曾擔任幕僚，後從事商業。沈復出生於師爺世家，父親在貧困中死去，他子承父業，拜師學做師爺。他擅長繪畫、文章。娶妻芸娘，夫婦頗相愛，但因爲不見容於翁姑，幾至離異，芸娘鬱鬱而終。著有《浮生六記》，文字簡潔而生動，爲自傳小說。

題解

選自《浮生六記》，本文敘述作者童年生活的情趣。作者童年時以敏銳的觀察力和豐富的想像力，將平常的事物幻想成新奇的景象，並從中獲得許多生活的樂趣。撰寫時，作者先描述其觀察力之敏銳，再分別敘述觀察夏蚊、草石、蟲蟻以及癩蝦蟆吞蟲等三件趣事的過程，引人入勝。

注釋

①明察秋毫：形容視力敏銳，能清楚地看見極微小的東西。秋毫，鳥獸到秋天新生的細毛。
②物外之趣：指事物本身以外的樂趣。
③夏蚊成雷：夏天蚊子成群飛鳴，嗡嗡聲像雷鳴似的。
④私擬：私自比擬。
⑤心之所向：內心所想到的。向，往的意思，意志之歸趨。
⑥昂首：抬頭。
⑦項為之強：脖子因此僵硬了。項，脖子後部。為，音ㄨㄟˋ，因為。之，此，指「抬頭看蚊子」這件事。強，音ㄐㄧㄤˋ，僵硬。

⑧徐噴以煙：即「以煙徐噴」，用煙慢慢地噴。以，用。徐，緩慢。

⑨唳：音ㄌㄧˋ，鳥類高聲鳴叫。

⑩怡然稱快：高興的叫好。怡然，喜悅的樣子。稱快，叫好。

⑪以叢草為林：把叢生的雜草當作樹林。

⑫礫：音ㄌㄧˋ，小石子。

⑬壑：音ㄏㄨㄛˋ，山谷。

⑭神遊：足跡未到，而心神已遊歷該處。

⑮龐然：巨大的樣子。

⑯蓋：原來是。

⑰癩蝦蟆：音ㄌㄞˋ ㄏㄚˊ ˙ㄇㄚ，又名蟾蜍，蛙類，身體呈暗褐色，背有斑點。

⑱盡為所吞：全部被（癩蝦蟆）吞食。盡，完全。為，音ㄨㄟˊ，被。

⑲呀然：吃驚的樣子。呀，音ㄧㄚ。

⑳鞭：鞭打。動詞。

㉑驅：趕走。

評析

童年時期的沈復以敏銳的觀察力和豐富的想像力，在看似平凡無奇的事物中，找到了生活的樂趣，開拓出屬於自己的精神世界。人的生活雖然充滿了酸甜苦辣，但也充滿了情趣，只要抱持一顆純眞的童心，對周遭事物多一點關注，多些觀察，多些想像，就能化腐朽爲神奇，獲得無窮的閒情逸趣。希望每個人都保有一顆赤子之心，以美的角度和喜樂的心情，用心看待日常生活中的平凡事物，並且尊重生命、熱愛生命。

記得當時年紀小，我睜大了眼睛看著太陽，眼力極好，可以看清楚極其細小的東西，比如說，秋天的鳥兒新生出來最纖細的羽毛。只要看到細小的東西，我一定仔細地觀察它的紋路，所以常能感受超越事物本身或世俗以外的樂趣。

夏天的傍晚，蚊子嗡嗡發出像雷聲般的飛鳴聲，我將牠們比做一群在空中飛舞的鶴。每當我內心有這樣的想法，那些成千成百飛舞著的蚊子，果然就像滿天飛舞的鶴了。我抬起頭觀賞這奇異的景象，看得出神，脖子都僵硬了。

我留了幾隻蚊子在白色的蚊帳裡，用煙慢慢地噴牠們，讓牠們在煙霧的逼迫下直向上飛舞鳴叫，我把這景象比做白鶴飛舞在青雲中，果然牠們眞的像白鶴在雲端高亢地叫著，我也因爲這樣高興得拍手大呼痛快。

我也常常在低窪、凹凸不平的土牆邊，還有雜草叢生的花台邊，蹲下自己的身子，使身體和花台一樣高，聚精會神地觀察著。

那時，我會把繁茂的雜草當作樹林，把昆蟲螞蟻想像成野獸，把有泥土瓦礫高起的地方當作山丘，而把低陷下去的地方當作山溝。我想像自己縮得很小很小，我的心在這片小世界裡悠閒自在的遊歷，感到心情舒暢，自得其樂。

有一天，我看見兩隻小蟲在草叢之間打鬥，我就仔細的觀察牠們，正看得興致勃勃的時候，忽然有一個體型龐大的傢伙，像搬開大山、撞倒大樹一樣地闖了過來，聲勢浩大——原來是一隻癩蛤蟆。

只見癩蛤蟆伸出長長的舌頭，這兩隻小蟲就全被吞進肚裡去了。

我當時年紀很小，冷不防見到這一幕，不禁「哎呀」一聲驚叫出來，心頭不禁害怕起來。等到心神安定了，才捉住這隻癩蛤蟆，拿草鞭打了牠幾十下，把牠趕到別的院子去了。

《新古文觀止的故事》閱讀素養100題

1. （　）燭之武是以什麼論點說服秦穆公？何者爲非？（《左傳‧燭之武退秦師》）
(A)晉國想藉著戰爭削弱秦國。
(B)燭之武稱晉文公曾食言，沒有將焦、瑕二地贈給秦穆公。
(C)晉與鄭締結聯盟，由晉軍在戰爭中倒戈陷害秦軍。
(D)攻鄭是爲了協助晉文公對鄭文公報仇，秦國得不到利益。

2. （　）晉文公阻止子犯請擊秦師的主因是（《左傳‧燭之武退秦師》）
(A)晉文公感念秦穆公，亟思回報。
(B)秦國倒戈與鄭國結盟，造成晉國勢單力孤。
(C)晉國未來還要與秦國合作霸業。
(D)晉文公不願意背棄結盟的友邦。

3. （　）晉文公「退避三舍」的目的是什麼？（《左傳‧退避三舍》）
(A)爲報答過去楚成王收留公子重耳（晉文公）的恩情。
(B)爲在歷史上留下「誠信」的美名。
(C)爲讓士兵養精蓄銳，故先以退爲進。
(D)爲使楚軍驕傲輕敵，好引誘楚軍到城濮一舉消滅。

4. （　）楚成王爲何不接受子玉的建議除掉重耳？（《左傳‧退避三舍》）
(A)認爲重耳必能回國即位，多一個朋友就少一個敵人。

(B)忌憚重耳身邊的隨從本領高強。
(C)打算隔岸觀虎鬥，讓晉惠公對付重耳。
(D)老天眷顧重耳，除掉重耳就是逆天而行。

5.（　）鄭莊公對付共叔段的過程，何者為非？（《左傳．鄭伯克段於鄢》）
(A)不給共叔段制地，是因為制的地理形勢適合作戰。
(B)為顧念母親武姜的感受，而縱容弟弟共叔段的行為。
(C)允許京地城牆超越國都，是為了陷共叔段於不義。
(D)確定共叔段叛變的日期再反擊，方能師出有名。

6.（　）〈鄭伯克段於鄢〉一文對人物的描述，何者正確？（《左傳．鄭伯克段於鄢》）
(A)武姜圖謀叛變，於是慫恿共叔段發兵偷襲鄭國國都。
(B)公子呂欲離開鄭莊公，轉而追隨共叔段。
(C)祭仲看清共叔段擴張土地是為了圖謀造反。
(D)子封想儘早消滅共叔段，以建立功業。

7.（　）史官董狐撰史寫「趙盾弒其君」的原因是（《左傳．趙盾弒其君》）
(A)使趙盾背負罵名。
(B)趙盾唆使趙穿弒君，是幕後的主使者。
(C)晉靈公派人刺殺趙盾，趙盾因而有弒君的念頭。
(D)趙盾「亡不越竟，反不討賊」，故有弒君的惡名。

8.（　）孔子讚美趙盾為「古之良大夫」，最可能的原因是（《左傳．趙盾弒其君》）

(A)這是明褒暗貶的「詭詞」，孔子本意是譴責趙盾。
(B)趙盾勤政愛民，天未亮就準備上朝議政。
(C)趙盾聽到晉靈公被殺，立刻返回穩定民心。
(D)趙盾沒有弒君之實，卻被董狐誣指弒君，值得同情。

9.（　）〈周鄭交質〉一文顯示的政治現實，何者為非？（《左傳．周鄭交質》）
(A)周是天子，鄭是諸侯，《左傳》將周、鄭二國並稱，於禮不合。
(B)周平王自降身分與鄭交換人質，失去天子的尊嚴。
(C)周、鄭皆以王子為人質，展現了最高的誠意。
(D)周平王身為天子而沒有實力，不能壓制諸侯。

10.（　）「信不由中，質無益也」，說明什麼道理？（《左傳．周鄭交質》）
(A)交換人質以約束信用，是最有效的方式。
(B)信用如果不是發自心中，交換人質也沒用。
(C)人質的本質條件若不好，交換人質也沒用。
(D)訂立合約不如交換人質來得有約束力。

11.（　）面對晉國要求借道，虞公犯了什麼錯誤？（《左傳．宮之奇諫假道》）
(A)晉侯連同祖兄弟虢國都能誅殺，何況遠親的虞國。
(B)如果君王無所作為又引狼入室，神明也無法保佑。
(C)虢是虞的敵人，正好可以借晉國之力除之。
(D)晉侯和虞公的祖先有血緣關係，可以信任。

12.（　　）「輔車相依，唇亡齒寒」所指的政治形勢是（《左傳・宮之奇諫假道》）
(A)相鄰的虞、虢等小國，應團結起來抵禦外侮。
(B)同宗的虞、晉要團結起來消滅虢國。
(C)晉國假意借道，再與虢國團結起來併吞虞。
(D)晉、虞、虢都是周的諸侯國，不應自相殘殺。

13.（　　）子魚認爲發動進攻最有利的時機是（《左傳・子魚論戰》）
(A)在鄭國與楚國結盟後，爲了削弱楚的力量，應儘快攻打鄭。
(B)趁敵軍渡水，尚未整軍完備時發動攻擊。
(C)要在宋襄公最有鬥志時與楚軍一戰。
(D)兵在精不在多，趁宋軍人少時發動攻擊，更可發揮力量。

14.（　　）宋襄公遲遲不攻擊的主因是（《左傳・子魚論戰》）
(A)我仁義待人，他人必如此待我。
(B)欲以仁愛之心感化敵軍，使敵人自願投誠。
(C)攻擊還沒有排好陣勢的敵人，是小人的行爲。
(D)戰爭會造成雙方的死傷，不如化敵爲友。

15.（　　）曹劌認爲「可以一戰」的先決條件是（《左傳・曹劌論戰》）
(A)君主將衣帛分享給百姓，獲得民心。
(B)祭祀時，誠實地奉獻祭品給神明。
(C)將兵馬、糧草都準備妥當，方能出兵。

(D)君主盡心盡力照顧百姓，官司與賞罰公平合理。

16.（　　）曹劌為何三番兩次阻止魯莊公開戰？（《左傳・曹劌論戰》）

(A)魯軍擊鼓的氣勢不夠，需再勤加鍛鍊。

(B)齊軍擊鼓時可能假裝力弱，必須加以觀察。

(C)齊軍退兵時車輪痕跡整齊，高舉旗幟，必定有詐。

(D)趁我軍擊鼓氣盛而敵軍氣竭時攻擊，才有勝算。

17.（　　）「介之推不言祿」是因為（《左傳・介之推不言祿》）

(A)晉文公賞賜給無功之臣，而這群小人也爭著討封賞。

(B)晉文公忘記介之推的功勞。

(C)介之推埋怨沒有得到封賞，索性歸隱山林。

(D)介之推欲藉「不言祿」警醒晉文公遠離小人。

18.（　　）晉文公沒有封賞介之推，較合理的答案是（《左傳・介之推不言祿》）

(A)介之推鼓動百姓寫詩嘲笑晉文公。

(B)介之推割股救主，卻也因此功高震主。

(C)介之推為人耿直，得罪了晉文公。

(D)介之推的功勞太大，沒有合適的封賞可以給他。

19.（　　）楚莊王對王孫滿「問鼎」的目的是（《左傳・王孫滿對楚子》）

(A)想知道鼎的重量是多少。

(B)想了解鼎的歷史。

(C)表示企圖奪取周天子的政權。

(D)爲了侮辱周室。

20.（　）王孫滿是用什麼論點使楚莊王退兵？（《左傳・王孫滿對楚子》）

(A)鼎上面的圖畫能避邪，所以上天會庇護周朝。

(B)鼎有固定安放的位置，任何人都無法移動。

(C)天命在周，楚莊王若有侵犯之心，老天會降下災禍。

(D)周天子有德，楚莊王無德，鼎只跟隨有德之人。

21.（　）勾踐在國內如何「生聚教訓」？何者爲非？（《國語・勾踐復國》）

(A)臥薪嘗膽，國仇家恨不敢一日或忘。

(B)親自下田耕作，與人民同甘共苦。

(C)重用文種、范蠡等賢臣，採納建議。

(D)自居吳王的奴隸，爲其親嘗糞便，以獲得信任。

22.（　）「古之賢君，不患其衆之不足也，而患其志行之少恥也」，意思是（《國語・勾踐復國》）

(A)君主必須獲得多數人民支持，才能鞏固政權。

(B)軍隊最重紀律，若軍人不知羞恥，就無法服從指揮作戰。

(C)君主知廉恥，才能作爲人民的表率。

(D)越多人支持君主，越能使國家免於敵國的恥辱。

23.（　）敬姜與兒子文伯談話的主要目的是（《國語・敬姜論勞逸》）

(A)要文伯盡忠職守，不要忘記祖先的功業。

(B)文伯已經位居大夫，勸他不必再辛勤勞累。
(C)希望帝王、后妃都以身作則勤奮工作，國家才能強盛。
(D)文伯如果殆忽職守，可能招來禍患。

24.（　）「民勞則思，思則善心生；逸則淫，淫則忘善，忘善則惡心生。」意思是（《國語・敬姜論勞逸》）
(A)過於勞累、思慮過甚，會有邪惡淫逸的念頭產生。
(B)業精於勤，荒於嬉。
(C)勤勞使人向善；安逸則使人墮落。
(D)勤勞可致成功，懶惰則導致失敗。

25.（　）「防民之口，甚於防川。川壅而潰，傷人必多；民亦如之。」何者爲非？（《國語・召公諫厲王弭謗》）
(A)治理人民，一如治理河川。
(B)杜悠悠之口最好的方式，就是堵塞。
(C)民心之向背，需要在上位者時時體察。
(D)民情輿論需要有合理的發洩管道。

26.（　）以下何者不是召公規勸厲王的言論？（《國語・召公諫厲王弭謗》）
(A)治理河川，必須予以疏導。
(B)大夫獻詩的目的，是要表達諂媚之意。
(C)人民之有口，猶如大地有河川。

(D)人民認爲好的，君主就應該推行，認爲壞的就應該防範。

27.（　）以下何者不是齊人之妻跟蹤齊人的原因？（《孟子・齊人乞墦》）

(A)良人出，則必饜酒肉而後反。
(B)蚤起而出。
(C)問其與飲食者，盡富貴也。
(D)未嘗有顯者來。

28.（　）〈齊人乞墦〉一文所表達的中心主旨爲何？（《孟子・齊人乞墦》）

(A)富貴險中求。
(B)與富貴者相交，必須仰賴特殊的手段。
(C)人不可以無恥。
(D)跟蹤、偷窺是找到眞相的好方法。

29.（　）以下何者不是庖丁的刀十九年不鈍的原因？（《莊子・庖丁解牛》）

(A)技經肯綮之未嘗。
(B)以無厚入有間。
(C)以目視而不以神遇。
(D)批大郤，導大窾，因其固然。

30.（　）以下何者不是〈庖丁解牛〉所倡言的「道」？（《莊子・庖丁解牛》）

(A)行到水窮處，坐看雲起時。
(B)見山是山，見水是水。

(C)小樓昨夜又東風，故國不堪回首月明中。
(D)觀天之道，執天之行。

31.（　）以下何者不是妻、妾與客人堅持鄒忌比徐公美的原因？（《戰國策・鄒忌諷齊王納諫》）
(A)有求於他。
(B)偏愛於他。
(C)畏懼於他。
(D)嫉妒於他。

32.（　）下列何者是〈鄒忌諷齊王納諫〉一文點出主旨的關鍵句？（《戰國策・鄒忌諷齊王納諫》）
(A)城北徐公，齊國之美麗者也。
(B)徐公不若君之美也。
(C)由此觀之，王之蔽甚矣！
(D)吾與徐公孰美？

33.（　）以下何者不是燕后出嫁時，趙太后所表現出愛的行爲？（《戰國策・觸讋說趙太后》）
(A)持其踵爲之泣。
(B)念悲其遠也。
(C)祭祀必祝之，祝曰：「必勿使反！」
(D)盛氣而揖之。

34.（　）觸讋用什麼理由說服趙太后讓長安君去當人質？（《戰國策・觸讋說趙太后》）

(A)父母之愛子，則爲之計深遠。
(B)封之以膏腴之地，多予之重器，而不及今令有功於國。
(C)位尊而無功，奉厚而無勞，而挾重器多也。
(D)以上皆是。

35.（　　）「夫斶前爲慕勢，王前爲趨士；與使斶爲慕勢，不如使王爲趨士。」以下何者爲非？（《戰國策・顏斶說齊王》）
(A)「趨士」指「禮賢下士」。
(B)「前」指「上前」。
(C)「斶」音ㄔㄨㄛˋ。
(D)「使」是「讓」的意思。

36.（　　）《易傳》云：「居上位，未得其實，以喜其爲名者，必以驕奢爲行；據慢驕奢，則凶從之。」以下何句意義與例句不同？（《戰國策・顏斶說齊王》）
(A)無其實而喜其名者削。
(B)自古及今，而能虛成名於天下者，無有。
(C)矜功不立，虛願不至。
(D)晚食以當肉，安步以當車。

37.（　　）馮諼替孟嘗君收帳，爲何最後空手而回？（《戰國策・馮諼客孟嘗君》）
(A)薛地人民不肯還債，馮諼悻悻然而歸。
(B)馮諼過河時，帳本掉進河中流走。

(C)馮諼將欠條燒掉，幫孟嘗君收買人心。
(D)馮諼將收回的銀兩據爲己有，騙孟嘗君沒有收到帳。

38.（　）馮諼爲孟嘗君所鑿「三窟」，不包含以下何者？（《戰國策．馮諼客孟嘗君》）
(A)請齊立宗廟於薛。
(B)爲其於薛地市義。
(C)西遊於梁，謂惠王齊放其大臣孟嘗君於諸侯。
(D)請齊王以孟嘗君爲相。

39.（　）望帝杜宇化身的杜鵑鳥爲何日夜哀鳴？（《蜀王本紀．杜宇》）
(A)思鄉之情深切。
(B)與鱉靈爭奪情人朱利失敗。
(C)憂心蜀國的水災災情。
(D)眷戀帝位。

40.（　）李商隱〈錦瑟〉詩句「望帝春心託杜鵑」的寓意是（《蜀王本紀．杜宇》）
(A)杜鵑鳥爲望帝捎來春天的消息。
(B)望帝化作杜鵑鳥，將愛情的嚮往寄託在哀鳴聲。
(C)杜鵑鳥的鳴聲，使望帝對愛情燃起了希望。
(D)望帝請杜鵑鳥爲他傳遞愛的訊息。

41.（　）雞鳴、狗盜救了孟嘗君，告訴我們（《史記．孟嘗君列傳》）
(A)門客中有雞鳴、狗盜之徒，眞正有才能的人就不願歸附了。

(B)狀況越危急，不學無術的人越能發揮作用。
(C)孟嘗君求賢若渴，連雞鳴、狗盜之徒都願意重用。
(D)人人都有可取之處，雞鳴、狗盜的技能也會有適合的用處。

42.（　）孟嘗君和門客運用的策略，以下何者爲非？（《史記・孟嘗君列傳》）
(A)雞鳴用的是「瞞天過海」的疑兵之計。
(B)狗盜用的是「順手牽羊」的偷盜技巧。
(C)雞鳴用的是「調虎離山」之計。
(D)孟嘗君用的是「三十六計，走爲上策」。

43.（　）以下何者是漁父的人生觀？（《史記・屈原賈生列傳》）
(A)離苦得樂。
(B)獨善其身。
(C)隨波逐流。
(D)憤世嫉俗。

44.（　）從屈原與漁父的對答，可知屈原是個（《史記・屈原賈生列傳》）
(A)自命清高的人。
(B)有先見之明的人。
(C)有潔癖的人。
(D)不願同流合汙的人。

45.（　）在楚王面前，晏子用什麼說話技巧維護國家尊嚴？（《史記・管晏列傳》）

(A) 以子之矛，攻子之盾。
(B) 以強勢的言辭壓倒楚王。
(C) 直接侮辱楚國為「狗國」。
(D) 為了兩國和諧，不與楚王計較。

46.（　）車夫的妻子要求與丈夫離婚的原因為何？（《史記・管晏列傳》）
(A) 丈夫只是個車夫，地位卑下。
(B) 丈夫的身材矮小。
(C) 晏子氣燄囂張。
(D) 丈夫驕傲自滿，不知上進。

47.（　）淳于髡用「隱語」說服齊威王勤於政事，以下何者正確？（《史記・滑稽列傳》）
(A) 震撼教育，以大鳥的鳴聲警醒齊威王。
(B) 負面警惕，提醒齊威王不要像大鳥總是不飛不鳴。
(C) 正面激勵，將齊威王比喻為一鳴驚人的大鳥。
(D) 委婉諷喻，讚美齊威王有能力，只是還沒發揮出來。

48.（　）淳于髡說自己喝「一斗酒也能醉，喝一石酒也能醉」，意思是（《史記・滑稽列傳》）
(A) 酒量極佳，喝到一石都不是問題。
(B) 能自我節制，喝一斗就醉了；縱酒狂歡，就能喝到一石。
(C) 大王在旁觀看，所以食不下嚥，只能喝一斗。
(D) 能視場合和對象來調整自己該喝多少酒。

49.（　）從「完璧歸趙」事件可知，下列何者可形容藺相如在秦國的表現？（《史記・廉頗藺相如列傳》）
(A)智勇雙全。
(B)有勇無謀。
(C)不自量力。
(D)畫龍點睛。

50.（　）藺相如「完璧歸趙」所採用的策略，以下何者為非？（《史記・廉頗藺相如列傳》）
(A)假稱璧玉有瑕，先將玉騙回手中。
(B)威脅砸玉，逼秦昭王信守承諾。
(C)騙秦昭王齋戒，暗地裡卻將玉送回趙國。
(D)相信秦昭王的承諾，以玉交換秦國的城池。

51.（　）宗定伯用巧計騙鬼，以下何者為非？（《列異傳・定伯賣鬼》）
(A)先和鬼做朋友，以獲得信任。
(B)經常遇到鬼，是騙鬼的高手。
(C)假裝是新鬼，以套出鬼的弱點。
(D)態度鎮定自若，不讓鬼看出破綻。

52.（　）〈定伯賣鬼〉一文告訴我們什麼？（《列異傳・定伯賣鬼》）
(A)人可以出賣鬼，鬼不可出賣人。
(B)教人遇到鬼的應對方法。

(C) 人比鬼更可怕。
(D) 鬼比人還可怕。

53.（　）陶淵明撰寫〈桃花源記〉的動機是（陶淵明〈桃花源記〉）
(A) 有感於政治黑暗，嚮往人間淨土。
(B) 避免受到迫害，亟思避難的所在。
(C) 生活困窘，尋求自給自足。
(D) 不願爲五斗米折腰，推崇避世隱居的思想。

54.（　）作者設定「劉子驥」角色的目的是表達（陶淵明〈桃花源記〉）
(A) 桃花源之神祕。
(B) 桃花源是每個人心中的嚮往。
(C) 桃花源是隱居的理想地點。
(D) 桃花源只是個理想，現實中找不到。

55.（　）干將留下「謎語」主要的意義是（《搜神記・眉間尺》）
(A) 表示重男輕女的思想。
(B) 根本就不希望孩子報仇。
(C) 先測驗孩子的體力、智力，方能決定報仇。
(D) 爲了避免楚王得到雌劍。

56.（　）劍客已爲赤比報仇成功，爲何還要自刎？（《搜神記・眉間尺》）
(A) 無法逃脫只好自刎。

(B)寧死不屈的義烈。
(C)以一死回報赤比的信任。
(D)心願已了，從容赴死。

57.（　）何氏殉情的悲劇由幾個原因造成，以下何者為非？（《搜神記・韓憑》）
(A)何氏長得花容月貌，遭人嫉妒。
(B)宋康王貪圖他人的妻子。
(C)大臣蘇賀破解了何氏的謎語。
(D)韓憑夫婦婚姻幸福，遭人嫉妒。

58.（　）按照文意，關於「相思樹」的意義何者正確？（《搜神記・韓憑》）
(A)兩地相思仍舊想念對方。
(B)糾結的樹根和枝葉象徵永不分離。
(C)樹上的鴛鴦鳥象徵自由。
(D)以種樹來表示對愛人的思念。

59.（　）許允婦如何在新婚時贏得丈夫的心？（《世說新語・許允婦》）
(A)用心穿著打扮，使外表美麗得體。
(B)委託才子桓範，積極向丈夫說情。
(C)展現聰明才智，以吸引丈夫注意。
(D)婉言諷諫，提醒丈夫娶妻應重品德。

60.（　）許允婦教兒子怎麼做，以避免司馬師的追殺？（《世說新語・許允婦》）

61.（　　）王承福以身爲泥水匠自得的道理何在？（韓愈〈圬者王承福傳〉）
(A)儘快逃走，讓學生將他們藏起來。
(B)表現才學，以獲得敵人的重用。
(C)表現平庸，才不會招來敵人的忌憚。
(D)流露極度的悲傷，表現孝心。

(A)薪水不多，但自由自在，沒有壓力。
(B)能自食其力又能幫助別人，問心無愧。
(C)錢賺再多，未必能永遠守住財富。
(D)不願爲五斗米折腰，因而放棄官勛。

62.（　　）王承福的事蹟使人感佩，以下何者爲非？（韓愈〈圬者王承福傳〉）
(A)有功不居，甘願回鄉自食其力。
(B)有敬業精神，工作勤奮而不貪工錢。
(C)有憐憫心，薪水微薄卻樂善好施。
(D)有鴻鵠之志，向聖人的言行看齊。

63.（　　）區寄最後如何從強盜手中逃脫出來？（柳宗元〈童區寄傳〉）
(A)使反間計，讓強盜自相殘殺。
(B)僞裝弱小，趁敵人不備，殺之。
(C)假意歸順，再趁強盜不備，將其殺死。
(D)大聲呼叫，驚動整個集市的人前來救援。

64.（　　）柳宗元撰寫〈童區寄傳〉主要的寓意爲何？（柳宗元〈童區寄傳〉）
(A)反映奴隸制度的不公不義。
(B)反映越地人天性涼薄。
(C)反映社會混亂及對英雄撥亂反正的期待。
(D)反映強盜的殘忍可怕。

65.（　　）〈捕蛇者說〉一文，對蔣氏的自述理解不正確的是（柳宗元〈捕蛇者說〉）
(A)揭露統治階級橫徵暴斂的罪惡。
(B)說明捕蛇給蔣氏三代人帶來的好處。
(C)表現了蔣氏及鄉鄰的悲慘生活。
(D)揭示了「賦斂之毒有甚是蛇者」的社會現實。

66.（　　）下列寫作手法，何者不是作者用來寫賦稅之害？（柳宗元〈捕蛇者說〉）
(A)以層遞法表現苛稅的兇猛。
(B)用鄉鄰之苦對比補蛇者之樂。
(C)引用孔子的話強調苛稅之毒。
(D)以毒蛇比喻更毒的苛稅。

67.（　　）〈黔之驢〉描述虛有其表的驢子被虎吃掉，寓意是（柳宗元〈黔之驢〉）
(A)如果沒有自知之明必招來禍患，必須注重眞才實學。
(B)加強應變能力，才能夠面對危險時刻。
(C)在狩獵以前必須先觀察對手後，再伺機行動。

(D)即使面臨失敗，仍然要盡力地最後一搏。

68.（　　）〈黔之驢〉一文中，老虎如何觀察驢子？（柳宗元〈黔之驢〉）
(A)大膽假設，小心求證。
(B)敵明我暗，由遠而近，最後採取行動。
(C)運用視覺、聽覺、嗅覺等感官觀察。
(D)站在制高點全面地觀察。

69.（　　）〈新五代史伶官傳序〉一文的寫作技巧，何者正確？（《新五代史・伶官傳序》）
(A)全篇議論，最後總結莊宗「身死國滅」的主因是寵倖伶人。
(B)先寫李克用的三項遺恨，再寫莊宗報仇，烘托出後唐盛世。
(C)從莊宗的崛起、極盛寫至衰微，呈現盛衰消長之變，再引出教訓。
(D)全文抑揚頓挫，情感充沛，善用抒情筆調。

70.（　　）莊宗演戲時喊「李天下」被敬新磨打耳光，未賜罪，因爲莊宗認爲（《新五代史・伶官傳序》）
(A)敬新磨演技精湛，是不可多得的戲劇人才。
(B)敬新磨盡心維護皇帝尊嚴及「天子」稱號。
(C)敬新磨是陪莊宗嬉遊玩樂的近臣。
(D)敬新磨將莊宗當作演員，打耳光是打演員而非打皇帝。

71.（　　）方仲永最後成爲平庸之輩的關鍵在於（王安石〈傷仲永〉）
(A)爲了改善家境，過度投入工作。

(B)以天賦謀利，而未能持續學習。
(C)小時了了，大未必佳。
(D)家裡沒有錢讓仲永繼續受教育。

72.（　）王安石對教育有一番見解，以下何者爲非？（王安石〈傷仲永〉）
(A)天賦異稟之人仍須接受教育。
(B)常人不接受教育，其程度恐怕將低於衆人。
(C)強調後天教育的重要。
(D)常人受限於天分，受教育也無法成爲天才。

73.（　）方山子聽了蘇軾的遭遇，「俯而不答，仰而笑」，原因是（蘇軾〈方山子傳〉）
(A)兩人遭遇相同，能夠感同身受。
(B)他鄉遇故知而生歡欣之情。
(C)能深刻體會當時政治環境的腐敗。
(D)取笑蘇軾不早日退出政壇，明哲保身。

74.（　）蘇軾撰寫〈方山子傳〉的用意是（蘇軾〈方山子傳〉）
(A)寫方山子，其實是悲自己被貶黃州懷才不遇的境況。
(B)讚賞和記載朋友陳慥的俠義言行。
(C)羨慕方山子隱居山林、逍遙自在的生活方式。
(D)爲了揭露北宋政治黑暗、險惡的現實。

75.（　）〈司馬季主論卜〉一文的寫作手法，以下何者爲非？（劉基〈司馬季主論卜〉）

(A)開頭司馬季主先自我否定，暗示鬼神之說不可信。
(B)大量用問句，表現對鬼神存在的懷疑。
(C)以生活和萬物變化的道理爲例，引出「順應自然」的哲學。
(D)採司馬季主和東陵侯的問答對話帶出主題，較爲生動。

76.（　）在司馬季主的啓發下，東陵侯領悟了什麼道理？（劉基〈司馬季主論卜〉）
(A)不可迷信命運，以免做出錯誤的選擇。
(B)萬物都有凋零的一天。
(C)人生中有得、有失，都是自然的現象。
(D)獨善其身勝於圖謀再起。

77.（　）〈賣柑者言〉一文藉賣柑者之言針砭時弊，以下何者爲非？（劉基〈賣柑者言〉）
(A)威武的軍人面對盜賊四起，沒有能力抵禦。
(B)有權勢的大官不知如何整頓敗亂的法度。
(C)官吏昏庸無能，不能解決百姓的痛苦。
(D)譴責當時攤販的詐欺行爲。

78.（　）〈賣柑者言〉的作者劉基藉著買柑的故事說明（劉基〈賣柑者言〉）
(A)提醒消費者不要再迷信表象，而應重視本質。
(B)有眞本領的人，不會永遠被埋沒。
(C)嘲諷當時昏庸的文臣武將是「金玉其外，敗絮其中」。
(D)世上多的是外表光鮮亮麗，行爲譁衆取寵的人。

79.（　）「指喻」就是以指病爲喻，比喻什麼道理？（方孝孺〈指喻〉）

(A)懼怕看病，往往會拖延治療的良機。

(B)禍患如同指病，剛開始容易被忽略，最後終成大患。

(C)等到禍患形成後再一次處理，才能根治問題。

(D)身體髮膚，受之父母，不可毀傷。孝之始也。

80.（　）〈指喻〉一文中，醫生建議要「內外兼治」的原因是（方孝孺〈指喻〉）

(A)病情已從外傷擴散到內臟，必須全面治療。

(B)方能表現其醫治內外傷的功力。

(C)爲了即時制止病勢，必須加重藥量。

(D)這是醫治指病的必要療程。

81.（　）〈秦士錄〉對鄧弼形象的描述，下列何者爲非？（宋濂〈秦士錄〉）

(A)鄧弼力氣極大，嗜好喝酒，常藉酒使性，人們看見他就遠遠地躲開。

(B)鄧弼博通經傳，讓兩儒生非常羞愧，自此他們再也不敢拿書吟誦。

(C)鄧弼建議德王要居安思危，禮賢下士，這樣就能安撫邊夷，天下皆爲王土。

(D)德王向朝廷舉薦鄧弼，但丞相從中作梗，鄧弼壯志難酬，只好遁跡山林。

82.（　）鄧弼爲何要羞辱那兩位儒生？（宋濂〈秦士錄〉）

(A)曾經受過儒生的輕視，要報昔日宿怨。

(B)心中煩悶，就要儒生作陪喝酒。

(C)酒量驚人但酒品不佳，藉酒使性之故。

(D)認爲讀書人只知在文章競爭，卻輕視當代豪傑。

83.（　）〈逆旅小子〉一文寫造成小孩之死的原因，下列何者爲非？（方苞〈逆旅小子〉）

(A)店主人的哥哥怕孩子分家產，而長期虐待他。
(B)縣的官吏對孩子遭虐待之事不聞不問。
(C)作者沒有立刻帶孩子脫離凌虐他的人。
(D)京兆尹收到作者的信，並未積極處理。

84.（ ）〈逆旅小子〉一文的寫作手法，以下何者正確？（方苞〈逆旅小子〉）
(A)細膩地描繪小孩被店主人哥哥虐待的經過。
(B)間接透過哭聲、鄰人之口，描述小孩遭虐待情況。
(C)從第三者的觀點敘述事件的開頭、經過和結尾。
(D)夾敘夾議，敘述時一邊加入作者對事件的評論。

85.（ ）〈左忠毅公軼事〉中，左光斗提攜史可法的原因何者爲非？（方苞〈左忠毅公軼事〉）
(A)史可法出身貴族，儀表堂堂，氣質不凡。
(B)史可法刻苦學習，風雪嚴寒仍在古寺中苦讀不輟。
(C)史可法有情有義，冒險入獄探望老師左光斗。
(D)史可法盡忠職守，帶兵作戰盡心盡力，以身作則。

86.（ ）史可法冒險入獄，左光斗爲何嚴厲地驅趕他？（方苞〈左忠毅公軼事〉）
(A)監獄不是無罪之人能進入的地方。
(B)擔心拖累史可法，故意疾言厲色趕他離開監獄。
(C)因爲史可法不聽從老師的吩咐。
(D)史可法因爲私情而忘記帶兵的重責大任。

87.（ ）〈湖之魚〉一文表面寫魚兒爭食，主要寫的是（林紓〈湖之魚〉）
(A)進行任何競爭都要想好後路，以避開風險。

(B)釣魚時要了解魚的習性，才能釣魚上鉤。
(C)提醒人們不要受名利的誘惑，而成爲他人的俎上肉。
(D)要學習魚兒時時保持警覺心，以免誤入陷阱。

88.（　）〈湖之魚〉故事中的魚兒表現怎樣的智慧？（林紓〈湖之魚〉）
(A)飄浮在湖面的餌比較美味，所以只在接近湖面處爭食。
(B)群魚爭食，唯有靠著大力推擠才能吃到餌。
(C)從經驗學習到分辨眞假魚餌。
(D)魚能看穿餌的誘惑，所以一邊吃、一邊避開有釣鉤之處。

89.（　）費宮人爲國報仇的計畫周密，以下何者爲非？（陸次雲〈費宮人傳〉）
(A)冒充長平公主被敵人俘虜，以接近敵人。
(B)率領宮人們守住宮門，阻止敵人入宮。
(C)假意答應與敵人的婚事，伺機報仇。
(D)在新婚之夜趁敵人酒醉不備，刺殺成功。

90.（　）〈費宮人傳〉的寫作手法，以下何者正確？（陸次雲〈費宮人傳〉）
(A)寫作脈絡是：入宮—救主—報仇—殉國。
(B)崇禎昏庸無道，爲反面人物；李自成率農民起義，是正面人物。
(C)將費宮人與魏宮人對比，突顯費宮人有勇有謀的特質。
(D)前文皆敘事文，結尾則議論費宮人之忠烈。

91.（　）〈偷靴〉故事中，騙子用什麼方法詐騙成功？（《子不語・偷靴》）
(A)先丟帽子騙人脫鞋上屋頂，再偷走受害者脫下的新鞋。

(B)賣一袋舊鞋給受害者，騙他是昂貴的新鞋。
(C)將帽子放在屋頂，再騙受害者去屋頂幫忙取帽。
(D)先買通路人，使偷靴的行動順利進行。

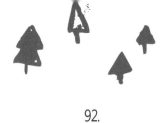

92.（　）從〈偷靴〉一文，可知人性的弱點是（《子不語・偷靴》）
(A)人性脆弱，無法抵擋騙子的花言巧語。
(B)人性善良，好心人更容易受騙。
(C)人性貪婪，得隴忘蜀的結果是被騙得更多。
(D)人性單純，無法看穿騙術，被騙而不自知。

93.（　）相國停箸嘆息道：「何向者之香而甘也！」老人認為原因是（周容〈芋老人傳〉）
(A)這不是老人的妻子煮的。
(B)調味實在不佳，是以令人食不下嚥。
(C)時位移人，相國吃過佳餚，很難再體會芋頭的甜美。
(D)相國忘舊，愛吃精緻美食而不愛吃芋頭了。

94.（　）作者撰寫〈芋老人傳〉主要是傳達什麼？（周容〈芋老人傳〉）
(A)人的味覺感受會隨著生活和際遇而起變化。
(B)藉故事針砭人情忘舊之弊，提醒人「莫忘初衷」。
(C)譴責相國忘恩負義的行為，有警世意義。
(D)從品味食物之中，領悟廚藝應熟能生巧的道理。

95.（　）鵝籠夫人出嫁前面對親友的奚落，為何不肯辯白？（周容〈鵝籠夫人傳〉）
(A)不屑與虛榮膚淺的親友們多費唇舌。

(B)知道未來夫家的背景不如妹妹，自慚形穢。
(C)性格柔弱，只能以沉默表達內心的不滿。
(D)認定鵝籠爲夫君，不在乎鵝籠貧賤，甘貧守志。

96.（　）爲何鵝籠夫人臨死之前要求丈夫退隱？（周容〈鵝籠夫人傳〉）
(A)深知丈夫驕奢，沒有夫人勸諫早晚出事。
(B)政治環境險惡，希望丈夫能明哲保身。
(C)夫人性格樸實，勸丈夫也離開名利場。
(D)隱士之風盛行，作官不如修道讀書。

97.（　）〈口技〉一文的寫作手法，以下何者爲非？（林嗣環〈口技〉）
(A)採用誇飾，極盡所能地誇大描寫口技藝人的技藝。
(B)寫口技人的表演內容，屬於直接描寫。
(C)寫賓客們的表情動作，屬於象徵描寫。
(D)賓客們幾欲逃走的情形，烘托了口技藝人的高超技藝。

98.（　）〈口技〉中，描寫聲音的變化有何特點？以下何者爲非？（林嗣環〈口技〉）
(A)一開始聲音由遠到近，由外到內。
(B)運用譬喻來形容每一種聲音。
(C)寫屋內夫妻小孩時，突顯老鼠傾盆器的聲音來烘托屋內的靜。
(D)寫到失火的場面時聲音由少而多，應接不暇。

99.（　）下列有關〈兒時記趣〉一文的詮釋，何者正確？（沈復〈兒時記趣〉）
(A)認眞觀照萬物，可獲得許多意想不到的知識及樂趣。
(B)見藐小微物，必細察其紋理，是雞蛋裡挑骨頭。

100.（　）作者沈復鼓勵的是怎樣的生活態度？（沈復〈兒時記趣〉）

(C)留蚊於素帳中，徐噴以煙，有虐待動物之嫌。

(D)使之沖煙飛鳴，作青雲白鶴觀，是一種理性的推論。

(A)培養出「打破砂鍋問到底」的積極態度。

(B)建立「物我合一」的美學思想。

(C)沉浸在想像世界中的浪漫生活。

(D)在看似平凡無奇的事物中，找到生活的樂趣。

答案

1. C	2. B	3. D	4. A	5. B	6. C	7. D	8. A	9. C	10. B
11. D	12. A	13. B	14. C	15. D	16. D	17. A	18. B	19. C	20. D
21. D	22. B	23. A	24. C	25. B	26. B	27. B	28. C	29. C	30. C
31. D	32. C	33. D	34. D	35. C	36. D	37. C	38. D	39. A	40. B
41. D	42. C	43. B	44. D	45. A	46. D	47. C	48. B	49. A	50. D
51. B	52. C	53. A	54. D	55. C	56. C	57. A	58. B	59. D	60. C
61. B	62. D	63. C	64. C	65. B	66. A	67. A	68. B	69. C	70. D
71. B	72. D	73. C	74. A	75. B	76. C	77. D	78. C	79. B	80. A
81. B	82. D	83. C	84. B	85. A	86. B	87. C	88. D	89. B	90. C
91. A	92. D	93. C	94. B	95. D	96. A	97. C	98. B	99. A	100. D

國家圖書館出版品預行編目資料

新古文觀止的故事（古今對照版）／高詩佳著.--二版.--臺北市：五南圖書出版股份有限公司，2023.08
面；　公分
ISBN 978-626-366-397-8(平裝)

835　　112012269

1X4Q

新古文觀止的故事
（古今對照版）

作　　者— 高詩佳(193.2)
企劃主編— 黃惠娟
責任編輯— 魯曉玟
封面設計— 黃聖文、姚孝慈
版式設計— 呂靜宜
出 版 者— 五南圖書出版股份有限公司
發 行 人— 楊榮川
總 經 理— 楊士清
總 編 輯— 楊秀麗
地　　址：106台北市大安區和平東路二段339號4樓
電　　話：(02)2705-5066　傳　　真：(02)2706-6100
網　　址：https://www.wunan.com.tw
電子郵件：wunan@wunan.com.tw
劃撥帳號：01068953
戶　　名：五南圖書出版股份有限公司
法律顧問　林勝安律師
出版日期　2014年7月初版一刷（共十七刷）
　　　　　2023年8月二版一刷
　　　　　2024年9月二版三刷
定　　價　新臺幣410元